NARRATORI MODERNI

MASATERU KONISHI

NELLA STANZA DELLE PICCOLE COSE

Traduzione di
LAURA SOLIMANDO

Garzanti

Prima edizione: agosto 2025

IL LIBRAIO.IT

il sito di chi ama leggere

Traduzione dal giapponese di
Laura Solimando

Titolo originale dell'opera:
Meitantei No Mama De Ite

ISBN 978-88-11-01176-7

Printed in Italy

www.garzanti.it

NELLA STANZA DELLE PICCOLE COSE

AVVERTENZA

Per la trascrizione dei termini giapponesi è stato adottato il sistema Hepburn, secondo il quale le vocali sono pronunciate come in italiano e le consonanti come in inglese.

Si noti inoltre che:

ch è un'affricata come la *c* nell'italiano *cera*
g è sempre velare come in *gatto*
h è sempre aspirata
s è sorda come in *sandalo*
sh è una fricativa come *sc* nell'italiano *scena*
w si pronuncia coma una *u* molto rapida
y è consonantico e si pronuncia come la *i* italiana.

Il segno diacritico sulle vocali indica l'allungamento delle medesime.

1.
CELLULINE SCARLATTE

1.

«Stamattina è entrata una tigre blu», raccontò il nonno a Kaede. «Come avrà fatto a girare il pomello? Deve essersi proprio ingegnata.»

A stupire l'uomo era stata la capacità dell'animale di aprire la porta d'ingresso, più della sua irruzione nello studio o del colore blu.

«Meno male che non ti ha sbranato», lo canzonò Kaede, di proposito.

Dentro di sé, però, non poteva che sentirsi un po' abbattuta: finalmente si era svegliato e parlava di quello?

Andava a fargli visita una volta a settimana, ma lo trovava quasi sempre addormentato. Anche quando era desto, si perdeva in qualche allucinazione. Fino al momento di congedarsi, Kaede lo assecondava in quei discorsi strampalati, senza avere una conversazione coerente.

Nonostante ciò, Kaede rimase ad ascoltare il racconto della tigre blu, continuando a rispondergli con gentilezza. I momenti trascorsi nella casa del nonno, che era anche la casa di famiglia, restavano per lei insostituibili.

«E poi la tigre...» continuò il nonno, imitandone l'andatura con le zampe che si incrociavano. «Prima di andarsene, mi ha fatto un gran sorriso.»

«La tigre ha sorriso?»

"Ah, giusto", pensò Kaede, ridendo amaramente.

Sebbene i racconti del nonno fossero, in realtà, allucinazioni, lei finiva sempre per ascoltarlo seriamente. All'inizio si limitava a fingere attenzione, ma le sue doti narrative la trascinavano. Quel giorno, le era quasi sembrato che una tigre blu fosse davvero saltata fuori da uno dei libri illustrati della libreria.

Dopo averle raccontato tutto ciò che gli passava per la testa, l'uomo richiuse lentamente le palpebre. Trascorreva intere giornate in quella stanza, seduto sulla sua poltrona reclinabile. Essendo alto e magro, gliene avevano scelta una di grandi dimensioni, ma si era rivelato un errore di valutazione: era talmente comoda che ormai non si alzava quasi più. Accanto alla poltrona, appoggiato al tavolino, c'era il bastone di legno che usava per camminare. La *care manager* che glielo aveva consigliato, però, si era lamentata del fatto che lo impugnasse solo per andare in bagno e non per prendere i libri dalla libreria, temendo che potesse cadere.

Era ancora un grande appassionato di lettura, sebbene, purtroppo, non comprendesse completamente il contenuto di ciò che leggeva.

L'odore d'inchiostro secco, proveniente dalla libreria stracolma, le ricordava i suoi amati negozi di libri usati di Jinbōchō.

D'un tratto, si rese conto che la luce del sole, filtrando attraverso le foglie degli alberi fuori dalla finestra, era giunta a coprire, con un disegno mimetico, il viso addormentato del nonno.

Le rughe sul lungo ponte nasale e ai lati degli occhi, che solcavano il volto privo di macchie nonostante i settantuno anni, creavano una trama complessa. La pelle del mento e delle guance si era afflosciata, ma il cedimento accentuava ulteriormente i lineamenti maestosi.

I folti capelli, divisi da una scriminatura centrale, erano per il settanta per cento bianchi; il resto sfumava in diverse tonalità di nero. Ricordava quasi uno di quegli imperatori effigiati sulle antiche monete romane. Al di là del legame di parentela, che rendeva la sua opinione inevitabilmente di parte, il nonno era davvero un uomo dall'aspetto solenne.

Sicuramente, a suo tempo, era stato popolare.

Kaede sistemò la coperta che era scivolata, tirandogliela su fino al collo. Dopo aver rassettato, spruzzò nell'aria uno spray antibatterico al profumo di sapone, standо attenta a non dirigerlo verso i libri. Intanto, si era fatta l'ora della fisioterapia. Lo spray non serviva solo a sanificare la stanza: il nonno aveva spesso allucinazioni in cui vedeva piccoli insetti simili a zanzare, e in quei casi lo usavano come un insetticida estemporaneo.

"A presto, nonno. Tornerò a trovarti", pensò.

Vicino alla porta dello studio c'era una cassettiera, appartenuta alla nonna prima della sua scomparsa. Non si era rovinata con il tempo, si era solo trasformata: nel corso degli anni, le diverse mani di pittura l'avevano arricchita di sfumature. Kaede prese una spazzola da un cassetto, si diede una rapida sistemata ai capelli e, guardandosi allo specchio, tentò di sorridere.

La porta dello studio, un tempo di robusto legno di quercia, era stata sostituita con una scorrevole, in previsione del momento in cui il nonno avrebbe avuto bisogno della sedia a rotelle.

Kaede l'aprì silenziosamente e lasciò la casa del nonno a Himon'ya.

2.

Sulla via del ritorno, guardando fuori dal finestrino del treno della linea Tōyoko, vide il proprio volto riflesso, privo di espressione. Si era sforzata tanto di mantenere vivo il sorriso che ormai non ne restava traccia.

Il sole era già tramontato e il cielo si tingeva di rosso.

L'autunno era iniziato: non c'erano più i cumulonembi, ma il cielo era costellato di nuvole dalle forme più disparate.

All'improvviso, a Kaede tornò in mente un ricordo del nonno risalente a diversi anni prima, quando lei era bambina. Erano in veranda, lui seduto a gambe incrociate con lei in grembo, intenti a osservare il cielo cremisi. Il nonno l'aveva guardata con i suoi occhi vivaci.

«Ehi, Kaede, secondo te a cosa assomigliano quelle nuvole? Prova a usarle tutte per inventare una storia.»

A ben pensarci, le aveva praticamente chiesto di improvvisare un monologo. Forse aveva voluto stimolare la sua immaginazione, o forse era il suo modo di coltivarne la sensibilità estetica.

Kaede aveva risposto senza esitazione: «Quella nuvola è un nonno piccolo. Quell'altra è un nonno schiacciato. E poi... la nuvola più grande è un nonno più grasso di te».

Con un gran sorriso, il nonno le aveva spiegato che così, però, non si poteva creare una storia. Poi l'aveva stupita improvvisando al suo posto una favola intitolata *I tre nonni*.

I dettagli erano svaniti nel dimenticatoio, ma ne ricordava la conclusione: il nonno grosso, per sbaglio, al posto dello zucchero aveva ingurgitato tutte le medicine per la tosse. Tutti si erano presi gioco di lui, ma grazie a quell'errore era diventato l'uomo più longevo del mondo. Forse era stata una sorta di lezione per Kaede, che detestava il sapore amaro dei medicinali in polvere.

Comunque, la sua narrazione era stata talmente avvincente che lei aveva applaudito, piena di gioia.

«Vedi, Kaede? Prova a guardare.»

Quando aveva alzato lo sguardo al cielo, era rimasta solo la nuvola del nonno grosso; le altre due erano svanite nel nulla. Non era forse proprio come nella conclusione del racconto?

Kaede era rimasta sbalordita e, insieme al nonno, aveva continuato a osservare il *signore grosso* in cielo.

Ripensandoci, quella volta il nonno si era inventato la storia tenendo segretamente d'occhio il movimento delle nuvole. Se il nonno piccolo o quello piatto fossero rimasti fino alla fine, la storia si sarebbe conclusa in modo diverso.

«Ehi, nonno, raccontami altre storie! Sennò...»

La piccola Kaede si era girata verso di lui e gli aveva tirato i peli che spuntavano dal neo sul pomo d'Adamo. Ricordava di essere scoppiata a ridere perché erano venuti via con sorprendente facilità.

Kaede si sorprese a pensare che forse, quella volta, era stata lei a *strappare via* l'intelligenza del nonno. L'uomo aveva iniziato a comportarsi in modo strano solo sei mesi più tardi. Durante le loro passeggiate, le sue falcate si erano fatte notevolmente più corte.

«Nonno, devi essere un po' ingrassato, non riesci più a starmi dietro.»

Il nonno aveva reclinato il capo e, con una risata forzata, aveva risposto: «Sarà l'età».

All'inizio, anche Kaede aveva cercato di convincersi che si trattasse di un eccesso di peso o dell'avanzare degli anni. Da quel momento in poi, però, il declino era stato rapido.

Quando beveva il suo amato caffè, la tazza gli tremava tra le mani; quando andava a casa sua, lo trovava sempre addormentato sulla poltrona dello studio. La sua postura si era incurvata e i movimenti si erano fatti più lenti.

Più di ogni altra cosa, però, Kaede non avrebbe mai dimenticato lo shock di quel giorno, quando il telefono era squillato nel cuore della notte.

Aveva risposto al cellulare, mezzo addormentata. Quasi a disagio, un giovane all'altro capo del filo aveva detto: «Sono un soccorritore...».

Poi, sempre esitando, come imbarazzato, aveva continuato: «Signora, è sola in questo momento? Ah, è sola. La chiamo perché il suo nome è indicato come contatto d'emergenza. In realtà, suo nonno ha chiamato l'ambulanza e... ehm, sì, vede...».

«Cos'è successo?»

«Ha detto: "Kaede è qui, è collassata ed è coperta di sangue".»

Nella sua clinica di fiducia avevano ipotizzato potesse trattarsi di Parkinson, ma, non essendone certi, avevano consigliato una visita in un centro più grande. Erano quindi andati all'ospedale universitario, dove era stato sottoposto a diversi esami, inclusa una TAC.

Ignorando completamente il nonno addormentato sulla poltrona, una giovane dottoressa aveva comunicato i risultati con apparente nonchalance.

«È demenza a corpi di Lewy.»

Il nonno, un uomo così intelligente, era diventato demente a soli settant'anni. Kaede non era riuscita ad accettare subito quella realtà. Dopo essersi informata per conto proprio su Internet e aver consultato i materiali che si era fatta spedire, però, aveva avuto la conferma che i sintomi del nonno coincidevano perfettamente con quelli descritti della malattia.

Aveva scoperto che, solo in Giappone, il numero di pazienti affetti da demenza raggiungeva i quattro milioni e mezzo, e che, sebbene venissero tutti raggruppati sotto il termine generico di *demenza*, in realtà ne esistevano svariati tipi.

Si identificavano tre forme principali di demenza: il settanta per cento dei pazienti era affetto dal morbo di Alzheimer, che insorge quando la proteina beta-amiloide si accumula nel cervello. La maggior parte delle persone, sentendo la parola *demenza*, pensava immediatamente all'Alzheimer.

La seconda forma più diffusa era la demenza vascolare, causata dalle conseguenze di attacchi ischemici ed emorragie cerebrali, che interessava il venti per cento dei pazienti.

Entrambe queste forme presentano sintomi simili: deficit di memoria che porta a ripetere ossessivamente gli stessi discorsi, problemi di orientamento spazio-temporale, o la tendenza a vagare senza meta.

Poi c'era la demenza a corpi di Lewy, quella diagnosticata

al nonno. In inglese è nota come *Dementia with Lewy Bodies* (DLB) e colpiva il dieci per cento dei pazienti. Ha ricevuto un nome solo nel 1995, essendo una scoperta piuttosto recente.

Negli ultimi anni, era diventata nota come il *terzo tipo* di demenza, e si erano registrati notevoli progressi sia nei trattamenti medici sia nei test clinici.

Nel cervello e nel tronco encefalico dei pazienti affetti da DLB compaiono piccoli aggregati proteici, i corpi di Lewy, la cui forma ricorda uova fritte color scarlatto. Sono proprio queste *piccole uova fritte* a causare sintomi del Parkinson come tremore agli arti e andatura instabile, disturbi comportamentali del sonno REM con vocalizzazioni notturne, sonnolenza diurna e disorientamento spaziale che rende difficile percepire le distanze. Ciò che, però, contraddistingue la demenza a corpi di Lewy sono le allucinazioni, un sintomo assente nelle altre forme. A seconda dei pazienti, possono essere in bianco e nero o a colori e manifestarsi in modi diversi, ma per tutti si tratta di visioni chiare, vivide e ben definite.

Per esempio, al risveglio, possono trovarsi di fronte una decina di persone intente a fissarli. Oppure possono vedere un grosso serpente sul tavolo da pranzo che, impassibile, si avvolge su sé stesso. O, ancora, scoprirsi pedinati da una ragazzina con i codini.

Non sono rare neppure le allucinazioni del tutto surreali: un maiale che sfreccia davanti ai loro occhi camminando su due zampe; una fata che saltella elegantemente sul piatto; o, come nel caso del nonno, una tigre blu.

Stranamente, nella maggior parte dei casi, queste visioni non sono accompagnate da allucinazioni uditive. Qualunque sia il protagonista dell'allucinazione, resta una semplice apparizione muta, che non rivolge mai la parola ai pazienti. Eppure, tra i cinque sensi, è proprio la vista a fornire circa il novanta per cento delle informazioni sul mondo circostante.

In altre parole, per la maggior parte dei pazienti, ciò che vedono è assolutamente reale. Forse il proverbio più adatto a loro è «Vedere per credere». Dopotutto, se lo vedono con i propri occhi, allora deve esistere.

E per quanto chi li circonda neghi l'esistenza di tali realtà, è impossibile convincerli del contrario. Anzi, a volte, al sentirsi dire: «Qui non c'è niente», «Non è possibile», «Riprenditi!» diventano aggressivi.

Questo rende particolarmente ardua l'assistenza alle persone affette da demenza a corpi di Lewy.

Kaede, consultando un manuale sulla cura di questi pazienti, aveva letto diversi suggerimenti. Se, per esempio, si spaventano per la visione di grossi insetti, è sconsigliato negarne l'esistenza, attribuendola alla loro immaginazione, o perdere la pazienza e rimproverarli con frasi come: «Sei malato, non dire sciocchezze!». È più utile fingere di scacciare gli insetti, rassicurarli con voce gentile o, semplicemente, cambiare argomento.

Kaede si era chiesta se fosse davvero la strategia giusta. Desiderava sinceramente evitare qualsiasi scontro con il nonno, che con lei non si era mai arrabbiato, neppure una volta. Per questo aveva sempre evitato di fornirgli dettagli sulla malattia e non aveva mai contraddetto le sue allucinazioni quando gliele raccontava.

È pressoché impossibile far ammettere a un paziente di essere affetto da demenza e, anche qualora fosse possibile, sarebbe troppo crudele tentare.

Tuttavia, un dubbio la assillava. Aveva lo strano presentimento che al puzzle mancasse qualche tassello. Forse era solo un modo per fuggire dalla realtà, un rifiuto di accettare la malattia del nonno e la perdita del suo intelletto.

Più che una pia illusione, però, le sembrava davvero che qualcosa non tornasse. Sì, era proprio così.

Ma quel suo presentimento cosa nascondeva in realtà?

Kaede non riusciva a darsene una spiegazione.

3.

Scesa alla stazione di Gumyōji, Kaede prese un autobus per altri quindici minuti. Giunta al suo monolocale, scoprì che le era arrivato un libro: la raccolta di saggi di Takeshi Setogawa, un critico letterario da lei molto amato, specializzato in gialli. Il colophon indicava come data di pubblicazione il 1° aprile 1998.

Se Kaede ricordava bene, Takeshi Setogawa era scomparso prematuramente poco dopo, a soli cinquant'anni. Quel libro, in pratica, era quasi un'opera postuma.

Fin da piccola, introdotta al genere dal nonno, Kaede si era appassionata ai gialli. Quando i soli romanzi non le erano bastati più, aveva iniziato a leggere i saggi di Setogawa presenti nella libreria del nonno, rimanendone stupefatta. Il critico aveva commentato innumerevoli opere, riuscendo a metterne in luce impeccabilmente il fascino grazie al suo punto di vista originale. Nella maggior parte dei casi, però, lo stesso Setogawa si rivelava più interessante delle storie che analizzava.

Per esempio, nell'opera *Pellegrinaggio tra i capolavori*, aveva messo in discussione i romanzi più celebri dei tre grandi maestri del giallo – Ellery Queen, Agatha Christie e John Dickson Carr – interrogandosi sulla loro effettiva statura di capolavori. Li aveva smontati meticolosamente, e la sua logica si era rivelata più intrigante delle opere stesse; le sue argomentazioni erano impeccabili. Forse neanche Setogawa se ne rendeva conto, ma dalle sue parole trasudava un amore profondo per quei lavori. Ogni volta che Kaede leggeva le sue analisi, si sentiva sollevata e confortata. Era stato lui a farle amare i gialli stranieri. Il cuore le sobbalzava al solo pensiero del suo nome.

Da giovane, intorno al 1970, Setogawa era stato il presidente del Waseda Mystery Club, il leggendario circolo universitario che aveva annoverato numerosi futuri autori e critici di gialli tra i suoi membri.

All'epoca, a Nishi-Waseda, c'era un locale chiamato Mon Cherì. Lì, giorno dopo giorno, gli studenti del Mystery Club intavolavano infervorati dibattiti sui gialli, e al centro di quelle discussioni sembrava esserci sempre il volto sorridente di Takeshi Setogawa, con le sue sopracciglia spesse e i tratti marcati. Anche il nonno era stato un membro di spicco di quel club. Il caffè andava a braccetto con i gialli classici. Il Mon Cherì, tempio del caffè, con la sua insegna verticale dai caratteri psichedelici, bianchi su sfondo rosso, dava l'impressione di un luogo da cui i profani del giallo sarebbero stati allontanati. Il caffè amaro e intenso, con il suo vortice di schiuma, sembrava celare un enigma insolubile.

Le mura esterne, ricoperte di mattonelle gialle, ricordavano *Il mistero della camera gialla* di Leroux. Dal piccolo teatro, al primo piano, proveniva il rumore dei passi degli attori. Cosa stavano mettendo in scena? *Gli strani passi* di Chesterton o *L'osservatore nell'attico* di Edogawa Ranpo?

Poiché il Mon Cherì non esisteva più, non restava che immaginarlo. Per Setogawa o suo nonno, quel locale doveva essere stato un faro, come il complesso Tokiwa-sō per i fumettisti o il monte Liangshan per gli eroi de *I briganti*.

Le sarebbe davvero piaciuto assistere ai dibattiti sulle due varianti del giallo classico.

Dato che il Mon Cherì non c'era più, l'immaginazione di Kaede aveva preso il sopravvento. I libri, però, erano rimasti, e lei desiderava averli tra le mani. Quelli del nonno erano protetti da copertine di carta pergamena trasparente e avevano pagine immacolate, senza neppure una piega; perciò, non si sarebbe sentita a suo agio a prenderli in prestito. Per questi motivi, Kaede aveva deciso di acquistare tutte le opere di Takeshi Setogawa.

«Meno male, sembra nuovo. Ha ancora la fascetta di copertina», si rallegrò, osservando il libro.

In realtà, inizialmente il suo obiettivo era stato procurarsi solo copie nuove, ma molte delle opere erano fuori catalogo, quindi non aveva potuto fare altro che ordinarle da negozi di libri usati.

Quello era l'ultimo che le mancava.

Kaede si chiese cosa si potesse pensare di una ventisettenne che aveva completato una simile collezione. Ancora in piedi, con un sorriso che le aleggiava sulle labbra, cominciò a sfogliare il libro. Un attimo dopo, come foglie di ginkgo danzanti, quattro foglietti di carta, rimasti incastrati tra le pagine, caddero sulla moquette.

Cosa potevano essere?

Scrupolosamente, Kaede raccolse i foglietti e li allineò sul tavolo. Si soffermò a osservare i quattro rettangoli di grandezze diverse, riflettendo.

Erano troppi per essere semplici segnalibri, ma troppo *consistenti* per essere semplici appunti.

I quattro pezzi di carta erano ritagli di articoli tratti da riviste e giornali: erano tutti necrologi di Setogawa.

4.

Kaede decise di trascorrere i suoi tre giorni di vacanza a Himon'ya, nel quartiere di Meguro.

La casa del nonno sorgeva in una zona tranquilla, non lontano dall'area residenziale, nei pressi del santuario Himon'ya Hachimangū. Dedicato alla divinità locale, il santuario era un edificio di legno a due piani che mostrava i segni del tempo.

Dal minuscolo giardino, i rami e le foglie di un ciliegio e di una *Fatsia japonica* si protendevano ben oltre il muro di cinta. Sulla targhetta di legno davanti al cancello, il cognome del nonno era vergato con un tratto elegante: la sua calligrafia, a cui lei era tanto affezionata.

In un certo senso, la targhetta era il volto stesso della casa. Lo stile e l'eleganza che ancora caratterizzavano l'esterno dell'abitazione dipendevano forse proprio dalla grafia sulla placca. Una volta varcato il cancello, però, aveva l'impressione che quell'effetto svanisse di colpo.

Un tempo, un sentiero di pietre conduceva all'ingresso, ma da quando al nonno era stata diagnosticata la demenza, era stato rimpiazzato da un anonimo vialetto di cemento.

Appena girò il pomello della porta d'ingresso, non ancora sostituita, la investì l'odore dello spray antibatterico.

Kaede stava per chiedere se ci fosse la badante, ma si trattenne notando l'assenza delle sue scarpe all'ingresso. Doveva essersene andata dopo aver terminato le pulizie e il bucato.

Qua e là, sulle pareti del corridoio, erano stati installati dei corrimani, ancora nuovi: accorgimenti necessari per aiutare il nonno negli spostamenti interni, data la sua andatura incerta.

Quando aveva cercato di richiedere un sussidio per l'acquisto di quei dispositivi, Kaede aveva scoperto una grande disparità di trattamento a seconda del comune di residenza e, in alcuni casi, procedure burocratiche complesse che richiedevano molto tempo. Non le era restato che coprire gran parte dei costi di tasca propria.

Entrò nel soggiorno, a sinistra del corridoio. Il suo sguardo cadde sul pilastro dove si intravedevano ancora numerose linee tracciate a matita: erano i segni con cui il nonno aveva misurato l'altezza, prima di sua madre e poi di Kaede stessa, la sua unica nipote. Sebbene le cifre accanto ai segni fossero quasi del tutto sbiadite, questi rimanevano un ricordo della stupenda calligrafia del nonno. Vedere i corrimani installati proprio sopra quei segni le stringeva il cuore.

Spostando lo sguardo, notò delle magliette bianche stese ad asciugare vicino alla finestra.

"Oh, no, la badante non ha fatto attenzione!" pensò Kaede.

Nel caso di pazienti con demenza a corpi di Lewy, era meglio evitare di appendere vestiti in casa: avrebbero potuto scambiarli per persone. Le magliette bianche, in particolare, potevano scatenare vivide allucinazioni.

Avendo appreso che, per lo stesso motivo, era sconsigliabile esporre ritratti e fotografie di famiglia, aveva subito riposto in fondo alla cassettiera le cornici che un tempo stavano sulla scrivania.

Mentre si accingeva a togliere le magliette, la voce del nonno la raggiunse: «Scusa, quelle le ha stese Kanae. Sono ancora sporche?».

Il nonno, appena entrato nella stanza, si sedette comodamente sul letto del soggiorno, con una tazza di caffè in mano. La camera da letto al primo piano era stata trasformata in ripostiglio, e le attività del nonno si limitavano ormai al soggiorno e allo studio in fondo al corridoio. A giudicare dalla sua andatura, però, quel giorno sembrava stare meglio dell'ultima volta. Un'altra peculiarità della demenza a corpi di Lewy era la fluttuazione delle condizioni del paziente, che potevano cambiare repentinamente da un giorno all'altro.

«No, stavo solo sistemando le pieghe», mentì Kaede, lasciando stare le magliette. Poi aggiunse: «Non è venuta la badante, ma la mamma?».

«Era di corsa, forse aveva ancora del lavoro da fare. Purtroppo non siete riuscite a incontrarvi.»

Dentro di sé, Kaede si sentì sollevata. Meglio così, specialmente quel giorno, avendo deciso di approfondire la situazione.

Ultimamente, del resto, era raro vedere il nonno così in forma. "È l'occasione giusta", pensò.

«Il caffè di Kanae è buono anche freddo», disse con un sorriso, sistemandosi meglio sul letto.

Dopo aver bevuto un sorso dalla tazza, che teneva con mano leggermente tremante, continuò: «Oggi non c'è pericolo che versi il caffè. Me lo dico da solo, ma mi sento in ottima forma. Ormai mi affido all'intuito, quindi te lo chiedo direttamente».

Il nonno sorseggiò ancora il caffè, poi posò lo sguardo su Kaede.

«Devi dirmi qualcosa di importante, vero? Si capisce dalla tua faccia.»

A Kaede vennero le lacrime agli occhi.

Quel modo di parlare, lo sguardo gentile, il volto dall'aspetto sano le ricordavano il nonno di un tempo.

Forse perché non era assonnato, ma anche il suo eloquio era più fluido. In effetti, negli ultimi sei mesi, sempre preoccupata per le sue condizioni, non lo aveva mai coinvolto in discorsi impegnativi.

Come sospettava, quello era il momento giusto per sincerarsene.

Kaede raccolse tutto il suo coraggio e rispose: «Sì, è così. C'è una cosa che vorrei chiederti, nonno».

«Cosa?»

«Tu...»

Si sforzò con tutta sé stessa di non piangere.

«Tu... sai di essere malato? Sei consapevole di vedere cose che non sono reali?»

Non andava bene. La voce le tremava.

«Però, siccome non vuoi farmi preoccupare...»

Nonostante si fosse imposta di non piangere, le lacrime iniziarono a sgorgarle.

«Fai finta di non rendertene conto per non crearmi ansia?»

Il nonno rise e bevve un altro sorso di caffè. Poi, con cautela, poggiò la tazza sul tavolo di fianco al letto.

«Sì, hai ragione, Kaede. Senza ombra di dubbio, sono un paziente affetto da demenza a corpi di Lewy.»

Come sospettava, ci aveva visto giusto.

Gli occhi scuri del nonno erano attenti ai dettagli, così profondi da rischiare di esserne risucchiati.

Sì! Lì dentro brillava la luce della stessa intelligenza che lo aveva contraddistinto anni prima. Era quella la verità nascosta dietro al suo presentimento. Nei due giorni precedenti, studiando più a fondo la demenza a corpi di Lewy, aveva scoperto molte cose. Per esempio, che pazienti con la stessa malattia mostrano grandi differenze nel decadimento delle funzioni cognitive – memoria e percezione spaziale – a seconda della localizzazione dei corpi di Lewy. O che alcuni pazienti vivono costantemente terrorizzati dalle visioni, mentre altri vi si abituano con facilità. I sintomi variano da persona a persona.

Aveva anche scoperto che, con la giusta combinazione di farmaci, inclusa la Levodopa, in molti casi le allucinazioni svaniscono, come nebbia al sole.

Inoltre, a seconda delle condizioni fisiche, a volte non si verifica neppure un declino significativo delle facoltà intellettive.

Ciò che più di tutto aveva stupito Kaede era scoprire che molti pazienti si rendono conto del fatto che le loro visioni sono frutto della malattia e che non hanno alcun legame con la realtà.

A quanto pare, alcuni pazienti più ottimisti si divertono a osservare le illusioni che si presentano ogni mattina al risveglio, arrivando a disegnarle come passatempo.

La demenza a corpi di Lewy non era ancora stata del tutto chiarita dal punto di vista scientifico, perciò non erano rari i malintesi. Molti medici, durante il trattamento, collegavano superficialmente le forti allucinazioni a un peggioramento della malattia. Tuttavia, l'insorgere della demenza a corpi di Lewy non comporta una perdita irreversibile delle facoltà cognitive. Quando Kaede aveva fatto quella scoperta, lo strano presentimento era svanito di punto in bianco.

Il nonno lanciò un'occhiata alla mano che tremava leggermente e disse: «Al di là di questi sintomi tipici del Parkinson, mi sono reso conto da tempo che la mia condizione mentale è ben lontana da quella di una persona sana. Per esempio, mi è capitato di notare sottili incisioni sul muro della libreria, simili a quelle scolpite da abili artigiani nei templi shintoisti. Al tatto, però, non percepivo nulla: il muro era liscio. Di cosa dovevo fidarmi? Della vista o del tatto? Non era plausibile che in un solo giorno qualcuno avesse scolpito quelle complesse incisioni senza che io me ne fossi accorto. Inoltre, nessuno avrebbe avuto motivo di infiltrarsi in segreto nella casa di un anziano per decorarne il muro. Perciò, sfortunatamente, era il tatto ad avere ragione. In altre parole, non potevo più fidarmi della mia vista».

Kaede rimase ad ascoltare la confessione del nonno, senza parole.

«Allora mi sono chiesto quale potesse essere la causa di quel fenomeno. Il computer era rotto e non potevo usarlo. Con le mani in queste condizioni non sarei riuscito a adoperare un cellulare e, anche volendo, da quando ho chiamato l'ambulanza dopo aver visto il tuo cadavere, mi è stato confiscato.»

Le belle labbra del nonno si curvarono in un sorriso malizioso.

«Così mi sono fatto aiutare dalla badante: le ho chiesto di chiamare un taxi e sono andato a fare ricerche in biblioteca. Ci ho messo un giorno intero, perché a leggere mi si offuscava la vista e mi veniva sonno... però alla fine ho capito di che malattia soffro. A questo proposito, sai che esistono le *celluline grigie*, no?»

Il nonno sorrise autoironico, citando la famosa espressione del grande detective belga Hercule Poirot.

«Nel mio caso, però, dato che sulla superficie del mio cervello albergano i corpi di Lewy, di colore arancione scuro, le mie sono *celluline scarlatte.*»

«Allora perché hai continuato a raccontarmi tutte le tue allucinazioni?» chiese Kaede con voce un po' roca.

Il nonno esitò un istante prima di rispondere: «Perché... quando ti racconto delle mie allucinazioni, il tuo volto cambia. Mi mostri la tua espressione sorpresa, quella sorridente... ma soprattutto perché mi rispondi. Così posso essere sicuro che tu esista davvero».

«In che senso? Io ti sono sempre accanto.»

«Okay, provo a spiegartelo diversamente. Te ne avevo già parlato. Non li avevo definiti "preparativi in previsione della mia morte" perché sarebbe potuto suonare insensibile, ma ti avevo già raccontato, in tutta onestà, cosa ne sarebbe stato di me. Non penso mi resti molto tempo. Quando te ne avevo parlato, però, mi ero presuntuosamente convinto che le mie condizioni di salute fossero ottime e che fosse un buon momento per discuterne. Avevo parlato per un'ora intera, mentre tu mi guardavi, inespressiva, senza proferire parola...»

Il nonno si interruppe e abbassò lo sguardo.

«E poi eri svanita all'improvviso. Quella Kaede era un'allucinazione.»

Forse per colpa del caffè troppo tostato, per un istante l'espressione del nonno si fece amara.

«Non esiste esperienza più triste e avvilente. Quindi ho deciso che, finché non avessi affrontato tu l'argomento, non ti avrei mai più parlato della mia malattia. Anche se ai tuoi occhi non fossi diventato altro che un vecchio demente incapace di fare discorsi coerenti.»

"Nonno", lo chiamò dentro di sé. "Nonno."

Non era riuscito a confidare alla sua unica nipote i suoi piani per il futuro. Anzi, non lo aveva fatto di proposito.

Perché non si era accorta prima della sua sofferenza?

Sicuramente il nonno aveva delle allucinazioni, e anche frequenti. Oltre a problemi di memoria, spesso i suoi stati mentali erano alterati e, a causa della malattia, anche i suoi movimenti erano diventati estremamente lenti. Nonostante tutto, però, la sua intelligenza non aveva subito alcun declino.

5.

I bambini che frequentavano l'asilo missionario nelle vicinanze stavano tornando a casa; si sentivano canticchiare filastrocche al loro passaggio. Anche le stonature erano tenere.

A causa dell'età, le guance del nonno si erano infiacchite. Quella giornata autunnale volgeva al termine, ma c'era ancora tempo prima del tramonto.

«In realtà, c'è qualcosa che vorrei mostrarti, nonno.»

Kaede estrasse il libro di Setogawa dalla borsa nera. Se il nonno fosse stato, come al solito, addormentato sulla poltrona, lo avrebbe avvolto con la coperta fresca di bucato che aveva portato con sé, per poi leggere un po' al suo fianco prima di tornare a casa.

In quel momento, però, forse lui...

L'uomo indossò gli occhiali senza montatura che teneva nella tasca dell'accappatoio e si scostò leggermente dal libro. Poi commentò con emozione: «Ma questa non è un'opera di Setogawa? Non c'era bisogno che la comprassi, avrei potuto darti la mia».

Kaede non avrebbe potuto accettarla. Era un libro a cui lui teneva tantissimo.

«Mi pare sia fuori catalogo, sei stata brava a scovarne una copia.»

«Oggi i negozi di libri usati hanno anche siti Internet, perciò è abbastanza facile trovare persino opere rare. In realtà, dentro al libro ho trovato questi.»

Kaede ne estrasse i quattro articoli e li poggiò sul tavolo.

È scomparso il critico televisivo e di gialli Takeshi Setogawa.
Un addio al talentuoso Takeshi Setogawa.
Cosa ci ha lasciato Setogawa nell'epoca della critica letteraria.
Un piacevole rendez-vous *con i gialli e i film di cui ha parlato Setogawa.*

«Sì, all'epoca li ho letti tutti», commentò con tristezza il nonno, dando solo una rapida occhiata ai titoli. «Mi sembra ce ne fossero altri due. Ovviamente li ho conservati.»

«Davvero?» chiese Kaede, sorpresa dalla memoria del nonno.

A causa della malattia, i ricordi più recenti svanivano del tutto, ma forse poteva attingere a piacimento dal cassetto di quelli passati.

«Ecco, nonno, il problema inizia qui. Ho pensato che questo potrebbe essere uno di quegli insoliti *misteri quotidiani.*»

Il nonno annuì, mostrandosi d'accordo.

«In parole povere, il mistero è il seguente: "Chi e per quale motivo ha inserito questi quattro articoli nel libro?"»

«Esatto. Innanzitutto, sono troppi per essere semplici segnalibri. Ma sono troppo *pesanti* per essere comuni ritagli di giornale», intervenne Kaede.

«Proprio come Harry Kemelman.»

Il nonno si tolse gli occhiali nel pronunciare il nome del vecchio scrittore di gialli.

L'opera più importante di Kemelman, *La passeggiata di nove miglia*, era un capolavoro di pura logica, in cui la verità dietro un omicidio veniva svelata partendo unicamente da una frase udita casualmente dai clienti del pub accanto al protagonista.

«Una passeggiata di nove miglia non è uno scherzo, soprattutto sotto la pioggia.»

In quel momento, all'improvviso, il nonno le chiese: «Kaede, mi prenderesti una sigaretta?».

Forse per il ritmo della frase, quelle parole le suonarono come un incantesimo.

Kaede prese il pacchetto blu dalla cassettiera nello studio. Erano Gauloises, sigarette francesi. Non estremamente costose, ma neppure un articolo reperibile ovunque. Lei le comprava in una piccola tabaccheria poco conosciuta a Jinbōchō, il quartiere delle librerie.

«Potresti anche accendermela? Sì, grazie. È perché mi tremano le mani. Quando sono solo, evito di bere.»

Il nonno aveva detto *bere* invece di *fumare*. Doveva essere stato un lapsus, un ritorno a un'epoca passata in cui, a differenza del presente che condannava il fumo, il tabacco era considerato un prodotto di lusso, al pari dell'alcol.

Da giovane aveva fumato con moderazione, qualche sigaretta alla settimana, e anche adesso lo faceva estremamente di rado, perciò Kaede aveva deciso di non privarlo di quell'abitudine.

Mentre il nonno fumava, per un breve istante la sua espressione si fece estasiata. A Kaede non dispiaceva l'odore delle Gauloises, ma aprì comunque la finestra, temendo che potesse impregnare le magliette appese.

Mentre inalava lentamente il fumo, il nonno esordì con un tono di voce stentoreo: «Allora...».

Era come se la sigaretta avesse dato una sferzata alla sua intelligenza.

«Kaede, tu che storia hai costruito a partire da questo materiale?»

Il cuore prese a batterle forte. Anche in passato, il nonno era solito chiamare le ipotesi *storie*. Era davvero tornato in sé.

«La storia che ho costruito è questa.»

Kaede espose le conclusioni a cui era giunta, cercando di mantenere la massima calma.

«Storia numero uno. Gli articoli sono stati semplicemente inseriti nel libro dal precedente proprietario. Lui, o lei, voleva condividere il senso di vuoto provato di fronte alla scomparsa di Takeshi Setogawa, perciò ha riposto i necrologi qui dentro.»

Lanciò uno sguardo al nonno e vide che annuiva, come se fosse d'accordo.

Come sempre, esporgli le sue ipotesi la innervosiva.

Però... era felice.

«Ehm... Storia numero due», continuò Kaede, riprendendosi. «Gli articoli sono stati inseriti nel libro da qualcuno che lavora nella libreria, un fan di Takeshi Setogawa. Dopo tanti anni è arrivato un ordine per un libro di Setogawa fuori catalogo e, felice, l'impiegato ha messo gli articoli nel libro come regalo al cliente – cioè io – perché condividiamo lo stesso interesse. Chi lo sa.»

Kaede aveva la gola secca, forse per la stimolazione intellettuale.

«Le storie a cui ho pensato io sono queste due.»

Il nonno rispose: «Non male. Entrambe hanno senso e sono verosimili. Tutte e due, però, presentano delle incongruenze».

«Ah, sì?»

Kaede si mordicchiò il labbro.

«Ascolta. Nella prima storia il problema è questo: un fan accanito di Setogawa, che ha conservato addirittura i necrologi, venderebbe mai un libro a cui è così legato? Per di più un'opera postuma? In questo caso, avrebbe tenuto il libro e gli articoli nella sua collezione.»

Kaede non poté fare altro che annuire.

«Hai ragione: un amante dei libri non lo farebbe.»

«La seconda storia è migliore della prima, però qualcosa non torna. Se è stato un impiegato della libreria ad allegare gli articoli, perché non ha aggiunto anche un bigliettino? Si è preso la briga di inserire i necrologi, avrebbe potuto lasciarti scritto qualcosa sulla falsariga di: "Sono davvero contento che condividiamo gli stessi interessi. Insieme al libro, le ho inviato anche questi articoli sulla morte del nostro amato autore". Perché lui, o lei, non ha fatto questo piccolo sforzo? In altre parole, vuol dire che c'è un problema di fondo in entrambe le ipotesi. Deve esistere un'altra storia», concluse il nonno.

«Allora... tu conosci un'altra storia, nonno?» chiese Kaede con voce roca.

L'anziano non rispose e, non senza rammarico, diede un ultimo tiro alla sigaretta.

I suoi occhi si stavano socchiudendo. Kaede temette stesse per addormentarsi, ma si rivelò una preoccupazione infondata.

Il nonno spalancò gli occhi e affermò: «Ora l'immagine

mi è chiara. Purtroppo, il precedente proprietario del libro è ormai scomparso».

«Eh?»

«Infatti, guarda bene. Proprio qui c'è un ragazzo con un'espressione tranquilla.»

Era un'allucinazione. Intuitivamente, però, Kaede ebbe l'impressione che alla base ci fosse della logica.

«Ecco la storia: quando era ancora in vita, il proprietario, afflitto per la morte di Setogawa, deve aver inserito i necrologi nel suo amato libro. Dopo la sua scomparsa, però, la moglie ha venduto tutti i suoi libri alla libreria, ignara del loro valore sentimentale.»

Era davvero così. Non poteva essere diversamente: quella era la storia giusta, sensata e senza incongruenze. Nonostante ciò, Kaede non voleva dargliela vinta subito.

«Come fai a sapere che il precedente proprietario era un uomo? Poteva anche essere una donna.»

«Impossibile», rispose subito il nonno. «Quando muore una persona cara, sono le donne che riescono a mettere la tristezza da parte e ad agire con lucidità. Gli uomini non ce la fanno. Io ne sono un esempio.» Il nonno abbassò lo sguardo. «Quando mia moglie se n'è andata, non riuscivo più a fare niente.»

Per un attimo, nella mente di Kaede passò l'ombra dell'espressione gentile della nonna.

Rimasero entrambi in silenzio per un po'. Poi, all'improvviso, il nonno, con lo sguardo perso nel fumo di sigaretta, rise e prese a raccontare con tono allegro: «Ora, a un tavolo del Mon Cherì, l'ex proprietario del libro sta parlando con il suo adorato Setogawa. Stasera vogliono discutere di gialli».

Un'altra visione. Da dove spuntavano quelle allucinazioni del tutto fuori dall'ordinario?

Kaede era sconvolta.

«È tutto come tanti anni fa. Un nuovo enigma sta cercando di penetrare le mura di cedro pregne dell'aroma di caffè. Al bancone, il barista con troppo tempo libero si sta impegnando con tutto sé stesso in una partita di *shōgi*, gli scacchi giapponesi, contro uno studente. Oh, l'impiegato part time si è alzato di colpo, cosa starà succedendo?»

Sul volto del nonno, che per un istante si era fatto serio, affiorò improvvisamente un sorriso.

«Ah, ho capito perché è in preda al panico. Questa volta è il turno di Queen e Christie. Chissà che da un momento all'altro non si aggiunga anche Carr alla discussione. È una festa con i tre grandi del giallo tradizionale. Anzi, visto che Queen scrive opere in collaborazione, forse bisogna definirlo un quartetto. Christie ha preso in prestito la cucina e sta preparando il tè del Devon di cui va fiera. Anche Setogawa e gli altri sono veramente contenti. Carr, senza far caso a noi, sta fissando la teiera con talmente tanta intensità che rischia di farci un buco. Sicuramente sta pensando a qualche nuovo modo per uccidere con il veleno. Si stanno divertendo tutti.»

Di cosa stava parlando il nonno?

Era ciò che il suo inconscio aveva gentilmente ricreato, mettendo in scena il finale felice che desiderava.

A Kaede venne di nuovo da piangere, ma questa volta erano lacrime calde, accompagnate da una leggera risata.

"La scena che stai vedendo ora, nonno, è sicuramente la verità", pensò.

Non aveva nessuna base per affermarlo, ma sentiva che era così.

In quel momento, la sigaretta cadde nel posacenere pieno d'acqua con un tonfo ovattato. Dalla fessura della finestra proveniva un leggero venticello autunnale che faceva ondeggiare gli indumenti appesi.

Il nonno, rivolto alle magliette, si inchinò più volte.

«Grazie, grazie. Questa volta siete tutti qui per l'incontro sul rispetto degli anziani? Grazie per essere venuti così numerosi.»

Nell'istante stesso in cui il fumo della Gauloises si dissolse, il nonno precipitò nuovamente nella senilità.

2.
LA CAMERA CHIUSA DELL'*IZAKAYA*

1.

Lavorare come insegnante in una scuola elementare pubblica faceva di lei un'impiegata statale, ma ciò non significava poter tornare a casa a orari regolari.

Mentre era intenta ad assegnare voti in rosso ai test nell'aula insegnanti, le lancette segnavano già le sei del pomeriggio.

"Chissà di cosa si trattava."

Improvvisamente, continuando a svolgere quel compito meccanico, a Kaede tornò in mente la strana allucinazione del nonno.

Da quale concatenazione di pensieri dipendeva la capacità di cogliere l'immagine che si celava dietro la verità?

Kaede smise di scrivere.

Forse il nonno, grazie alla sua eccezionale intelligenza e alle sue conoscenze, riusciva a sperimentare allucinazioni basate sulle conclusioni a cui era giunto attraverso la logica. Il fumo che si espandeva dalla punta della sigaretta, simile a una nebbia, offuscava gli scenari del mondo reale e forse gli rendeva più facile visualizzare quell'immagine. La sua era soltanto un'ipotesi... anzi, no: una storia.

Kaede, cercando di non farsi vedere dai colleghi, rise amaramente con gli occhi puntati verso il basso.

A quel proposito, le tornò in mente che il motto del nonno era sempre stato: «Tutto ciò che accade sulla Terra è una storia».

Fin da quando aveva memoria, suo nonno aveva sempre lavorato come dirigente di una scuola elementare. Quando era diventata una studentessa lì, aveva scoperto che il nonno era l'insegnante più popolare dell'istituto, soprannominato l'*insegnante lavavetri*.

A eccezione della cerimonia d'ingresso e di quella di diploma, nessuno lo aveva mai visto indossare un completo. Indossava sempre una camicia con le maniche arrotolate ed era solito lavare i vetri del corridoio, dare l'acqua alle piante del cortile o pulire con impegno i bagni. Le sue braccia erano magre, ma i bicipiti lasciavano intuire una familiarità con lo sport o le arti marziali. Non era, tuttavia, un insegnante ossessionato dall'attività fisica.

Ogni volta che incrociava i bambini, li chiamava per nome e chiedeva loro: «Che libro stai leggendo?».

Il nonno non solo ricordava il nome di tutti, ma conosceva anche la maggior parte dei libri che gli studenti nominavano, e ne raccontava con passione i punti salienti. Era questo che l'aveva meravigliata più di ogni altra cosa.

Alla cerimonia di diploma, insieme alla pergamena, regalava ai bambini anche un libro. I generi erano vari: libri classici, gialli, di fantascienza, fumetti... dipendeva dalla personalità dello studente. A ben pensarci, non si limitava solo ai libri. A un bambino aveva regalato un videogioco horror. Per il nonno, anche i giochi contribuivano a formare la personalità, anch'essi raccontavano storie importanti.

Il nonno era convinto che, a volte, i bambini necessitassero sia di racconti così spaventosi da non farli dormire, sia di storie inimmaginabili ed elettrizzanti, con il compito di stimolare le loro capacità creative e svilupparne la sensibilità.

A quanto pareva, come aveva previsto il nonno, quel particolare bambino, da grande, aveva fondato un'azienda di videogiochi che continuava a sfornare titoli di grande successo.

Durante la cerimonia di diploma di Kaede, il discorso del dirigente, tenuto dal nonno, era stato decisamente fuori dagli schemi. Di punto in bianco, aveva tirato fuori un libro dalla tasca e, come se fosse su un palcoscenico, aveva iniziato a leggerne un passaggio.

«C'è una parola che ultimamente non sento più.»

Sia i bambini che i genitori erano rimasti sconvolti da quell'improvvisata lettura ad alta voce del dirigente, con quel timbro da baritono che avrebbe fatto invidia a un cantante d'opera.

«Anche se viene usata, non è più intesa con serietà. Ora non va più di moda e, quando viene proferita, è seguita da una risatina di scherno, per darsi un tono. Sapete qual è questa parola? È...»

Il nonno, sul palco, aveva atteso qualche istante, guardando Kaede e gli altri bambini, per poi concludere a voce alta: «Avventura».

Poi era rimasto fermo e in silenzio per un minuto. Quando il brusio nell'auditorium si era placato, era tornato al suo solito tono allegro.

«Questo era un famoso estratto di *U-112 Assalto al "Queen Mary"* di Jack Finney. È una parola vecchia, ma moderna. Tutti, quando la sentiamo, non possiamo fare altro che provare un moto di segreto entusiasmo.»

Nell'auditorium erano risuonate delle risatine. Il nonno aveva aspettato che si calmassero per poi continuare con espressione seria: «Oggi vi diplomate tutti, ma non vi aspetta un futuro infinito. Tutto ha un limite. C'è una fine. L'arma della gioventù si arrugginisce in un attimo. Se volete raggiungere gli obiettivi che desiderate, per favore, avventuratevi! È tutto».

L'obiettivo di Kaede era diventare un'insegnante nella stessa scuola del nonno.

Esatto, non se ne era dimenticata.

Il libro che le aveva regalato alla cerimonia era un'antologia di opere di Robert F. Young che conteneva *La ragazza che venne dal futuro*. Il titolo originale era *Dandelion Girl*, perché i suoi capelli erano dello stesso colore del dente di leone, il fiore. Era una straziante storia d'amore che superava i confini dello spazio-tempo, un commovente classico della fantascienza.

A distanza di tempo, Kaede ricordava ancora a memoria l'*incipit* del romanzo: «Due giorni fa ho visto un coniglio».

Anche i capelli di Kaede, di un castano chiaro simile a quello di sua madre Kanae, in un certo senso assomigliavano a quelli della ragazza.

Probabilmente il nonno le aveva regalato quel libro nella speranza che anche lei potesse vivere una memorabile storia d'amore.

"Scusa, nonno. Una storia d'amore... non ci sono proprio riuscita", pensò.

Anche a Kaede piacevano i fiori; forse quella era l'unica influenza che la ragazza del romanzo aveva avuto su di lei.

Qualcuno la chiamò mentre veniva scossa da un'altra risata amara.

«Maestra Kaede, cos'è che la fa tanto ridere?»

Si girò, stupita, e si trovò davanti il maestro Iwata, in piedi con un piattino in mano. Avevano iniziato a lavorare nello stesso anno.

«Ha sentito l'odore del dolce?»

Kaede strinse la penna rossa: «No, no, non è per quello».

Nonostante fosse iniziato l'autunno, Iwata indossava ancora una polo a mezze maniche. Forse voleva approfittarne per mettere in mostra i muscoli il più a lungo possibile durante l'anno.

«Oggi ho provato a preparare una torta al cioccolato. Forse per lei è troppo dolce, però.»

«Oh, che bella sorpresa! Allora ne assaggio una fetta.»

Iwata, a dispetto del fisico asciutto, adorava cucinare.

Quando Kaede assaggiò la torta, le si sciolse in bocca. Le sembrava un po' più dolce del solito, ma per la stanchezza che portava addosso quel sapore era più che benvenuto. Sicuramente i bambini l'avrebbero amata.

«Grazie mille. È buonissima!»

Iwata le rivolse un ampio sorriso e, imbarazzato, si passò una mano tra i capelli naturalmente ondulati; dopodiché, tornò al suo posto, proprio di fronte a lei.

I suoi capelli erano meravigliosi, soffici come se avesse appena fatto la piega dal parrucchiere. Kaede si era accorta che lui si stava comportando in modo molto amichevole nei suoi confronti e non poteva negare che fosse una brava persona. Per quanto apprezzasse la sua allegria e onestà, però, per qualche motivo lo trovava troppo esuberante.

Kaede era una persona introspettiva e riflessiva; forse tutta quella allegria e quella popolarità la mettevano a disagio. A ben pensarci, in passato, le sue amiche l'avevano spesso criticata.

«Kaede, sei così carina! Se solo non usassi tutte quelle parole difficili e provassi a parlare in modo più amichevole, riusciresti a essere più affabile con gli altri.»

C'erano anche state ragazze che le avevano rivolto parole a dir poco sgradevoli.

«Perché non leggi sullo smartphone? Darsi un tono con i libri è un po' snob, a mio parere.»

Altre, invece, in modo indiretto, si erano prese gioco di lei perché non si vestiva alla moda.

«Ho sentito dire che non dovresti indossare sempre vestiti scuri, ma scegliere colori che si abbinino ai tuoi capelli chiari. Anche se, secondo me, puoi fare come vuoi.»

Kaede non era mai riuscita a rispondere a quelle critiche. Aveva pensato di essere, forse, troppo matura per la sua età. E tutto ciò si era trasformato in un complesso che non l'aveva affatto aiutata nella vita amorosa. Forse era perché leggeva troppo, e la dipendenza dalla lettura l'aveva rovinata.

No, a pensarci bene, la colpa era stata di quell'incidente che l'aveva resa incapace di gestire le relazioni sociali e sentimentali.

Forse aveva preso dal nonno: era brava solo a parlare con i bambini...

«Mi sta ascoltando? Maestra Kaede.»

«Ah, scusi.»

Iwata le stava parlando dal suo posto.

«Ero immersa nei miei pensieri... Di cosa stavamo discutendo?»

«Non può chiedermi di raccontarlo di nuovo!»

Iwata mise il broncio.

«Di solito non si chiede di ripetere per la seconda volta un racconto così spaventoso.»

«Un racconto spaventoso?»

«Esatto. Si ricorda l'*izakaya*, il ristorante dove siamo andati l'anno scorso? Quello che si chiama Haruno, nella zona nord di Himon'ya.»

«Certo.»

Non poteva averlo dimenticato. In primo luogo, perché era stato uno dei locali preferiti del nonno in gioventù e, poi, perché era stata lei a sceglierlo quando, piuttosto restia, aveva accettato di andare a bere con Iwata. Ricordava di aver ignorato il collega, steso sul tavolo ubriaco, per andare a bere al bancone con il nonno, arrivato poco dopo.

Con espressione seria, Iwata rivelò: «Ieri sera a Haruno c'è stato un omicidio».

Una persona era stata uccisa nell'*izakaya* preferito di suo nonno?

Per di più, a quanto pareva, in quel momento nel locale era presente un compagno delle superiori di Iwata, di qualche anno più giovane.

«Mi ha chiamato prima per dirmelo, e adesso andiamo a bere qualcosa. Se vuole venire, è la benvenuta.»

«Non è inopportuno che mi presenti anch'io?»

«No, non si preoccupi. È un mio compagno del club di baseball.»

«Davvero? Non lo sapevo.»

«No? Comunque, ero nel club di baseball e, per quanto

tempo sia passato, resto una sorta di mentore per lui. Perciò non c'è nessun problema se viene anche lei. Però...»

«Cosa?»

«Lui è un tipo peculiare: un tantino eccentrico.»

2.

Kaede arrivò con cinque minuti d'anticipo al bar italiano dove si erano dati appuntamento. La struttura ricordava una cabina di legno. Osservando le pareti in stile scandinavo, pensò che somigliasse al Mon Cherì.

L'interno era accogliente, con soltanto il bancone e due tavoli. A quello in fondo, una giovane coppia stava stappando una bottiglia di vino. Su quello davanti c'era un cartello con scritto «RISERVATO», quindi doveva essere il loro. Era già occupato da una persona con i capelli lisci e voluminosi, tutti della stessa lunghezza, in netto contrasto con quelli ondulati di Iwata.

Stava leggendo un libro. Furono i bottoni della camicia blu, posizionati sulla destra, a farle capire che si trattava di un uomo. Quel taglio di capelli, per una donna, sarebbe stato un caschetto all'altezza del mento.

I capelli, in effetti, erano perfettamente allineati lungo il mento appuntito. A causa della frangetta che lo celava, non riusciva a vederne il volto. Le dita, però, erano decisamente lunghe e sottili, notò.

Con coraggio, fu lei a prendere la parola. Non era brava con le presentazioni, ma tra i due era la più grande.

«Lei è l'amico del maestro Iwata?»

«Sì», rispose il ragazzo con il caschetto ordinato, senza neanche guardarla in volto.

Poi fece scorrere un lungo dito sullo smartphone e, dopo aver dato un'occhiata distratta all'ora, aggiunse: «Mancano quattro minuti e venticinque secondi all'appuntamento. C'è ancora un po' di tempo, quindi finisco di leggere».

Così, per circa quattro minuti, Kaede, in completo silenzio, rimase ad ascoltare il suono delle pagine sfogliate.

Stranamente, però, non era infastidita dal fatto che la stesse ignorando. Forse era perché il suo modo di voltare le pagine era pieno di delicatezza, come per evitare di sciupare la carta.

Il gufo sulla parete li informò che si erano fatte le otto.

All'improvviso, il ragazzo con il caschetto spostò la frangia dalla fronte. Kaede pensò che fosse un gesto un po' teatrale.

Aveva un naso dritto, dal profilo nobile.

«Piacere. Chiamami pure Shiki. Significa "quattro stagioni".»

«Shiki, ehm, piacere...»

Anche lei doveva dirgli che poteva chiamarla Kaede?

«Mi chiamo Kaede. Il mio nome significa "acero", l'albero con le sue belle foglie rosse.»

Shiki sbuffò una risata.

«È una poesia?»

«Eh?»

«Non che non capisca come la mia presentazione possa averti influenzata, ma tu, di solito, quando ti presenti, dici che le foglie rosse sono belle? Significa che hai così tanta fiducia in te stessa da non avere problemi a usare la bellezza delle foglie rosse per descrivere il tuo volto?»

«No, non intendevo in quel senso.»

Cercò di sorridere, ma era chiaro che si trattava di un sorriso forzato.

Che problemi aveva quel ragazzo?

Gliel'avrebbe fatta passare solo perché aveva delle belle ciglia lunghe.

In realtà, non aveva né il coraggio né la fiducia in sé stessa necessari per controbattere. Se fossero stati dei bambini a parlare in quel modo, avrebbe subito trovato la risposta adatta.

«Piuttosto, Iwata è in ritardo. Non ha senso che organizzi un'uscita per poi fare tardi.»

«Hai ragione, però ha detto di avere un po' di lavoro arretrato.»

Quando arrivò il proprietario, il ragazzo con il caschetto – anzi, no, Shiki – si rivelò un esperto.

«Stiamo ancora aspettando una persona, ordineremo quando arriverà. Anzi, no. Iniziamo con due birre. Bevi, vero? Dopotutto, mi hai appena fatto sorbire quella tua strana poesia.»

«Cos...»

Che razza di modo di parlare era quello?

Era irritata con sé stessa perché aveva finito per abbassare lo sguardo, reprimendo le sue emozioni.

«Sì. Se posso...» finì per replicare.

«Una caprese. E un tagliere di prosciutto crudo. Il resto lo ordineremo quando arriva il terzo. Grazie.»

«Scusami.»

«Cosa c'è?»

Cercando di abbozzare il suo migliore sorriso, provò a dire: «Se ordini, preferirei che chiedessi anche la mia opinione».

Shiki rise piano, senza guardarla negli occhi.

«Non te ne sei accorta? Da quando sei arrivata hai guardato la caprese lì vicino due, no, tre volte.»

Eh? Non ci poteva credere.

Si rese conto che stava arrossendo per l'imbarazzo.

«No, no, non c'è bisogno di arrossire. Lo stanno già facendo i pomodori che continui a fissare.»

«E il tagliere di prosciutto?»

«Quello voglio mangiarlo io; la cosa ti crea problemi?»

«No.»

Notando che era diventata ancora più rossa, Shiki indicò con fare interrogativo il libro che spuntava dalla tasca del suo cappotto. Era lungo e stretto, con un dipinto a olio sulla copertina.

«È Dickson Carr? Il maestro dei crimini impossibili? In realtà sai essere elegante, eh?»

"Oh. Sa parlare..." pensò lei.

«Sì. È *Quattro armi false*, sono quasi alla fine. È un bel libro», disse poi ad alta voce.

«Eh?»

Shiki sembrava sinceramente sconvolto.

«Non lo tieni solo per fare scena? Lo leggi davvero? Oggigiorno? Un'opera di Carr? Proprio tu, che sembri così al passo con i tempi? Lo intendo come complimento, davvero.»

«Scusa, ma non ti seguo.»

«È arrivata la birra.»

«Non è meglio aspettare il maestro Iwata per iniziare a bere? Ma, soprattutto...» Forse era troppo agitata, ma era la prima volta che parlava così tanto con un ragazzo che aveva appena conosciuto. «Che problema c'è a leggere Carr?»

«No, non intendo dire che Carr sia una brutta scelta», ribatté Shiki, grattandosi il naso.

Poi aggiunse: «Penso che tu faccia bene a leggere un classico, anche se si tratta di una traduzione».

«Cosa vorresti insinuare, con questo?»

«Ci vorrebbe una nottata intera se dovessi spiegarti tutte le ragioni, perciò ti faccio un riassunto. Per prima cosa, l'ambientazione è datata. Oggigiorno, chi costruirebbe una villa piena di stanze su un'isola remota? Sarebbe più probabile morire di fame che essere vittima di un omicidio. Inoltre, i personaggi sono troppo vecchi e stereotipati. Tra i sospettati c'è un uomo soprannominato "colonnello", anche se è un veterano, che ha per moglie una bionda tanto giovane da poter essere sua figlia. Viene quasi il dubbio che lei prima o poi lo ucciderà. Poi la traduzione è antiquata: ogni volta che c'è un personaggio anziano, sembra appena uscito dalla prima guerra mondiale. Si parla di Londra, ma a un certo punto sembra di trovarsi a Okayama o Hiroshima. Per di più – e questo è il destino delle traduzioni – i nomi dei personaggi sono difficili da ricordare. È impossibile tenere a mente tutti i nomi della famiglia Fortescue. E Renisenb, figlia di Imhotep, non mi entrerà mai in testa. Come posso spiegarmi? I nomi sono troppo elaborati, finti, non si distinguono. Se i cognomi sono complicati, i nomi devono essere semplici. Anche dei soprannomi o nomi di parentela come "nonna" o "fratello" andrebbero bene. In parole povere, le traduzioni aggiungono innumerevoli altri elementi al giallo che, di per sé, è già una storia fittizia. È per questo che io li chiamo i "gialli matrioska".»

Non poteva arrivare subito al dunque?

Non si poteva certo negare che i personaggi e le ambientazioni dei vecchi gialli stranieri fossero obsoleti. In particolare, per quanto riguardava lo stile di Carr, ricordava che ne aveva accennato anche Takeshi Setogawa. Però Kaede, esattamente come Setogawa, non poteva fare a meno di essere di parte nei confronti delle sue opere.

Un bel libro trasmetteva la stessa sensazione provata accarezzando un mobile di legno pregiato. E nelle opere con vecchie traduzioni c'era un che di raffinato e profondo che rifletteva l'epoca in cui erano ambientate.

Kaede era sul punto di dirglielo, ma, odiando il confronto, decise di trattenersi.

In cambio, provò a contrattaccare: «Allora, tu .. Shiki, giusto? Che gialli leggi?».

«Io leggo solo gialli di autori giapponesi», dichiarò lui. «Non vedo altri paesi dove ci siano tanti premi per gli scrittori emergenti di gialli. I libri con ambientazioni e personaggi scadenti vengono eliminati fin da subito, perciò il livello è alto. Per di più, non c'è neanche il tragico problema della traduzione. I generi sono vari e i talenti tanti; possiamo dire che al momento il Giappone è il paese che più se ne intende di gialli.»

«Questo non è semplicemente un tuo gusto personale, Shiki?»

«No, c'è una logica dietro, perciò non lo definirei *gusto personale.*»

"Wow, non male. È un ragazzo a cui piace discutere per il solo gusto della discussione", pensò Kaede e, involontariamente, scrollò le spalle.

«Vedi, è questo che intendo.»

«Eh? Cosa?»

«Ora hai appena scrollato le spalle. Di solito le ragazze giapponesi non scrollano le spalle quando sono perplesse. Cosa sei, una moglie borghese venuta qui dopo aver lasciato la sua magione estiva nel sud della Francia? Hai imparato quei gesti perché leggi solo Christie & Co. Io questa la chiamo la "malattia dei gialli matrioska".»

"Questa se l'è appena inventata!" pensò lei.

Era sul punto di alzare, in maniera del tutto eccezionale, la voce, quando il maestro Iwata si intromise: «Okay, basta così! Ehi, maestra Kaede, come ti ho detto, Shiki è un tipo strano, vero?».

Lei prese fiato e si intimò di calmarsi e sorridere.

«Non c'è problema, sono strana anch'io. In realtà, mi dispiace, maestro Iwata, ma ho due cose da dire al tuo amico.»

Quando era stata l'ultima volta che aveva battibeccato con qualcuno che aveva appena incontrato, per di più un ragazzo?

Kaede prese coraggio e si rivolse a Shiki.

«La famiglia Fortescue è in *Polvere negli occhi.* E Renisenb, figlia di Imhotep, è in *C'era una volta.* Questo significa che le opere di Agatha Christie le leggi.»

«Senti un po', Kaede.»

Durante quella serata, dopo le ordinazioni, quando avevano chiesto una caraffa di vino, pasta alla bolognese e cotoletta alla milanese, Iwata aveva iniziato a darle del tu, ma decise di non farci caso.

«Shiki è interessante, vero? Quando giocavamo a baseball, diceva di voler fare l'arbitro, l'allenatore e, a volte, addirittura il cheerleader. E, invece, alla fine, è diventato un attore teatrale sconosciuto ai più. Strano, vero?»

Un attore teatrale... a Kaede sembrava di capire.

«Poi ha anche una particolare filosofia di vita. Qual è?»

Shiki rise come un bambino.

«Sai, maestra Kaede, io penso che tutto ciò che accade in questo mondo sia un racconto», spiegò.

Rimase scioccata e venne colta da un senso di *déjà-vu*.

Shiki la irritava, ma in un certo senso era come se fossero compatibili.

«L'ha detto un grande attore giapponese in punto di morte: "Tutto quello che sta accadendo adesso è la risposta esatta". E io ho interpretato così le sue parole: "Tutto ciò che accade è una storia ed è destinata ad avere un lieto fine". Se le cose stanno così, anch'io, per quanto la mia vita possa sembrare superficiale, penso di dover vivere tutte le storie a lieto fine che posso.»

Shiki si spostò nuovamente i capelli dalla fronte, ma questa volta la cosa non le diede fastidio.

Quando arrivò la bolognese, Iwata, sfregandosi le mani, disse: «È il piatto più raccomandato in questo ristorante. Non vi viene voglia di parlare di *Cooking Papa* solo a guardarlo? Io ho tutti i volumi del manga».

«Tutti i volumi?» ridacchiò Kaede e, allo stesso tempo, anche Shiki fece una piccola risata.

Dopo essersi goduta la cotoletta alla milanese, le portarono al momento perfetto un cappuccino per concludere il pasto.

Iwata, che pure aveva una bassa tolleranza all'alcol, non era ancora del tutto ubriaco.

«Non è quasi giunta l'ora di parlare del caso?» chiese Shiki.

Il caso di omicidio accaduto nell'*izakaya*.

In altre circostanze, il caso avrebbe ottenuto maggiore risonanza, ma, forse per via della partita di calcio della nazionale giapponese, gli erano stati dedicati solo brevi articoli di giornale, e online le notizie erano quasi nulle.

«Poi non ha ancora fatto scalpore perché è appena successo», spiegò Shiki, sollevandosi dalla sedia per avvicinarsi a Kaede e Iwata.

«Chissà perché la polizia non ha rilasciato dichiarazioni più dettagliate.»

Visto che la coppia se n'era andata, nel locale erano rimasti solo loro.

Shiki abbassò comunque la voce, forse perché temeva che lo sentissero dalla cucina.

«Però si tratta senza ombra di dubbio di un omicidio. E se vi state chiedendo come mai ve ne stia parlando... è perché un mio amico è stato coinvolto nell'incidente.»

Iwata si occupò di spiegare il resto: «È così, maestra Kaede».

Dopo aver assaggiato il cappuccino, Iwata aveva ripreso a darle del lei.

Era il tipo di persona che non riusciva a corteggiare qualcuno senza il supporto dell'alcol. Non le dispiaceva quel modo di fare impacciato, però...

«Quando Shiki me ne ha parlato, lei era proprio davanti a me e mi sono ricordato che è un'appassionata di gialli, perciò l'ho invitata.»

Shiki inviò loro la piantina del locale che aveva creato con un'applicazione sullo smartphone.

«Per prima cosa, guardate qui. È una semplice pianta di Haruno. È un piccolo locale; come in questo ristorante, ci sono solo due tavoli e alcuni posti al bancone, sempre occupati da clienti abituali.»

Kaede, guardando la mappa, commentò: «Sì, ci sono andata alcune volte e mi sembra che corrisponda».

Era un locale appartato in un vecchio edificio situato nella zona nord di Himon'ya, a pochi minuti di distanza dal viale Meguro-dōri.

Anche se era un *izakaya* in cui era possibile ordinare delle specialità, non era un ristorante di lusso dove gli avventori casuali esitavano a entrare, ma un semplice locale gestito da un'allegra proprietaria in jeans, in cui sia i prezzi che l'atmosfera erano alla portata di tutti.

Era rinomato non solo per gli antipasti elaborati, ma anche per il suo famoso stufato, e a Kaede tornò in mente il sorriso della proprietaria quarantenne, con la sua pelle impeccabile e il grembiule bianchissimo e immacolato.

«I locali sono della grandezza giusta e ha anche un bell'assortimento di liquori», commentò Iwata.

"Fa tanto il saputello, ma l'ultima volta è crollato senza neanche arrivare al sakè", si ritrovò a pensare Kaede, evitando di dirlo ad alta voce.

Si rivolse invece a Shiki: «Quelli dalla A alla M sono i clienti?».

«Esatto. A sinistra, al tavolo 1 c'erano due donne e due uomini, probabilmente di ritorno dal lavoro. Vanno da A a D. Al tavolo 2, a destra, c'erano quattro uomini, me compreso, del gruppo teatrale, da E a H. Ricordo che al bancone erano tutti uomini; ciò significa che il locale era al completo. Visto che la proprietaria si occupa da sola del ristorante, era sicuramente molto impegnata. Mi seguite?»

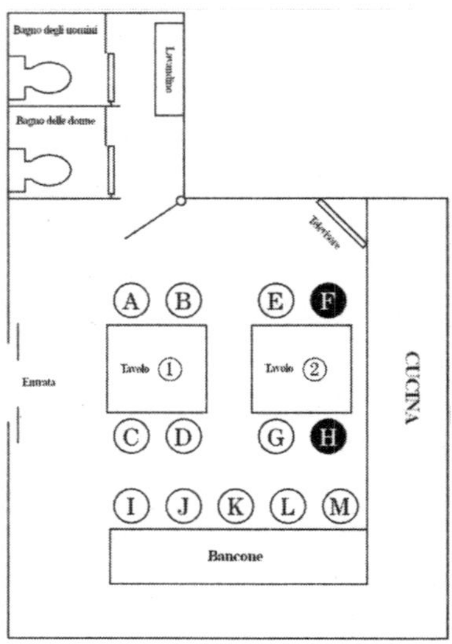

Kaede e Iwata annuirono.
«Okay. F sono io. Sul televisore alle mie spalle stava passando la partita della nazionale di calcio giapponese, perciò buona parte dei clienti stava bevendo e mangiando stuzzichini con il viso rivolto in quella direzione. In un certo senso, questo vuol dire che non arrivavano continuamente ordini, quindi la proprietaria poteva permettersi qualche attimo di tregua.»
«In altre parole, quella sera era più un bar sportivo che un *izakaya*», intervenne Kaede.
«Esatto. A me il calcio non interessa, perciò mi infastidiva quando si mettevano a urlare per fare il tifo. Non è che i calciatori potessero sentirli! A un certo punto non ce l'ho più fatta a sopportarli e mi sono messo a urlare: "Arabia Saudita!" in mezzo a tutta la confusione.»
«Non ci credo...» borbottò Iwata con un tono un po' irritato. «Sono sicuro che, in qualche modo, le voci dei tifosi arrivino ai giocatori, anche se non sono lì con loro! Danno forza alla squadra!»
«Mah... Gli incoraggiamenti dei clienti di un *izakaya*, intenti a mangiare salmone, arriveranno davvero fino allo stadio? Se così fosse, la nazionale avrebbe già vinto la coppa del mondo dieci volte di fila.»
Il colore del volto di Iwata era cambiato.
«Ti sembrano parole adatte a un ex giocatore di baseball? Se fai l'attore, dovresti provare empatia: se ti capitasse il ruolo di un tifoso che non può andare alla partita, ma vuole comunque supportare i giocatori? Quello che hai appena detto non ha senso.»
Aveva ragione.
Per qualche istante, ci fu un silenzio imbarazzante. Poi, inaspettatamente, Shiki si alzò e chinò la testa, scusandosi.
«Forse ero un po' su di giri, visto che ero con i miei amici del teatro. Per farmi perdonare, oggi offro io, Iwata.»
«No, non preoccuparti. Non ti lascio pagare, sei più piccolo.»

Poi, grattandosi la testa con quei suoi capelli mossi, Iwata aggiunse un po' imbarazzato: «Anch'io ho esagerato, ma sorvoliamo; ora siediti».

Kaede, che non aveva mai fatto parte di un club, provò un pizzico di invidia di fronte al loro rapporto.

«Stiamo perdendo il filo del discorso. Comunque, dopo ho potuto confermare l'ora dell'accaduto guardando le news sportive», continuò Shiki. «Stavano 3-3 all'inizio del secondo tempo; erano le 21.50. I giocatori giapponesi sono ripartiti all'attacco: magnifico tiro da fuori area, poi con calcio d'angolo e infine con un calcio di punizione da un'ottima posizione. Sfortunatamente sono stati parati tutti dal portiere, con grande scorno dei clienti dell'*izakaya*, e non hanno fatto goal, ma di fronte a questi superbi attacchi, nel locale si sono alzati tutti in piedi in preda alla foga.»

«Sono stati dieci minuti carichi di energia, ti sarai alzato anche tu, no?» intervenne Iwata.

«No, io ero l'unico seduto a mangiare le noccioline.»

«Allora non si sono alzati tutti!»

«Tre tiri di seguito per il Giappone! Le lancette dell'orologio segnano le 22 e tutti tengono gli occhi incollati sullo schermo! Non riesco a togliermi di testa la telecronaca, perciò ricordo con certezza che, alle 22 precise, la squadra avversaria si è impossessata della palla. L'atmosfera nel locale, a quel punto, si era rilassata un po', forse perché i clienti si erano stancati di fare il tifo. Proprio in quel momento, H si è alzato per andare in bagno, rimanendoci per circa tre minuti. H fa parte della troupe, ha la mia età ed era seduto di fronte a me. Tralascio il suo nome perché è un frequentatore assiduo del locale. E adesso arriva la parte importante. Ascoltate bene.»

All'improvviso, l'espressione di Shiki si fece grave.

«Un attimo, Shiki. Posso registrarti?»

Dopo aver ottenuto il suo consenso, Kaede avviò la registrazione sullo smartphone. Istintivamente, aveva pensato di chiedere aiuto al nonno.

«Pronti? Allora...»

Shiki si era calato nel suo ruolo di attore teatrale e aveva iniziato a narrare la ricostruzione dei fatti.

«Dopo essere tornato dal bagno, H si è acceso una sigaretta. E io, cioè F, che ero seduto di fronte a lui, gli ho parlato. Gli ho chiesto se il bagno era libero e lui mi ha risposto: "Sì, prego, vai pure, è libero". Allora sono andato in bagno. Ho lanciato un'occhiata a quello delle donne e ho fatto per entrare in quello degli uomini, ma la porta non si apriva. A ben guardare, era chiusa dall'interno con il chiavistello. Ho bussato, ma non ha risposto nessuno. All'improvviso mi sono guardato i piedi e ho lanciato un urlo di terrore. Perché ho urlato? Perché da sotto la porta del bagno stava scorrendo del liquido che era, senza ombra di dubbio, sangue. "È successo qualcosa? Sta bene?" ho urlato, ma non ho ricevuto risposta. Allora mi sono arrampicato sul lavandino per spiare dentro il bagno dall'alto e, seduto sul gabinetto e collassato in avanti, ho trovato un uomo di mezz'età, magro, con un tatuaggio sulla testa e orecchini a entrambi i lobi. Dalla schiena spuntava un oggetto simile a un coltello e a intermittenza, dalla ferita, stillava sangue. Il pavimento ormai ne era ricoperto, così come il bomber della vittima, che era immobile. In quel momento ho realizzato che quell'uomo era morto, era stato appena ucciso.»

Kaede rimase in silenzio, stupita, coprendosi la bocca con la mano. Non aveva idea che fosse stato proprio Shiki a scoprire il cadavere.

Se l'uomo era stato pugnalato alle spalle, doveva per forza trattarsi di omicidio, non poteva essere un suicidio.

Forse anche Iwata aveva sentito per la prima volta la storia in quel momento, perché era rimasto in silenzio con le braccia incrociate. Dopo qualche istante fu lui a chiedere: «Poi cos'è successo? Avrete chiamato la polizia».

«Sì, per prima cosa, cercando di non seminare il panico, sono andato in cucina oltrepassando il bancone. La proprietaria era seduta al tavolo, rilassata, con il mento poggiato su una mano, e stava scrivendo il nuovo menu su un foglio. Doveva trattarsi di un piatto con un nuovo gusto o qualcosa del genere. Appena mi ha visto allarmato, però, ha smesso di scrivere e ha stracciato il foglio. Forse, stupita dalla mia urgenza, ha sbagliato a scrivere. Poi l'ho sollecitata a chiamare la polizia. Anche se di solito è coraggiosa, le tremava la voce; probabilmente era sotto shock. Dopo aver finito la telefonata, è collassata sul posto.»

«Poverina», commentò Kaede.

Riusciva a immaginarsi chiaramente l'accaduto, proprio perché conosceva il buon carattere della proprietaria, una donna d'esperienza e una gran lavoratrice.

«Sono arrivate ben tre pattuglie. Hanno delimitato la scena del crimine e hanno iniziato subito le indagini. Anche qui c'è un elemento importante, perciò non fatevelo scappare.»

Kaede e Iwata si sporsero nuovamente in avanti.

«I poliziotti erano in borghese. Hanno chiesto: "Prima che il cadavere fosse scoperto, qualcuno è andato in bagno?". Queste sono le testimonianze dei clienti del tavolo 1 per ricostruire chi è andato in bagno. Il cliente C ha dichiarato: "No, fino alle 21.30 siamo andati un po' tutti in bagno, ma dopo non mi sembra. Dopo l'esaltazione per i tre tiri, intorno alle 22, però, mi ricordo che uno dell'altro tavolo è andato". Ovviamente stava parlando di H. La cliente D, invece, ha detto: "Neanch'io ho notato nessuno. Però, visto che stavano passando la partita di calcio in televisione, penso che mi sarei accorta se qualcuno si fosse alzato". La loro testimonianza è stata sostenuta da quella dei clienti al bancone. "Dalle 21.30 alle 22 nessuno ha usato il bagno", ha affermato uno. "Esatto. Sinceramente era l'ultima cosa a cui avrei pensato in quel momento. Tutti i clienti erano seduti al loro posto", gli ha fatto eco l'altro. "Dopotutto, eravamo 3-3. Era una lotta accanita da cui non si poteva distogliere lo sguardo", ha concluso un terzo. Stessa cosa per le testimonianze del tavolo 2. In altre parole, quando, poco dopo le 22, ho scoperto il corpo, l'ultimo a essere andato in bagno era stata la persona prima di me, ovvero H. E da lì in avanti la situazione si fa ancora più complicata.»

Per un istante, forse dimenticandosi del suo ruolo di attore, negli occhi di Shiki passò un lampo di tristezza.

«H si è avvalso della facoltà di non rispondere, perciò è stato portato via dalla polizia. Fine della storia.»

Non era possibile: l'amico di Shiki era stato tratto in arresto.

Questa volta fu Kaede a interrompere il silenzio che era di nuovo calato al loro tavolo.

«Avete scoperto l'identità della vittima? Se devono ascoltare le testimonianze, non possono affidarsi solo a quelle dei clienti.»

«No. È una mia ipotesi, ma non penso sia stata scoperta. Neanche la proprietaria lo conosceva, e ho sentito i detective dire che non aveva né la patente né altri documenti con sé.»

«A chi sarà appartenuta l'arma letale "simile a un coltello"?»

«Oh, quello l'hanno scoperto subito», rispose Shiki. «Ho sentito parlare quelli della scientifica. Attaccata alla cintura, la vittima aveva un fodero per un coltello a farfalla.»

Iwata si passò una mano tra i capelli, scompigliandoli.

«In parole povere, il colpevole gli ha rubato il coltello e l'ha pugnalato?»

«Esatto.»

«Allora la soluzione non è evidente? Mi dispiace, Shiki, ma non sembra che, per qualche motivo, H abbia ucciso impulsivamente la vittima? Tre minuti sono più che sufficienti per commettere il delitto. Per di più, la sua scelta di avvalersi della facoltà di non rispondere è sospetta. Da un punto di vista oggettivo, non sembra una persona onesta.»

«Per quanto riguarda quello, in realtà, H è una persona più che rispettabile. Addirittura troppo, per il lavoro che fa.»

«Addirittura troppo?»

«Sì», confermò Shiki, guardando Iwata dritto negli occhi.

«Non è facile per una "brava persona" lavorare nel mondo del teatro. H, però, non ha mai perso il desiderio di migliorare e di ottenere delle parti, anche quando gli altri tentavano di buttarlo giù. Almeno per quanto riguarda il suo buon carattere, posso assicurarvi che non è il tipo di persona che potrebbe uccidere qualcuno. È serio, gentile, ha un forte senso della giustizia ed è davvero una persona fantastica. In questo senso, ti assomiglia un po', Iwata.»

«Dacci un taglio!» lo zittì l'amico, anche se era chiaramente lusingato. «Sono una persona così fantastica, secondo te?»

«No, intendevo la parte di prima: quella sul buon carattere.»

«Ehi!»

«Scusa.»

«Ti perdono solo per questa volta...»

«Comunque, se H fosse il colpevole, non avrebbe dovuto cercare di fermarmi quando sono andato in bagno?»

«Questo è vero. Allora perché H continua a rimanere in silenzio? Ma, più di tutto», e, così dicendo, Iwata si passò di nuovo la mano tra i capelli, «da chi, dove e in che modo è stato ucciso l'uomo con il tatuaggio?»

«È proprio tutto un grande enigma.»

«Rimettiamo di nuovo in ordine gli eventi», riprese Shiki. «Per prima cosa, dalle 21.30 in poi nessuno è andato in bagno. Alle 22 in punto, H si è diretto verso quello degli uomini. Appena tre minuti dopo è tornato al suo posto; io gli ho chiesto se il bagno era libero e lui ha confermato. Allora sono andato in bagno; però, per qualche motivo, la porta era chiusa a chiave dall'interno. Ho bussato e chiesto se andasse tutto bene, ma nessuno ha risposto. Allarmato, mi sono arrampicato e ho spiato dall'alto, e nel bagno ho trovato il cadavere di un uomo pugnalato alla schiena.»

«Nel bagno, non ci sono finestre, da cui qualcuno si sarebbe potuto infiltrare, vero?» chiese Iwata.

«No. È tutto come descritto sulla mappa.»

«Allora, cosa ne dici di questa interpretazione? Un uomo è stato pugnalato fuori dal locale ed è entrato ormai in punto di morte», azzardò.

«Non è possibile. Non hai sentito che quando ho visto il cadavere il sangue stava ancora sprizzando fuori? Doveva essere morto qualche attimo prima. Se la vittima fosse entrata per sbaglio nel locale, nonostante il caos per la partita, qualcuno dei clienti se ne sarebbe accorto.»

«Allora, se le cose stanno così, il problema è che...» iniziò Iwata.

«Esatto, è proprio come dici tu. Da chi, dove e in che modo è stato ucciso l'uomo con il tatuaggio? E, oltre a ciò, dov'è andato a finire il colpevole?»

Il silenzio che era calato su di loro fu interrotto quando il gufo appeso al muro suonò di nuovo. Kaede, che fino a quel momento era rimasta in silenzio ad ascoltare lo scambio tra i due, prese la parola.

«Credo che l'enigma che si cela dietro questo caso sia piuttosto complicato», affermò d'istinto. «È per questo che hai voluto discuterne con noi... non è vero, Shiki?»

Shiki scrollò le spalle.

"Oh! Anche tu scrolli le spalle!" pensò lei.

«Senti, Shiki, potresti aspettare fino a domani? Forse riesco a scoprire qualcosa che potrebbe tornarti utile», disse ad alta voce.

Il giorno dopo era libera dal lavoro; poteva andare a trovare il nonno.

Con delicatezza, Kaede, premette il tasto per interrompere la registrazione.

3.

Nel momento esatto in cui arrivò a casa del nonno, smise di piovere.

Non poteva dirlo con certezza, ma aveva l'impressione che quel giorno il nonno sarebbe stato in forma.

Mentre attraversava il cortile ricoperto di foglie che, bagnate dalla pioggia, risplendevano qua e là, sentì una voce provenire dalla finestra dello studio.

«A, e, i, u, e, o, a, o. A, e, i, u, e, o, a, o.»

Doveva trattarsi degli esercizi di riabilitazione vocale. Ormai era raro che un singolo operatore si occupasse della riabilitazione degli anziani; era più frequente trovare un'équipe di specialisti.

Il logopedista si occupava della comunicazione verbale, dell'ascolto e della deglutizione: un campo relativamente nuovo della riabilitazione.

Kaede bussò, annunciando il suo arrivo, e una voce allegra la invitò a entrare: «Venga pure! È venuta sua nipote! Meno male che oggi è in forma, signor Himon'ya».

I cantastorie di una volta venivano soprannominati *maestro della città tal dei tali* in base a dove abitavano, e al nonno, appassionato di narrazione, era sempre piaciuto il soprannome *Himon'ya.*

Kaede salutò con un leggero inchino ed entrò nello studio, dove trovò un uomo di mezz'età, magro e con la testa rasata a zero per nascondere la perdita di capelli. Aveva infilato dei guanti monouso e stava per iniziare a massaggiare la gola al nonno.

Era alto come Kaede, circa un metro e sessanta; anzi no, forse era un po' più basso.

«Ci sono anziani con la pelle della gola cadente, perché i muscoli si stanno deteriorando. A causa di ciò, diventa difficile deglutire. La situazione, però, migliora molto con massaggi giornalieri», spiegò il logopedista.

«Ah, com'è piacevole. Come sempre, ti ringrazio.»

«Però i suoi capelli, signor Himon'ya, sono favolosi. Sono quasi geloso.»

Risero tutti quando l'uomo girò la testa per mostrare la sua calvizie al nonno e a Kaede.

«Per quanto siano belli, però, non lo saranno mai quanto quelli di mia figlia. Perché sono più lunghi e più lisci. E più brillanti», aggiunse.

«È ovvio, Papà Chioccia, non ha senso paragonare tua figlia con un vecchio come me», rispose il nonno, divertito.

Al nonno piaceva dare nomignoli alle persone con cui si sentiva a proprio agio; sicuramente andava d'accordo con il signor Papà Chioccia.

Sembravano chiacchiere da barbiere; il discorso aveva un buon ritmo e soltanto ad ascoltarli si divertiva anche lei.

Era proprio come il famoso saggio di Ranpo Edogawa, *Dibattito su Carr.*

«Il nonno non la infastidisce con i suoi lunghi racconti, vero?» chiese Kaede.

Il logopedista, come se ritenesse quell'affermazione inaudita, negò immediatamente: «No, certo che no! Anzi, ammiro la sua vasta conoscenza».

Il suo labbro superiore era gonfio e buffo, con un che di scimmiesco.

«Se dovessimo fare un paragone con lo sport, sarebbe come un campione di decathlon. È esperto in ogni campo, e solo a sentirlo parlare imparo qualcosa. Sono io che dovrei pagarlo per le lezioni.»

Kaede aveva l'impressione che non lo dicesse solo per gentilezza.

Le rughe di espressione intorno agli occhi facevano pensare che fosse un uomo pieno di curiosità.

«È un paragone interessante, quello con il decathlon.»

Il nonno, malizioso, ghignò sollevando un solo angolo della bocca.

«Allora perché non chiedertelo, Papà Chioccia. Le conosci tutte, le dieci gare del decathlon?»

«Eccolo lì. La prego, mi perdoni!»

Papà Chioccia si girò apposta verso Kaede, le rivolse un sorriso tirato e si carezzò la pelata.

«Maestra Kaede, suo nonno finisce sempre per demolirmi così.»

«Allora rispondo io al tuo posto. Prima ci sono i cento metri piani, poi il salto in lungo, il lancio del peso...»

«Okay, okay, basta, anche oggi ha vinto lei, signor Himon'ya!»

Anche Kaede scoppiò a ridere quando il logopedista si arrese.

Come a voler segnalare la fine della seduta, i grilli in cortile iniziarono a cantare. Ultimamente era raro che i grilli vivessero nei cortili delle case, e il nonno andava fiero del fatto che nel suo ci fossero ancora.

«È ora che vada.»

Il nonno lo ringraziò e alzò la mano per salutarlo, ma sembrava restio a lasciarlo andare. Allora cercò di attirare il suo interesse: «Tra l'altro, sei riuscito a registrare il suono dei grilli?».

«Perfettamente. Mia figlia era contentissima quando gliel'ho fatto sentire.»

«Meno male! È raro che ben tre grilli cantino sulla stessa foglia.»

«È valsa la pena comprare un registratore digitale, di qualità. È stato terapeutico.»

«Vero? Come ha scritto Sei Shōnagon: "Se si parla di insetti, i migliori sono i grilli". È stata la prima a descrivere il loro canto.»

«No, mi spiace, ma non è così», disse con aria scherzosa Papà Chioccia, scuotendo la testa in segno di diniego. «A essere terapeutico è stato il sorriso di mia figlia che ha sentito il frinire dei grilli.»

«Ah, non posso competere!»

«Allora arrivederci, Kaede.»

L'uomo la salutò con un inchino e uscì dallo studio.

Kaede si ritrovò a pensare quanto il nonno fosse fortunato. Era grata al logopedista che non solo lo aiutava nella riabilitazione fisica, ma lo faceva anche ridere.

Con il senno di poi, le parole che la *care manager* aveva usato quando avevano stilato il programma di assistenza le toccarono il cuore: «Nel campo dell'assistenza, l'importante è il lavoro di squadra, che comprende la famiglia e i sorrisi».

Kaede ringraziò in cuor suo l'équipe di specialisti. Dopodiché, iniziò a raccontare dell'omicidio.

Il nonno era orgoglioso del fatto che il suo udito non fosse minimamente calato. Dopo aver ascoltato il riepilogo del caso e la registrazione, borbottò con uno sguardo distante: «Haruno, eh? Visto che le gambe non mi reggono più, è da tanto che non ci vado. Lo sai, no, che il loro stufato di frattaglie è il migliore. La salsa *tare* di condimento e il brodo sono spettacolari. Oltre ad aver aperto il locale da sola, la proprietaria è stata brava a creare quel piatto».

Il nonno sorseggiò il caffè dalla sua tazza preferita, quella verde oliva. Anche Kaede aveva l'impressione di non aver fatto altro che bere caffè dalla sera precedente. Secondo alcuni studi, il caffè faceva bene ai pazienti affetti da demenza a corpi di Lewy, però il nonno ne beveva troppo.

«Quando andavo, la proprietaria mi chiedeva sempre: "Signor Himon'ya, oggi quanto ha intenzione di restare?". E quando le rispondevo, mi bisbigliava all'orecchio: "Allora le faccio solo due domande. In cambio basta una bottiglia di sakè?". Poi, quando i clienti diminuivano, apriva sul bancone i libri di matematica e inglese. Da giovane aveva dovuto abbandonare gli studi e perciò si era rimessa a studiare per ottenere il diploma. Il sorriso che si fa quando si comprende un quesito non cambia molto; è lo stesso sia nei bambini che negli adulti. E anch'io non potevo che esserne contento. Ogni volta finivo per spiegarle cinque o sei quesiti, fino all'orario di chiusura.»

«Alla fine l'ha passato, l'esame?»

«Ovvio. Chi pensi che sia stato il suo insegnante privato?»

Il nonno alzò un sopracciglio con fare scherzoso, però nella sua voce si poteva percepire una velata solitudine.

«È davvero un bel locale rilassante. E io conosco anche H, il giovane cliente abituale dal volto squadrato. So che la sua frase preferita, quando il locale è pieno, è: "Non preoccuparti per me". So anche che la proprietaria gli ricorda la madre morta. Poi, anche se lui è imbranato e non se n'è accorto, so che gli piace una ragazza.»

«Davvero?»

«Allora», disse il nonno per riprendere il filo del discorso, «per prima cosa, partiamo dal presupposto che Shiki non sia coinvolto nell'omicidio.»

«Sì, altrimenti il discorso non filerebbe.»

«Tanto per cominciare, oltre al mistero dell'incidente, è presente un altro grande enigma che non possiamo assolutamente ignorare. Possiamo chiamarlo l'*enigma del menu.*»

«L'*enigma del menu*?» chiese Kaede, inclinando la testa perplessa. «Da dove è saltato fuori?»

«Shiki, che ha trovato il cadavere, è andato subito a informare la proprietaria che si trovava in cucina. E lei "era seduta al tavolo, rilassata, con il mento poggiato su una mano, e stava scrivendo il nuovo menu su un foglio. Doveva trattarsi di un piatto nuovo, con un gusto particolare o qualcosa del genere", ma nell'istante in cui Shiki ha fatto la sua comparsa, ha "smesso di scrivere e ha stracciato il foglio". Perché?»

«L'ha notato anche Shiki; forse è stato perché nel panico ha sbagliato a scrivere? È davvero così importante?»

«Molto importante.»

Il nonno poggiò la tazza sul tavolino.

«Anche se avesse sbagliato a scrivere, non c'era motivo di strappare il foglio. La priorità non sarebbe dovuta essere ascoltare cosa aveva da dire Shiki? Senza contare che un comportamento così irruento non è da lei. Allora perché si è presa la briga di stracciare il menu? Forse è stata obbligata a farlo? Questo è l'*enigma del menu* e, svelandone il mistero, potremo anche scoprire la verità che si cela dietro al caso.»

A ben pensarci, forse era davvero così.

Kaede aveva incontrato la proprietaria tante volte nel locale e non le era proprio sembrato il tipo di persona da stracciare un menu davanti a un cliente solo perché aveva sbagliato a scrivere. Però, in quel caso...

Il nonno allungò le braccia, come un soldato che si mette sull'attenti, dopodiché sventolò una mano come a voler dire: *Per adesso mettiamo da parte l'enigma del menu.*

Poi continuò: «Allora, di solito ti chiedo di presentarmi la tua storia, però penso che sia più giusto che prima ti racconti la mia esperienza come cliente abituale».

Sul volto del nonno passò un'ombra difficile da decifrare.

«Anche perché penso di conoscere l'identità dell'uomo con il tatuaggio.»

«Cosa?»

«Era una persona violenta che la proprietaria conosceva da quando andava al liceo, ed è sempre stato un elemento negativo nella sua vita. Con me se ne lamentava da tempo; era, per usare le sue parole, "un uomo cattivo". Ho anche visto l'uomo con il tatuaggio aspettarla davanti al negozio.»

«Ah, davvero?»

«Sarà stato l'anno scorso. Era una serata fredda e il vento forte avrebbe scoraggiato chiunque. Io, come al solito, ero al locale perché la stavo aiutando a studiare, però quel giorno, e solo quel giorno, era completamente ubriaca. "Signor Himon'ya, basta con lo studio. Le offro da bere, perciò vuole ascoltare la storia dell'uomo che ha visto davanti al negozio?" mi aveva chiesto, sorreggendo una guancia con la mano.»

Una guancia con la mano...

Shiki aveva trovato la proprietaria nella stessa posizione quando era entrato in cucina.

Era un'abitudine carina che si addiceva alla sua personalità amichevole, pensò Kaede.

«Visto che sapevo già cos'era successo tra di loro, le avevo chiesto: "È uscito, vero?". E lei era crollata ed era scoppiata a piangere.»

«Uscito da dove?»

«Di prigione», rispose il nonno con disinvoltura. «Circa vent'anni fa c'è stato un caso che ha scosso profondamente la comunità. Una liceale e un uomo con un tatuaggio viaggiavano di qua e di là per l'arcipelago a svaligiare case. Ci fu un grave incidente: una vittima che cercò di opporre resistenza venne uccisa. Il colpevole ovviamente era l'uomo, più grande di circa dodici anni, e la ragazza era solo la complice che lo accompagnava. Lei era piccola e con ottimi riflessi, perciò il suo compito principale era quello di entrare nelle case dalle finestre più alte e assicurarsi le vie di fuga. Il resto del mondo, però, non la pensava così. Ben presto si guadagnarono la reputazione di una coppia senza scrupoli; erano stati definiti i Bonnie e Clyde del Giappone.»

Bonnie e Clyde: ne aveva già sentito parlare.

Bonnie Parker e Clyde Barrow, una coppia del Midwest che rapinava banche negli anni Trenta. Erano stati usati come modello per *Bonnie and Clyde* di Arthur Penn, un thriller pieno di suspense, capolavoro della New Hollywood.

«Davvero? E la ragazza della coppia era la proprietaria da giovane?»

«Esatto.»

Il nonno aggrottò la fronte, intristito.

«Alla fine erano stati catturati in una regione molto a nord. L'uomo era finito in prigione, la ragazza – ora proprietaria dell'*izakaya* – in riformatorio. Questo l'ho saputo dai giornali.»

«Okay.»

«Anni dopo, quando ho visto l'uomo con il tatuaggio davanti al negozio, ho capito subito che doveva trattarsi del Clyde del Giappone, un tempo ricercato in tutto il paese. La proprietaria, quindi, doveva essere Bonnie. Clyde, dopo il suo soggiorno in prigione, era tornato a farle visita.»

«Oh, no!»

«Probabilmente voleva che sentissi, almeno una volta, tutta la sua storia e si è data forza con l'alcol. Senza bisogno di domande, mi ha raccontato tutto ciò che è accaduto dopo la cattura. Era cresciuta in una famiglia povera, dove mancava il cibo, e aveva scoperto per la prima volta, in riformatorio, che c'erano tre pasti al giorno. E, non riuscendo a dimenticare gli stufati che aveva mangiato lì, aveva deciso che in futuro avrebbe aperto un suo locale.»

Era una storia commovente.

Se per Kaede l'avventura era stata diventare una maestra di scuola elementare, la proprietaria dell'*izakaya* aveva dato tutta sé stessa per aprire un locale dove poter offrire i piatti che preparava con le sue mani.

«Si può dire che l'arresto sia stato per lei provvidenziale e che le ha permesso di cambiare il proprio destino, tagliare il legame che la univa a quel criminale e dare inizio alla sua seconda vita. Però, in qualche modo, Clyde, l'uomo con il tatuaggio, ha scoperto dove si trovava e si è presentato davanti al negozio. Gli è bastata una semplice minaccia: "Se scoprono il tuo passato, cambieranno idea anche sul tuo locale". E la proprietaria è stata costretta, sebbene con riluttanza, a cedere alle sue richieste. Io l'avevo avvertita di non dargli retta una seconda volta e di chiamarmi se si fosse ripresentato.»

Il nonno lanciò un'occhiata al bastone appoggiato al tavolino. Anche se, in qualche modo, la proprietaria fosse riuscita a mettersi in contatto con lui, il nonno non sarebbe stato in grado di andare al ristorante. Neanche usando il bastone...

Kaede finse di non averlo notato e riportò l'attenzione al tema principale.

«E alla fine è tornato di nuovo.»

«Esatto. Senza vergogna, Clyde si è ripresentato a chiedere soldi. Gli faceva comodo che il locale stesse facendo affari. Sarà stato contento di poterle sottrarre più denaro. Di certo, non poteva immaginare che quello sarebbe stato il suo ultimo giorno di vita. Tra poco anche la polizia scoprirà la sua identità. Probabilmente è anche per questo che non c'è ancora stato un comunicato ufficiale sull'accaduto. Lo faranno dopo aver appurato che la vittima è uno spietato criminale.»

Il nonno incrociò le braccia e guardò Kaede dritto negli occhi.

«Bene, direi che tutti gli elementi che riguardano il caso sono venuti a galla. Perciò te lo richiedo: qual è la tua storia? Cos'è successo quella sera?»

Era giunto il momento.

Kaede deglutì e iniziò a mettere insieme i pezzi.

«Storia numero uno: H è il colpevole», iniziò. «Per via di qualche conflitto, ha ucciso l'uomo con il tatuaggio in bagno. Dopo aver chiuso la porta dall'interno, ha usato il portasciugamani e il chiavistello come poggiapiedi per arrampicarsi ed è uscito dal cubicolo. È tornato al suo posto facendo finta di niente e si è acceso una sigaretta. Il fatto che si stia rifiutando di parlare supporta questa versione dei fatti.»

Carezzandosi la barbetta sul mento, il nonno dichiarò: «Qualcosa non torna. Se fosse lui il colpevole, perché ha risposto che il bagno era libero quando Shiki gliel'ha chiesto? Se ha chiuso la porta a chiave, significa che voleva che il cadavere fosse scoperto il più tardi possibile. Per non parlare del fatto che, essendo l'ultimo a essere andato in bagno, era inevitabile che venisse sospettato. Non ha senso».

Aveva ragione. Se H fosse stato il colpevole, quelle azioni non avrebbero fatto altro che attirare l'attenzione sul crimine commesso. Oltretutto, faceva fatica a trattarlo come un criminale dopo che le era stato descritto come una persona tanto gentile.

In qualche modo ciò la fece sentire sollevata e, sempre più confusa, passò alla storia successiva.

«Storia numero due: H non è il colpevole. Un'altra persona ha ucciso l'uomo, ha chiuso la porta a chiave dall'interno ed è fuggita.»

Mentre la raccontava, però, Kaede realizzò che quell'ipotesi non era plausibile.

«No, non è possibile. Questa versione ha un problema ancora più grande.»

Il nonno fece una risata a cui era difficile attribuire un significato. Chissà a cosa aveva pensato.

«Dopotutto, nessuno aveva usato il bagno dalle 21.30. Alle 22 è andato H e, se ha detto la verità, dopo di lui era libero...» continuò lei.

Dovette farsi forza per dire il resto ad alta voce: «Significa che in pochi minuti la vittima è apparsa in bagno e, allo stesso tempo, il colpevole è sparito. Questo fa del delitto un *enigma della camera chiusa*».

«È proprio così», intervenne il nonno, con lo sguardo puntato su un angolo dello studio dove la libreria proiettava un'ombra.

«Sì, ora l'immagine mi è chiara. Il colpevole è la proprietaria. Posso vederla davanti ai miei occhi mentre si prepara.»

«In che senso?»

Intendeva che si stava preparando alla fuga?

«Delle tue storie, la seconda era quella giusta. In parole povere, questo è, senza ombra di dubbio, un *enigma della camera chiusa*», sentenziò il nonno. «Cos'è successo quella sera? Riflettiamoci con attenzione.»

Il nonno si accigliò nuovamente.

«I clienti sono andati in bagno fino alle 21.30. Poi, però, la partita si è fatta intensa e nessuno si è più alzato; anzi, gli occhi di tutti i clienti erano puntati sulla televisione. Per di più, tutti gli spettatori si sono alzati in massa quando il Giappone è andato vicino al vantaggio, ovvero intorno alle 21.50. Quando il locale era immerso nel caos, duro a morire, Clyde è venuto a chiedere di nuovo soldi. L'unica a essersi accorta di lui è stata la proprietaria, al di là del bancone. Non è chiaro, a questo punto, se sia stato lui a farle segno di andare in bagno o se sia stata lei a indirizzarlo lì. È molto probabile che si tratti della seconda opzione, visto che, più di tutto, la proprietaria temeva una disputa all'interno del locale. Incontrarsi in cucina sarebbe stato estremamente pericoloso, visto che era piena di utensili affilati come i coltelli per il pesce e per la carne. Clyde è stato descritto come autore di violenza domestica; è ovvio che la donna, percependo il pericolo, abbia optato per il bagno.

Mentre i clienti erano incollati allo schermo che trasmetteva la nazionale, la proprietaria, da dietro il bancone, si è diretta segretamente verso i servizi. Clyde, dall'ingresso, ha camminato lungo il muro, ha aperto la porta a sinistra e si è infilato in bagno. Visto che i clienti si erano alzati, entusiasti per la partita, nessuno si è accorto dei loro movimenti. Anche in bagno, però, alla fine si è scatenata una lite. La donna si è fatta coraggio e si è rifiutata di pagare. Clyde, infuriato da quell'atteggiamento, ha deciso di ricorrere alla violenza. Sono sicuro che abbia cercato di strangolarla.»

«Strangolarla? Quindi la sua è stata legittima difesa?»

«Sì. Si tratta proprio di un caso di legittima difesa. Dopo ti spiegherò il motivo per cui ne sono così sicuro», disse il nonno, con una smorfia. Sembrava come se avesse appena leccato del sale.

«Per di più, lui ha cercato di pugnalarla con il coltello a farfalla che aveva con sé, ma durante la colluttazione è stata la proprietaria, senza volerlo, a pugnalarlo.»

Nella testa di Kaede si fece spazio un'immagine inquietante e vivida.

Il sangue rosso cremisi che scorre sul bianco immacolato.

Quell'immagine le riportò alla mente un incidente del passato.

«Presa dal panico, la proprietaria avrà tentato di rianimarlo. "Cosa faccio? Io non volevo pugnalarlo!" Però Clyde ormai era morto. Disperata, dentro il bagno, stava pensando a come fare. Bonnie è una donna onesta e di buon carattere: il suo primo pensiero sarà stato quello di costituirsi. Subito dopo, però, si sarà chiesta che cosa ne sarebbe stato del negozio. Anche se fosse stata dichiarata legittima difesa, ne avrebbe danneggiato la reputazione. Era il locale che era riuscita ad aprire con tanti sforzi, riempiendosi di debiti; se si fosse scoperto che era la Bonnie del Giappone, sarebbe crollato subito. Per non parlare del fatto che nessun cliente avrebbe voluto mettere piede in un ristorante dove era stato commesso un omicidio. Doveva fare in modo che l'accaduto non venisse subito a galla. Non voleva di certo che il corpo di Clyde venisse trovato. Nel panico, avrà pensato che doveva cercare di far passare la serata, finché i clienti non fossero andati via alla fine della partita; dopodiché, sarebbe riuscita a nascondere il corpo. Allora, di soppiatto, ha aperto la porta del bagno per controllare la situazione, ma alle 22 è arrivato il cliente abituale H, e allora si è richiusa subito dentro e, dall'altro lato della porta, gli ha detto: "Scusa, H, il bagno delle donne era occupato e sto usando un attimo questo. Esco subito". Quando ha ipotizzato che H se ne fosse andato, ha infilato nella tasca del grembiule gli oggetti personali di Clyde, come il portafoglio, e poi ha usato il chiavistello e il portarotoli come poggiapiedi ed è fuggita da sopra il cubicolo.»

«Eh?» Perplessa, Kaede piegò la testa. «È uscita dall'apertura in alto? La proprietaria è capace di un simile sforzo fisico?»

Il nonno sorrise e si colpì la tempia con la punta dell'indice.

«Ascolta bene. Non ti devi dimenticare qual era la sua specialità quando era una criminale. Lei, che era magra e con ottimi riflessi, era brava a infiltrarsi nelle case dalle finestre. Per di più, al lavoro indossa dei jeans, si veste in modo informale, quindi non deve essere stato difficile uscire dal bagno chiuso. Le persone, quando immaginano la proprietaria di un *izakaya,* istintivamente pensano che indossi un kimono o un grembiule, ma non c'è una regola che lo renda obbligatorio.»

Era proprio così.

In realtà, era stata la stessa Kaede a invitare lì Iwata perché era un locale senza troppe pretese e la proprietaria si vestiva in modo informale.

Lo stesso valeva per la compagnia teatrale di Shiki. Proprio perché si trattava di un posto alla mano, non si erano fatti problemi a entrare.

«Così, una volta uscita dal bagno, la proprietaria deve aver realizzato che, proibendo l'accesso ai servizi, sarebbe riuscita a tenere nascosto il corpo almeno fino all'orario di chiusura.»

«Ho capito! Ora ha senso.»

«H ha fatto dietrofront ed è tornato al suo posto. In realtà, la porta del bagno delle donne non era chiusa a chiave, ma lui non ha controllato. Visto che la proprietaria sarebbe uscita subito, non aveva senso provare a usare l'altro gabinetto.»

«Però, nonno...»

«So cosa vuoi chiedermi.»

Il nonno stava annuendo, e la sua espressione sembrava volerle dire: *Brava, non male.*

«Forse si è sentito a disagio a pensare che la proprietaria stesse usando il bagno degli uomini, però in realtà nelle aree di servizio succede spesso. È un uomo adulto; sarebbe stato insensibile da parte sua lamentarsi di fronte al gesto di una donna che non aveva alternative. Per non parlare del fatto che in questi locali non è raro trovare cartelli con scritto: SI INFORMA LA CLIENTELA CHE I BAGNI VENGONO USATI ANCHE DALLO STAFF.»

Aveva ragione, non poteva che concordare con lui.

Per di più, nella cucina del locale non c'era il bagno, quindi era ovvio che la proprietaria usasse quello dei clienti.

«Allora H, dopo essere tornato al suo posto, deve aver pensato: "Tornerò dopo aver fumato una sigaretta". Succede spesso a noi fumatori. Ed è stata proprio la sua decisione a dare vita a questo enigma impossibile.»

Il nonno riprese a fissare un angolo della stanza.

«Se H non fosse stato un fumatore, sarebbe tornato nel corridoio e avrebbe aspettato che la proprietaria uscisse. E se fosse rimasto lì ad attendere, per quanto dentro il locale fosse rumoroso, quelli del tavolo 1 se ne sarebbero accorti», continuò.

«È vero. Perciò poi, durante l'interrogatorio, avrebbero dovuto dire che forse il bagno era occupato, visto che qualcuno stava aspettando fuori», intervenne Kaede.

«Però H è tornato al suo posto, perché è un fumatore. A questo punto, F, ovvero Shiki, gli ha chiesto se il bagno fosse libero, e vorrei che ripensassi alla sua particolare risposta: "Sì, prego, vai pure, è libero". È strana. La prima parte non ti sembra inutile? Sarebbe bastato rispondere che era libero. Non è una frase troppo formale se rivolta a un attore della sua stessa troupe, che conosce da tempo?»

Aveva ragione.

Shiki aveva detto che avevano la stessa età.

«In realtà, in quel momento H deve aver visto, oltre le spalle di Shiki, la proprietaria uscire dal bagno, perciò ha usato la peculiare espressione: "Sì, prego, vai pure", quando ciò che voleva davvero dire era: "Volevo andare di nuovo, ma anche se la proprietaria è uscita, ormai mi sono acceso una sigaretta, perciò sì, vai pure".»

«Ma allora...»

Kaede aveva un altro dubbio.

«Perché tutti i clienti hanno detto che nessuno è andato in bagno dalle 21.30?»

«Perché è stata la proprietaria a uscire dal gabinetto, non un cliente!» rispose il nonno con decisione.

Kaede rimase sorpresa.

Voleva dire che si trattava di un enigma con un colpevole invisibile?

«Se, per esempio, la proprietaria avesse avuto con sé il cestino della carta asciugamani, non sarebbe sembrato che avesse appena usato il bagno, ma che fosse andata a rifornire le scorte. In questo caso la proprietaria è proprio "l'uomo invisibile" di Chesterton. Tra l'altro, anche se non ci sarebbe bisogno di dirlo, dentro il cestino c'erano il grembiule ricoperto di sangue e gli effetti personali di Clyde.»

Dal giardino proveniva il canto dei grilli.

L'analisi dei dettagli del caso era giunta al termine.

«Però», osò chiedere Kaede, «queste sono solo supposizioni basate su altre supposizioni. Non potrebbe essere che la proprietaria e H siano complici?»

«No, perché H ha lasciato che Shiki andasse in bagno. Se lo fossero stati, in un modo o nell'altro avrebbero trovato una scusa per chiudere subito il locale.»

«C'è anche la possibilità che sia un crimine premeditato da parte della proprietaria», tentò allora la nipote.

«È ancora più improbabile. Non ha senso commettere un omicidio in un locale pieno di clienti.»

«È vero, non ha senso. È proprio come dici tu, nonno, però...»

Però... Poteva dirlo?

«Come dire? È proprio come se tu lo avessi visto di persona.»

«È così.»

Il nonno assottigliò lo sguardo e, sempre fissando l'angolo della stanza, disse semplicemente: «Proprio ora, lì, la proprietaria sta lottando con Clyde. Ecco, lo ha pugnalato. E adesso sta parlando con H dall'altro lato della porta. Vedo tutto. Non c'è prova più decisiva di questa, no? Se proprio vogliamo essere precisi, non è qualcosa che ho visto di persona, ma qualcosa che sto vedendo ora».

Kaede si coprì la bocca, sorpresa.

Il nonno aveva inventato un nuovo tipo di deduzione. Tenendo in considerazione la personalità gentile della proprietaria e quella malvagia di Clyde, era stato capace, in un istante, di analizzare nel dettaglio tutte le informazioni a sua disposizione. E la verità ultima a cui era giunto si era presentata davanti ai suoi occhi sotto forma di allucinazione.

I grilli cantarono di nuovo.

«Allora, vogliamo esaminare l'*enigma del menu*?»

«È possibile capire il motivo per cui la proprietaria ha strappato il foglio?»

«Come ti ho detto all'inizio, è la chiave che permette alla verità di venire a galla.»

«Si può davvero spiegare logicamente perché ha stracciato il menu?»

«Certo. È proprio questa sua azione ambigua a suggerirci che lei è la colpevole e che ha agito per autodifesa. Allora, questa volta lo chiedo a te, Kaede. Vorrei che ragionassi come se tu fossi la proprietaria, tornata nel panico in cucina. Cosa faresti se volessi impedire l'accesso al bagno degli uomini?»

«Allora...»

Dopo averci pensato su, Kaede rispose: «In fretta, scriverei su un foglio che è fuori servizio a causa di un guasto!».

Il nonno mimò una pistola con le dita.

«Risposta corretta.»

«Ma come? In realtà, quello che stava scrivendo era un nuovo menu...»

A quel punto Kaede si coprì la bocca con la mano destra.

GUASTO/GUSTO. Per caso...

«Te ne sei accorta, vero?» Il nonno le mostrò il lungo dito indice. «Visto che aveva chiuso a chiave il bagno degli uomini, aveva pensato che il corpo non sarebbe stato scoperto subito. Poi, come hai detto tu, ha cercato di scrivere su un foglio "GUASTO", ma a causa del dolore al collo per il tentato strangolamento, della confusione e dell'impazienza, deve aver mancato una lettera. E – questo è un punto cruciale – in quel momento non aveva la guancia poggiata sulla mano, ma inconsciamente si stava carezzando il collo che le faceva male. Ed è proprio quel gesto istintivo che ci fa capire che il suo è stato un atto di legittima difesa.»

«Ah, ecco. E in quel momento è arrivato Shiki.»

«Esatto. È stato un grande errore di calcolo da parte della proprietaria. Shiki, infatti, quando ha visto il sangue scorrere da sotto la porta, si è accorto del cadavere ed è corso in cucina.»

«E ha visto il foglio con scritto "GUSTO".»

«Lo ha visto di sfuggita, perciò ha senso che abbia frainteso. Vedendo quella parola, avrà pensato che si trattasse di un nuovo piatto, qualcosa con un gusto diverso dal solito. A questo punto, però, la proprietaria non poteva permettere che il foglio venisse letto, altrimenti il suo coinvolgimento nella faccenda sarebbe venuto a galla. Quindi, senza pensarci, ha strappato il biglietto. Pensaci: in mezzo a un locale pieno di gente non avrebbe avuto il tempo di creare un nuovo menu, né tanto meno di rilassarsi con una mano sulla guancia.»

«GUSTO» e «GUASTO».

Effettivamente, non erano le parole che si vedevano più spesso in un *izakaya*?

«È normale allora che fosse sotto shock quando Shiki le ha riferito di aver trovato il corpo, e anche che le tremasse la voce quando ha chiamato la polizia. Perché il cadavere era stato trovato prima che avesse avuto il tempo di appendere il cartello.»

«Però, nonno, c'è ancora una cosa che non mi è chiara.»

«Cosa?»

«Dove sono andati a finire il grembiule e gli effetti personali dell'uomo?»

Il nonno si lasciò andare a una risata forse un po' perfida.

«Avrei voluto che almeno di questo te ne fossi accorta tu, Kaede. C'è solo un posto dove la polizia non può controllare immediatamente. È ovvio che si trovavano dentro al pentolone che conteneva lo stufato e la salsa di cui andava orgogliosa.»

«Oh!»

«Sicuramente la proprietaria deve aver esitato. Voleva nascondere l'incidente per proteggere il locale, ma la sua salsa sarebbe stata rovinata se avesse nascosto lì il grembiule e il portafoglio. Anche quell'atto, alla fine, avrebbe potuto portare alla rovina del locale.»

Kaede provò a immaginare che cosa avrebbe fatto lei in

una situazione del genere, ma non riuscì a giungere a nessuna conclusione.

«E ti rivelo ancora un altro segreto: il motivo per cui H, che è stato portato via dalla polizia, ha deciso di rimanere in silenzio.»

Il nonno socchiuse un po' gli occhi, come se stesse cercando un frammento preciso dell'allucinazione.

«Il motivo che mi sembra più plausibile è che stesse tentando di proteggere la donna. In altre parole, quando è arrivata la polizia ha capito che lei era la colpevole; H è un uomo gentile e dal forte senso del dovere, e forse la proprietaria gli aveva raccontato dei misfatti di Clyde.»

«Però, nonno, per i due si prospetta una fine triste.»

«Perché?»

«Prima hai detto che la proprietaria si sta preparando a fuggire. Mentre H si rifiuta di parlare, lei sta scappando e lo sta lasciando solo.»

«Non è così.»

Lo sguardo dell'uomo si assottigliò.

«Lei non si sta preparando a scappare. Guarda, proprio ora, davanti ai miei occhi, sta telefonando alla polizia. Ha deciso di costituirsi, per aiutare H che la sta proteggendo.»

Kaede pensò che quell'immagine non fosse altro che una pia illusione. Però il nonno era così sicuro che poteva quasi farle credere che fosse la verità.

In quel momento, i grilli iniziarono a frinire. Nello stesso istante, gli occhi del nonno, che si erano assottigliati così tanto da dare l'impressione che fosse sul punto di addormentarsi, si spalancarono all'improvviso.

«Ah, davvero? Ma come mi è saltato in mente!»

Spostò lo sguardo dalla finestra e rise amaramente.

«Stavo per ignorare la verità più importante. Tra i due generi, nei grilli è solo il maschio a cantare. No, forse dovrei ringraziare Papà Chioccia che mi ha fatto ricordare dei grilli. Ho commesso un grave errore.»

"Cosa voleva dire? *I grilli? Un grave errore?*"

Il nonno, ignorando la nipote perplessa, rise enigmaticamente e si carezzò la barba.

«Questa barbetta mi dà proprio fastidio.»

A Kaede sembrava solo un discorso senza senso.

«Dovrei farmela rasare dalla badante o da Kanae.» Poi le chiese: «Mi prendi una sigaretta?».

Il nonno espirò nell'aria il fumo della Gauloises. Poi riaffondò nella poltrona.

Aveva chiuso gli occhi? O aveva solo assottigliato lo sguardo?

Poco dopo, mentre fissava il fumo, l'uomo aggiunse: «Scusa, Kaede. La storia che ho creato prima non è lo scenario ottimale. In realtà, c'è un grosso buco nella trama».

«Ma come?»

«Non ti sto prendendo in giro. Mentre analizzo le possibilità, l'immagine cambia costantemente. E, come pensavo, per quanto sia frustrante, il disegno che adesso ha preso forma nel fumo non ha imperfezioni.» Il nonno, concentrandosi sulla nube, sentenziò: «Il colpevole non è la proprietaria, ma H».

Cadde un agghiacciante silenzio.

A un certo punto, anche i grilli in cortile avevano smesso di cantare.

«Indipendentemente dal numero di grilli, a cantare sono solo i maschi. Quindi, per capire quante femmine ci sono, bisogna per forza contarle. Però quella sera, nel locale, era chiara la percentuale di uomini e donne.»

"La percentuale di uomini e donne?" «E questo cosa ha a che fare con l'incidente?»

«Ripensa alla clientela di quel giorno. I clienti, in tutto, erano tredici. Tra di loro c'erano solo due donne, al tavolo 1. In altre parole, c'erano undici uomini, ed era molto probabile che, finita la partita, si sarebbero precipitati in bagno.»

«Okay.»

«In questo caso, nella storia di prima c'è una falla. Ovvero...»

Nascosti dai capelli che gli cadevano sulla fronte, gli occhi del nonno stavano brillando.

«Visto che c'era il rischio che il bagno si sarebbe riempito di gente, perché la proprietaria ha scelto quel luogo per parlare con Clyde? Questa è la falla.»

«Giusto!»

Anche Kaede capì ciò che il nonno stava cercando di dire.

«Se mi metto nei panni della proprietaria, mi sembra di capire. La cucina è fuori questione perché ci sono tanti coltelli; se volessi chiudere subito la discussione e mandare via Clyde, sceglierei il corridoio davanti al bagno o, alla peggio, il bagno delle donne.»

«Esattamente. Allora proviamo di nuovo a ipotizzare cosa possa essere accaduto in quei tre minuti. Per prima cosa, Clyde si è presentato al negozio intorno alle 21.50, e la proprietaria lo ha invitato con lo sguardo ad andare in bagno. Fino a qui non cambia nulla rispetto alla versione precedente. Però non sono andati a parlare in bagno, ma nel corridoio antistante. In poco tempo i due hanno iniziato a litigare furiosamente, Clyde l'ha presa per il collo e poi ha tirato fuori il coltello con l'intenzione di pugnalarla. È proprio quello il momento in cui è arrivato H che, per salvarla, ha strappato il coltello dalle mani di Clyde. Nella foga, però, ha finito per pugnalarlo alla schiena.»

«Sì, ha senso. La proprietaria non sarebbe stata capace di prevalere su un Clyde in preda alla rabbia.»

«Inoltre», aggiunse il nonno, alzando il dito indice, «se la colpevole fosse stata la proprietaria, probabilmente il punto in cui lo avrebbe pugnalato mentre lottavano sarebbe stato l'addome. La ferita sulla schiena indica chiaramente che il crimine è stato commesso da una terza persona, ovvero H.»

Ora che lo diceva...!

«In realtà, a quel punto Clyde era ancora vivo, ma la ferita era letale. Se si viene pugnalati profondamente all'addome o alla schiena è impossibile sopravvivere. In quel momento, però, né la proprietaria né H pensavano che sarebbe morto. Mentre Clyde urlava e imprecava, lei lo ha trascinato nel bagno delle donne, visto che lì il rischio di essere scoperti era minore rispetto a quello degli uomini. “Mi dispiace! Ora mi occupo io di lui in qualche modo, nel peggiore dei casi chiamerò un’ambulanza!” gli avrà detto la proprietaria. H è tornato al suo posto in stato confusionale. Nel frattempo, la donna ha chiesto a Clyde se stesse bene e se fosse necessario chiamare un’ambulanza, ma lui, in preda a un altro attacco di rabbia, ha cercato di ucciderla. Il coltello stava bloccando la ferita, perciò non c’erano state ancora particolari fuoriuscite di sangue. In preda al panico, la proprietaria è scappata in fondo al corridoio e, quando Clyde l’ha raggiunta, inseguendola come un pazzo, l’ha spinto nel bagno degli uomini, che era aperto. Nell’impeto del momento, il coltello è andato a sbattere contro lo scarico del bagno, recidendo l’arteria.»

«È così che sono andate le cose, allora? Poi la proprietaria ha chiuso a chiave la porta del bagno ed è scappata da sopra. E, dopo aver nascosto il grembiule e la roba di Clyde nel cestino, ha cercato di tornare in corridoio...»

«Questo piano d’azione così istantaneo, più che per salvaguardare il futuro del negozio, è stato messo in atto per non arrecare danni a H. Lui, nel frattempo, dimenticandosi di andare in bagno, è tornato al suo posto e si è acceso una sigaretta per cercare di calmarsi un po’. Quando Shiki gli ha chiesto se il bagno era libero, alle sue spalle ha visto la proprietaria. Per quel che ne sapeva lui, il bagno degli uomini era senza dubbio libero, quindi ha risposto in modo affermativo. In realtà, però, al suo interno ci avrebbe trovato un cadavere insanguinato. Ovviamente H deve aver frainteso e deve aver pensato che la proprietaria avesse finito per ucciderlo. Per proteggerla, quindi, continua a rimanere in silenzio anche ora, senza sapere che in realtà il colpevole è lui.»

Sul volto del nonno c’era un’espressione indecifrabile.

Forse stava cercando nel fumo il volto gentile di H, lo stesso che aveva già visto anche all'*izakaya*.

«Riesco a vedere H che, nella sala degli interrogatori, stringe i pugni sotto al tavolo mentre rimane in silenzio. Si è ripromesso di non spiccicare neanche una parola finché la proprietaria non farà il primo passo. E, nel caso lei dovesse dire qualcosa, ha deciso di corroborare la sua testimonianza. Se la donna dovesse raccontare l'accaduto, però, ammetterà senza esitazione di essere il colpevole. E in questo caso... Sì, lo vedo.»

Il nonno aggrottò le sopracciglia e fissò ancora più intensamente il fumo.

Forse... anzi, sicuramente stava assistendo a uno scenario che sarebbe accaduto a breve. A volte lo schermo del fumo proiettava una storia che doveva ancora compiersi.

«La proprietaria è scoppiata in lacrime. Di sicuro sta dicendo: "È stato lui a pugnalarlo, ma non l'ha fatto apposta! L'ha fatto per salvarmi!". A questo punto H replica con il suo solito: "Non preoccuparti per me". E, per la prima volta, diventa consapevole dei sentimenti che prova verso di lei. Pensava si trattasse solo di affetto nei confronti di una figura materna, ma in realtà la vede come una donna. La ama.»

Anche Kaede, per cui l'amore era un punto debole, poteva capire. Il tempo passato in silenzio si era rivelato prezioso per H, perché gli aveva permesso di riflettere sui sentimenti che provava verso la proprietaria.

Kaede ci rifletté ancora.

Come sarebbe stato giudicato il crimine di H dalla polizia? Sarebbe stato interpretato come un caso di legittima difesa? E le azioni della proprietaria, invece?

Kaede voleva credere che il buon cuore dei due avrebbe aperto loro la strada verso un nuovo cammino.

Dopo qualche attimo, la sigaretta nel posacenere si spense. Il nonno guardò dentro la tazza di caffè e si trasformò completamente. Con voce sonnolenta borbottò: «Kaede, mi prendi le bacchette? Lo stufato di questo posto è davvero il migliore!».

"Mi dispiace di non poterti fare uscire di qui, nonno", pensò Kaede in cuor suo.

E decise che, se mai quell'*izakaya* avesse riaperto, di sicuro ce lo avrebbe portato.

3.
LA SCOMPARSA IN PISCINA

1.

Ora che davanti alla stazione di Shimokitazawa non c'erano più rifiuti, Kaede non riusciva a percepire il fascino caratteristico della zona di cui parlava il nonno: «È fantastica proprio perché è caotica».

Era a causa dell'opera di riqualificazione?

Nonostante ciò, mentre osservava i giovani assistere seriamente allo spettacolo dei due artisti che, immobili, imitavano le statue dei re guardiani, Kaede pensò che, alla fin fine, quella era proprio Shimokitazawa.

Vicino a una palestra, un tempo cinema, c'era un piccolo teatro. Un cartello attaccato al palo, con una scritta tracciata con un pennarello dalla punta spessa, riportava in modo peculiare: «TROUPE TEATRALE BLUE CORNER, PERFORMANCE PUBBLICA TRIMESTRALE, *L'AUTORE SEI TU*, TERZA EDIZIONE».

Cosa voleva dire *L'autore sei tu*?

Il fatto che fossero arrivati a una terza edizione, però, significava che attirava l'interesse.

Dopo aver sceso le scale, dove aleggiava l'odore di frittura del ristorante a fianco, l'addetta alla reception, con i capelli corti rossi e le fossette sulle guance, la salutò sorridendo: «Benvenuta».

Il rossetto rosso, coordinato con il colore dei capelli, era d'impatto.

Kaede pensò che, anche se si trattava di qualcuno che lavorava dietro le quinte, quella ragazza avesse un che di teatrale.

«Prego», le disse, porgendole carta e matita.

"È un questionario? Ora lo compilo tutto!" pensò.

La ragazza rispose a quell'entusiasmo con parole inaspettate: «Questo è il copione. Verrò a ritirarlo quindici minuti prima dell'inizio dello spettacolo, perciò lo compili prima del mio ritorno».

Kaede abbassò lo sguardo sul foglio e lesse: «*Scrivete liberamente la sceneggiatura del personaggio che vorreste vedere interpretato*» e «*Caratteristiche di...*».

Ah, si trattava di un'improvvisazione teatrale?

Quando aprì la porta, la piccola sala, che poteva contenere al massimo trenta persone, era quasi piena. Si guardò intorno nel teatro poco illuminato per cercare un posto. Iwata, arrivato prima di lei, la chiamò: «Ti ho tenuto un posto!». Aveva accantonato la formalità.

«Grazie», rispose, sedendosi.

Lui aveva già iniziato a scrivere.

«Anche per me è la prima volta», commentò, facendo roteare euforico la matita. «Maestra Kaede, stranamente, non sembri molto brava con questa cosa», continuò.

«Con il copione?»

«Sì. Il tema deve essere comico e, in questo caso, non sono io il re delle risate?»

«È la prima volta che ne sento parlare.»

«Ah, sì? Però per le persone serie come te, maestra Kaede, sarà un po' difficile.»

Forse aveva ragione, realizzò improvvisamente Kaede, con la matita in mano.

Qualche attimo più tardi furono raccolti tutti i copioni, compreso il suo, e dopo circa cinque minuti la voce del narratore annunciò: «Grazie per l'attesa! Ecco a voi il leader della troupe teatrale Blue Corner!».

La figura magra di Shiki apparve sulle note di una canzone ritmata. Indossava un completo.

«Eh? L'hanno promosso a capo?» borbottò Iwata.

Gli spettatori, soprattutto le donne, applaudirono con entusiasmo.

Era consapevole di essere così popolare?

Shiki attese che l'applauso terminasse e, dopo aver dato qualche indicazione, alzò di poco la voce, dicendo: «Vi ringrazio per i copioni, tutti fantastici come sempre».

Poi chinò la testa.

Kaede rimase stupita. La sua voce era bassa, ma raggiungeva ogni angolo del teatro. Aveva l'impressione di averla già sentita da qualche parte.

«Come al solito, ne ho scelti cinque. Da questo momento, tutta la troupe si impegnerà al massimo per mettere in scena questo spettacolo teatrale improvvisato. Non è stato preparato nulla! Tra poco avrà inizio *L'autore sei tu*, terza edizione.»

Poi aggiunse: «Un, due, tre...» e tutto il pubblico, eccetto Kaede, urlò all'unisono: «*The show must go on!*».

Forse era una dinamica tipica del gruppo teatrale Blue Corner.

Kaede era piuttosto perplessa quando calarono le luci. Il piccolo teatro buio era carico della tensione e delle aspettative degli spettatori, divenuti autori.

Il palco si illuminò nello stesso momento in cui il *buzzer* suonò per segnalare l'inizio dello spettacolo. I seguenti novanta minuti si rivelarono momenti di pura beatitudine, in cui agli spettatori sembrava di far parte dello spettacolo insieme agli attori.

Videro la storia di un arbitro veterano che rilanciava la palla al lanciatore a una velocità di centocinquanta chilometri orari. E quella dei membri delle forze di autodifesa del Giappone catapultati nel passato, non durante il periodo degli stati belligeranti, bensì nel periodo Heian, dove i nobili si dilettavano a giocare a calcio e a comporre poesie tradizionali. Poi assistettero alla sconvolgente storia d'amore di un giocatore professionista di *shōgi*, gli scacchi giapponesi, che, nella sala d'attesa prima della partita di campionato, aveva esclamato: «Vincerò per te!».

E, ancora, la storia di una donna sulla ventina imbarcatasi su una tonniera dopo aver sperperato tutti i suoi averi nelle corse dei cavalli.

In quel momento, Kaede aveva esultato silenziosamente: "Evviva! Sono stata scelta!".

Ogni volta che veniva presentato un copione, si levavano risate.

La tematica di fondo del suo, comunque, era molto seria. Forse era per quello che rappresentava una novità, pensò Kaede, pur non essendo un'esperta.

Negli ultimi trenta minuti, gli attori avevano messo in scena la storia di due trapezisti che si erano quasi uccisi durante una brutta lite la sera prima dello show: un poema epico i cui protagonisti erano una coppia di anziani che lavorava al circo.

2.

Dopo lo spettacolo era stata organizzata una festa in un ristorante di *nabe*, a circa sette minuti a piedi dal teatro.

Mentre camminavano per la strada, costellata di attività di vario tipo, come ristoranti di ostriche, negozi dell'usato e locali in cui giocare a freccette, Iwata si lamentò, deluso: «Come ha potuto scartare il mio copione?».

«Ah, è vero. Cos'avevi scritto?»

«La storia di un insegnante delle elementari, ex membro del club di baseball.»

A Kaede vennero in mente molte possibili risposte.

"Stai praticamente parlando di te stesso. Davvero pensavi che l'avrebbero scelto? Fa più ridere quello che stai dicendo adesso."

Alla fine, però, optò per: «Che peccato».

Arrivati al locale, si diressero nella sala con i *tatami* e, mentre sbocconcellavano il cibo, iniziarono a bere. A quanto pareva, in quel locale la combinazione tra cibo e *all you can drink* e l'equilibrio tra qualità e prezzo erano eccezionali.

Kaede aveva sentito dire dal nonno che gli attori, più che per lo spettacolo in sé, recitavano per i festeggiamenti a cui avrebbero preso parte dopo. A giudicare dall'allarmante caos che la circondava, pensò di nuovo che avesse proprio ragione.

Blue Corner era una piccola compagnia teatrale di dieci persone, compresi quelli che lavoravano dietro le quinte, però stavano facendo così tanto chiasso che neanche tutti e trentadue i bambini della classe di Kaede sarebbero riusciti a eguagliarli.

Per quanto riguardava il caso di qualche tempo prima, all'*izakaya*, come aveva previsto, la proprietaria si era costituita e la polizia era giunta alla conclusione che, anche se il colpevole era H, non si era trattato di un crimine premeditato. Forse era anche per quel motivo che i suoi colleghi erano così euforici. Alla fine, la deduzione del nonno si era rivelata esatta. Non era il caso di parlarne durante una festa, però.

Al grande tavolo rettangolare, continuavano i brindisi a suon di: «*The show must go on!*».

Benché fosse stata invitata da Shiki, Kaede non riusciva a capire tutto quell'entusiasmo e si sentiva fuori luogo. Iwata, invece, sebbene avesse partecipato a pochi spettacoli di quella troupe, parlava con naturalezza, come se fosse un membro veterano della compagnia, esponendo la sua opinione.

«Quella parte lì, però...»

La sua natura amichevole era forse uno dei motivi per cui piaceva così tanto ai bambini.

Dopo circa un'ora, Shiki, con addosso una maglietta e i capelli legati dietro la nuca, si infilò tra Kaede e Iwata con tre boccali di birra: «Scusate se non vi ho potuto fare compagnia. La parte migliore di questo *all you can drink* è che non c'è bisogno di ridare indietro il bicchiere per poter ordinare di nuovo. Bevete tutto quello che volete!».

«No, basta birra», rispose Iwata con espressione corrucciata. «Se bevo ancora mi sento male. Però sono invidioso. Perché hai quel fisico anche se odi gli sport?»

"In effetti..." concordò tra sé e sé Kaede.

La prima volta che l'aveva incontrato, aveva pensato che fosse delicato come una ragazza, ma a guardarlo bene era molto muscoloso. Anche con la maglietta addosso si notavano gli addominali.

Porgendo il boccale a Kaede, Shiki commentò: «Temprare il corpo e fare sport sono due cose diverse. Come posso spiegarmi? Il mio odio verso gli sport si ricollega al motivo per cui penso che la traduzione non si addica ai gialli».

Stava di nuovo cercando di attaccare briga con lei?

«Cosa vorresti dire?»

«Sai cosa si dice di quei detective? Che sono fatti con lo stampino, parlano tutti uguale. L'ho detto anche l'altra volta: i vecchi gialli d'oltremare sono troppo prevedibili. Per esempio, il "grande detective", dopo aver individuato il colpevole, ogni volta, pieno di orgoglio, si arriccia il baffo con una mano. Perché ha bisogno di arricciarsi il baffo se non si sta neanche guardando allo specchio? Non è frustrante che rovini l'equilibrio tra destra e sinistra? Se espone le sue deduzioni con un baffo piegato, perde di credibilità. Se fossi io, il colpevole, scoppierei a ridere.»

Kaede poteva anche dargli ragione; dopotutto, aveva appena finito uno spettacolo in cui aveva dato tutto sé stesso.

«Non è che non capisca cosa tu voglia dire, però come è collegato all'odio che provi nei confronti dello sport?»

«Perché, per come stanno le cose adesso, il dopopartita è organizzato in modo troppo prevedibile, e non mi piace. Ci sono troppe cose ridicole e fastidiose.»

Iwata, a un certo punto, era di nuovo crollato sul tavolo. La formula *all you can drink* non era adatta a lui.

«Prendi il baseball professionistico», continuò Shiki, ignorando Iwata. «"Prova, prova, è ora di intervistare i nostri eroi." Forse andava bene in passato, quando la connessione lasciava a desiderare, ma perché ancora hanno bisogno di ripetere "Prova, prova"? Basterebbe dirlo una volta e, comunque, è un'espressione ormai in disuso. Però ai reporter non interessa e vanno avanti così. "L'eroe di oggi è l'atleta Tal dei Tali, grazie al suo fuoricampo. Era chiaro che sarebbe stato un successo nel momento in cui ha colpito la palla!" È impossibile saperlo subito. Solo considerando il suono prodotto dall'impatto, osservando il tiro e valutando l'arco descritto dalla palla, si può capire se si tratta di un fuoricampo. Ma loro sono così ancorati a queste frasi standard che finiscono per dire delle scemenze vergognose. E poi, dopotutto...» Shiki si scolò la birra tutta d'un fiato, forse perché aveva la gola secca. «La tipica frase che più di tutte vorrei che eliminassero...»

"Ehi, maestro Iwata! Iwata, svegliati! Salvami!" pensava Kaede, sommersa da quell'ondata di parole.

«...è: "Stiamo raggiungendo quella fase complicata in cui un solo tiro può decretare la vittoria!".»

Niente da fare, nessuno poteva più fermarlo, ormai.

«"È l'ora di un altro lancio! La palla vola dietro l'interbase! Com'è interessante!" No, stop, davvero, stop! Com'è *interessante*? Non è semplicemente *interessante*, è una scena *elettrizzante* a cui i tifosi di entrambe le squadre stanno assistendo pieni di tensione. Chi ti credi di essere per definirla solamente *interessante*? Una frase del genere può essere perdonata solo se pronunciata da una divinità del baseball o da un giocatore professionista. In altre parole, quello che sto cercando di dire è che non si può assumere una posizione basandosi esclusivamente sulle proprie supposizioni soggettive.»

Cosa stava succedendo? Quella non era semplice loquacità: Shiki era per caso ubriaco?

Forse era meglio cambiare argomento. Più che altro, quel genere di discorsi era meglio riservarli a quando era sobrio.

«Senti, Shiki. Tra l'altro, non ti ho ancora detto cosa penso dello spettacolo di oggi.»

Velocemente, spostò il boccale lontano dall'amico.

«Ah... certo. Dimmi pure.»

Kaede si sistemò un po' sulla sedia e affermò: «È stato fantastico».

Lo intendeva davvero.

Una volta il nonno le aveva detto che, quando un attore chiedeva com'era stata la performance dopo lo spettacolo, non si poteva fare altro che rispondere: «È stata fantastica», perché in quel momento gli attori erano in uno stato di trance in cui volevano solo essere acclamati. Nel caso di Kaede, però, quelle parole erano sincere, ci credeva davvero.

Quando le rispose, il sorriso di Shiki era vulnerabile e ampio, come Kaede non lo aveva mai visto: «Grazie!».

«L'improvvisazione teatrale è stata superlativa; sono rimasta davvero colpita dalla vostra capacità di recitare tutti quei ruoli uno dopo l'altro. Tanti, poi, erano femminili...»

«È vero.»

«E tu hai recitato almeno due ruoli da donna, no? Non mi è sembrato per nulla fuori luogo. Devi esserti fatto crescere i capelli proprio per questo motivo.»

«No, non è per quello. È perché è una scocciatura tagliarli.»

Shiki cercò di passarsi una mano tra i capelli, ma senza grande successo. Era così ubriaco da essersi anche dimenticato di averli legati.

«Tra l'altro, nella vostra troupe c'è solo una ragazza?»

Kaede lanciò un'occhiata alla *rossa* seduta dall'altro lato del tavolo.

«È davvero incredibile come riusciate a costruire storie con entrambi i generi», commentò, e vari membri della compagnia scoppiarono a ridere.

«Maestra Kaede, mi dispiace dirtelo», replicò Shiki con

voce leggermente strascicata, «ma nella nostra troupe non c'è neanche una donna.»

Mentre diceva così, la *donna* dai capelli rossi si tolse la parrucca.

«Al momento, siamo alla disperata ricerca di una figura femminile. Cosa ne dici, vuoi provare tu?»

Recitare tutti quei ruoli lo aveva stancato e stressato. Shiki si lasciò andare sulla sedia e si addormentò con la faccia rivolta verso l'alto. Nello stesso momento, Iwata, che era disteso sul tavolo, alzò la testa, dicendo: «Finalmente ha finito».

«Eh?» commentò Kaede. «Maestro Iwata, non stavi dormendo ubriaco?»

«No, non te ne sei accorta? È da un po' che sto bevendo solo tè oolong. Ero sicuro che questa sera sarebbe crollato lui.»

Con un gesto gentile, Iwata coprì Shiki con il suo cappotto.

«Poi, quando ha cominciato a lamentarsi dello sport, ho deciso che non volevo essere trascinato nel discorso. Stasera si è trattenuto; di solito va avanti, passando dal calcio alla maratona.»

Quella di prima non era stata un'improvvisazione, ma un numero rodato.

«In realtà», continuò Iwata, lanciando uno sguardo gentile a Shiki che dormiva in modo indecoroso con la bocca aperta, «c'è un motivo per cui ha iniziato a odiare gli sport.»

«Ovvero?»

«È una storia che risale ai tempi del club di baseball delle superiori. Io ero il capitano e il ricevitore. Shiki, anche se era al primo anno, aveva il ruolo di lanciatore, vista la velocità con cui tirava la palla. Be', in realtà il referente del club non ne capiva nulla di baseball, quindi sono stato io ad assegnargli quel ruolo.»

«Ah, sì?» Kaede non ne era certa, ma aveva l'impressione che il loro fosse un legame più profondo di quello tra semplici compagni di liceo.

«Era l'ultima estate per noi studenti dell'ultimo anno.

Durante quella partita il punteggio era pari, eravamo al nono inning e la situazione era la seguente: due out, basi occupate ed eravamo alla terza palla dopo due strike. Shiki, come gli avevo segnalato di fare, voleva lanciare la palla dritta al centro, però gli è scivolata a causa del sudore e ha finito per colpire in piena faccia il battitore. Ovviamente abbiamo perso, ma il problema non è stato quello. Sento ancora le sirene dell'ambulanza. La palla lo ha colpito proprio nel punto sbagliato: il battitore dell'altra squadra ha finito per perdere la vista all'occhio sinistro.»

Kaede rimase senza parole.

«Da quel giorno ha mollato il baseball. E ha iniziato a odiare qualsiasi tipo di sport in cui ci sia il rischio di ferire qualcuno.»

Poteva capirlo. Però aveva l'impressione che il baseball e lo sport gli piacessero ancora.

«Sai perché sapevo che sarebbe crollato?»

«No, perché?»

«Prima della performance di stasera, io e Shiki stavamo parlando dietro le quinte quando è venuta a salutarci una persona che mi sembrava di aver già visto da qualche parte. È stato Shiki ad accorgersene per primo.»

«Non sarà mica stato...»

«Esatto. Deve averlo saputo da qualche parte. Quel battitore, per la prima volta, è venuto a vedere un suo spettacolo, e Shiki si è messo a piangere.»

La voce di Iwata stava tremando.

«È normale che gli sia venuta voglia di bere. Maestra Kaede, Shiki sarà anche sgarbato, ma è un ragazzo gentile. È fragile, è il tipo di persona che ti viene voglia di proteggere. Però...»

Iwata si sforzò di sorridere.

«Come ti ho già detto, è davvero un tipo strano. Non ti innamorare di lui!»

3.

Era andata, nonostante i postumi della sbornia.

Kaede era stupita dalle sue stesse azioni. Erano tre anni che non partecipava a un pranzo con le compagne di università. Ultimamente, però, aveva deciso di essere più assertiva. Forse era perché aveva passato del tempo con Shiki, che amava mettersi in mostra, al contrario di lei.

Entrò in un locale non lontano dalla stazione di Shinjuku Sanchōme. Era un ristorante che serviva hamburger; non si poteva definire di classe, ma Kaede era contenta che fosse un posto alla mano.

L'ultima volta che aveva partecipato alla rimpatriata, si era svolta in un bistrot di Omotesandō; però, adesso, molte sue compagne avevano figli, motivo per cui avevano scelto un luogo senza pretese.

Il locale era pulito ed era stato abbellito con decorazioni elaborate. Mancavano due settimane a Halloween e su ogni tavolo c'era una piccola zucca. Sui muri erano appesi costumi e accessori, e la sua attenzione fu attirata da una maschera argentata dallo stile aristocratico che, tra l'altro, era decorata con piume rosse. A Kaede ricordò la parrucca dell'attore del giorno prima.

Alla fine del pranzo, salutarono la compagna che aveva deciso di rincasare, visto che il figlio si stava agitando. Dopo aver coccolato il bambino, Kaede tornò al suo posto e, di fronte, trovò una sua vecchia amica.

«Kaede, da quanto tempo! Come sempre, la tua pelle chiara è fantastica!»

«Di nuovo con questa storia? Non è chiara, sono solo pallida perché ieri ho preso una sbornia.»

In un certo senso, era contenta che riuscissero ancora a essere così schiette, anche se erano passati tre anni dall'ultima volta che si erano incontrate.

Misaki era una delle poche amiche con cui Kaede pranzava ai tempi della scuola.

La loro, però, era una semplice relazione tra compagne, non particolarmente profonda.

Da quando aveva iniziato a temere di farsi degli amici? Probabilmente, dal momento in cui era venuta a conoscenza di quella vicenda che riguardava sua madre. Non aveva solo paura di amare, ma anche di incontrare persone, di stringere relazioni. Era una ferita che non sarebbe mai guarita...

«Giusto, giusto, devo proprio dirti una cosa, Kaede», iniziò Misaki. «Adesso lavoro nella scuola elementare dove tuo nonno era preside!»

«Ah, sì?»

«Non esistono nonni mitici come il tuo. Come sta?»

«Abbastanza bene», rispose lei, cercando di sorvolare.

Non si vergognava della malattia del nonno, ma non pensava che fosse un argomento adatto per un pranzo con compagne che non vedeva da tempo. Era rimasta stupita dal fatto che Misaki lavorasse nella stessa scuola.

Tutte quante avevano studiato per diventare insegnanti, quindi la maggior parte di loro lavorava a scuola, e molte delle sue compagne erano maestre elementari. In ogni caso, rimaneva comunque una strana coincidenza.

«Tra l'altro, tuo nonno non era chiamato *l'insegnante lavavetri*? Ancora oggi è una leggenda tra genitori e insegnanti, anche se non è più il dirigente da quindici anni.»

Wow. Kaede era decisamente orgogliosa.

«E non sai la parte migliore», continuò Misaki, lanciando un'occhiata alla finestra dove erano attaccati un fantasma, una strega e un gatto nero di cartoncino. «L'attuale dirigente pare abbia chiesto di tuo nonno in giro e, seguendo le sue orme, ha iniziato a pulire finestre. È *l'insegnante lavavetri di seconda generazione.*»

Sentendo quelle parole, Kaede ebbe modo di appurare che lavare i vetri non era stato solo un modo per mettersi in mostra. Il nonno non aveva iniziato a pulire le finestre perché voleva farle splendere e per fare due chiacchiere con gli studenti che passavano per il corridoio. Il vero motivo era un altro. Stava mettendo in pratica la cosiddetta *teoria delle finestre rotte.*

Kaede ripensò alle parole del nonno: "Se le finestre delle case abbandonate e dei veicoli inutilizzati di una zona sono in frantumi, e nessuno fa nulla per rimuovere i graffiti nella metropolitana, la gente inizia a pensare che è una cosa normale e alla fine, nessuno ci fa caso. In questo modo, i vetri rotti e i graffiti aumentano. La moralità del vicinato va gradualmente declinando, e i reati minori, ma anche quelli più seri e atroci, iniziano a proliferare. Perciò, cosa si può fare per prevenire i crimini? Lavare i vetri!".

All'inizio degli anni Novanta, il sindaco di New York, preoccupato dall'aumento dei crimini efferati, basandosi sulla *teoria delle finestre rotte,* aveva investito un'ingente somma di denaro per liberare la metropolitana dai graffiti. Così facendo, il numero dei reati era calato drasticamente e l'ordine pubblico era stato restaurato.

«Ovviamente non penso che i bambini si macchieranno di crimini efferati», aveva commentato il nonno con una risata. «Vorrei che le finestre pulite fossero da esempio per i pavimenti e i corridoi. Anche la polvere nelle classi mi preoccupa. Le finestre sono il cuore della scuola, e vederle pulite fa bene all'anima.»

Venne interrotta mentre rifletteva sulle parole del nonno: «Ehi, Kaede, mi stai ascoltando?».

«Scusa, scusa. Cosa stavi dicendo?»

«Che *l'insegnante lavavetri di seconda generazione,* come il suo predecessore, ama molto dare l'acqua alle piante, al punto che ha lasciato il grande ed elegante ufficio al primo piano per trasferirsi in una piccola stanza al pianoterra e avere sott'occhio l'aiuola. Io non riesco proprio a capire tutto questo suo amore per le piante.»

Misaki sorrise, mostrando i canini un po' storti. Le piacevano così tanto che, anche se i genitori avevano suggerito di farli raddrizzare, si era ostinata a tenerli così.

Le donavano, pensò Kaede. Era carina e, per di più, aveva una forte personalità, a differenza sua.

«Tra l'altro, per cambiare un po' tema», continuò Misaki, «ti piacciono ancora i gialli?»

Non lo aveva cambiato solo un po'; non c'entrava nulla con il discorso di prima.

«Sì, è il mio unico hobby.»

«Allora, nella nostra scuola è successa una cosa strana o, meglio, un po' misteriosa. Posso raccontartela?»

«Davvero? Dimmi!»

«I gialli sono divisi in varietà e sottogeneri, giusto? Per esempio, ci sono gli enigmi della camera chiusa o quelli in cui bisogna smontare gli alibi.»

«Sì, esatto.»

«Ecco, allora come si chiama il tipo di giallo in cui una persona sparisce all'improvviso davanti a tutti?»

Una scomparsa misteriosa!

Non voleva che pensasse che fosse una fanatica, perciò Kaede si costrinse a non dare una risposta immediata. Se avesse parlato, la sua voce sarebbe suonata un po' troppo acuta.

Due dei più grandi esponenti dei gialli classici, Ellery Queen e Dickson Carr, dopo averne discusso per una notte intera, erano giunti alla conclusione che, per quanto riguardava i gialli, nulla poteva superare un enigma che coinvolgeva una persona scomparsa.

«Non sono molto sicura del genere», rispose Kaede. «Ti spiace se registro?»

Poi cercò l'icona del registratore sullo smartphone.

«Mi innervosisco quando so che mi stanno registrando», disse Misaki con un sorriso imbarazzato, per poi continuare con le sopracciglia aggrottate: «Da dove posso iniziare? Ecco... L'anno scorso, in primavera, da noi è stata assunta una nuova maestra appena laureata. Aveva lineamenti distinti e uno stile elegante; era senza dubbio una bella ragazza. Aveva una bellezza d'altri tempi».

"Una bellezza d'altri tempi."

Avrebbe potuto semplicemente dire che era bella, ma era proprio tipico di Misaki non fermarsi a un banale complimento.

«Preferisco non usare il suo vero nome, perciò la chiamerò maestra Diva. Anzi, visto che ha un volto d'altri tempi, forse è meglio maestra Madonna.»

«Ma Madonna non è d'altri tempi.»

«Fa lo stesso, comunque mi dava quell'impressione.»

Sentendone parlare al passato, Kaede fu attraversata da un brivido.

«Comunque, penso succeda lo stesso in tutti i posti di lavoro: l'arrivo di una bella ragazza crea sempre un po' di scompiglio, no? E la nostra scuola non ha fatto eccezione. Non soltanto gli insegnanti single, ma anche i padri e i fratelli degli studenti hanno iniziato a comportarsi in modo strano. In un modo o nell'altro, ho avuto la sensazione che sarebbe accaduto qualcosa di spiacevole.»

«Ah, sì?»

«Tra l'altro, tu hai un altro tipo di bellezza, ma sei comunque affascinante, Kaede. Non ti accadono cose spiacevoli a scuola?»

«No, non direi.»

Mentre negava anche solo la possibilità, per un attimo a Kaede venne in mente il volto sorridente di Iwata.

Negò di nuovo e sollecitò Misaki a continuare.

«Poi, intorno alla primavera di quest'anno, all'improvviso la maestra Madonna, che è sempre stata una persona allegra, ha smesso di sorridere. Secondo i pettegolezzi, aveva qualche problema nella sua vita privata, ma non ho idea di cosa si trattasse. Però ha iniziato ad assentarsi sempre di più a partire dall'estate, quindi qualcosa deve essere successo.»

«Sì», concordò Kaede, perché, ripensando ai suoi inizi,

lei non si sarebbe mai presa tutte quelle ferie a soli due anni dalla laurea.

«L'incidente è accaduto il giorno prima delle vacanze estive, alla fine del quadrimestre.»

Misaki abbassò la voce, come se temesse che qualcuno nelle vicinanze potesse sentirla.

«Era appena stata dichiarata la fine della stagione delle piogge, c'era un cielo azzurro sconfinato ed era una giornata molto calda. La maestra Madonna aveva una classe quarta di trenta bambini e la lezione della quarta ora era nuoto. Ricordo ancora le urla di gioia dei suoi studenti nell'aula di fianco alla mia.»

Kaede capiva quell'atmosfera. Le veniva sempre da sorridere quando vedeva la reazione felice dei bambini alle parole: «Cambiatevi tutti e andiamo in piscina!».

Era uno di quei momenti in cui era davvero felice di fare il suo lavoro.

«Poi ha iniziato la sua lezione e, da qui, forse sarebbe più facile spiegarlo con un disegno. Aspetta un attimo», disse Misaki e, da una grande borsa di tela, tirò fuori una penna e un diario. Poi, usando una tessera del supermercato come righello, disegnò abilmente la mappa della piscina. Per qualche motivo, a Kaede fece venire in mente Shiki che recitava il suo teatro di improvvisazione.

Quelle erano abilità innate.

«Più o meno la situazione era questa.»

Misaki strappò il foglio e lo fissò sul tavolo con lo smartphone.

«Ora ti racconto gli eventi come me li hanno riportati i bambini.»

Aprì il diario; era il tipo di agenda che si poteva usare per tutto. L'amica era meticolosa, quando si trattava di prendere appunti.

«La lezione è iniziata alle 11.15. La maestra Madonna era stata membro del club di nuoto, quindi sapeva spiegare molto bene le tecniche di respirazione in acqua. Poi lo sai come sono gli studenti del quarto anno, iniziano a essere impertinenti. Per un bambino che diceva: "Maestra, sei bella anche con cuffia e occhialini", c'era una bambina che commentava: "Anch'io vorrei avere quello stile".»

Sì, Kaede capiva molto bene. Era una fase tipica dei bambini di quell'età.

«Forse la maestra Madonna aveva quello stile proprio perché aveva fatto parte del club di nuoto. Alle 11.40 ha richiamato l'attenzione con il fischietto e ha urlato: "Ragazzi, gli ultimi venti minuti sono di gioco libero!".»

Sicuramente, si erano levate grandi urla di gioia. Era risaputo che i bambini adoravano due cose: il curry a mensa e il gioco libero in piscina. Senza parlare del fatto che era l'ultima lezione di nuoto prima delle vacanze e il tempo era perfetto.

«I trenta bambini si sono messi a giocare nelle prime tre corsie a destra; le ho disegnate sulla mappa. Alcuni si stavano sfidando a morra cinese, altri stavano facendo a gara di stile libero e farfalla; c'era molto chiasso.»

Misaki bevve un sorso di acqua frizzante, che a Kaede ricordò l'acqua trasparente di una piscina nel bel mezzo dell'estate.

«Alle 12 in punto è suonata la campanella ma, ovviamente, i bambini se la stavano ancora spassando; allora la maestra Madonna, che si trovava nel punto A della mappa, ha suonato il fischietto. Poi ha battuto più volte le mani sopra la testa per esortarli a uscire. I bambini, riluttanti, sono andati al punto B e non dovevano fare altro che lavarsi e tornare in classe. In quel momento, però, hanno sentito il rumore di qualcosa che cadeva in acqua. Si sono voltati, pensando che fosse la maestra che voleva nuotare ancora un po' da sola.»

«Dopotutto faceva parte del club di nuoto, come darle torto?» intervenne Kaede.

«Sì, è vero, ma poi, visto che deve controllare che non ci siano oggetti smarriti, l'insegnante è l'ultima a uscire dalla piscina. Ma qualcuno dei bambini ha borbottato: “Non è giusto che la maestra entri da sola!”.»

Misaki mostrò i suoi adorabili canini.

Kaede riusciva a immaginarsi molto bene quel giorno d’estate, quando il corpo agile della maestra aveva descritto una curva in aria, quasi danzando. La sua silhouette si era riflessa sulla superficie limpida dell’acqua.

La maestra aveva dei problemi nella sua vita privata. Era sofferenza, quella che colorava gli occhi nascosti dagli occhialini? O felicità, perché i suoi problemi si erano risolti?

Misaki interruppe il filo dei suoi pensieri con parole inaspettate.

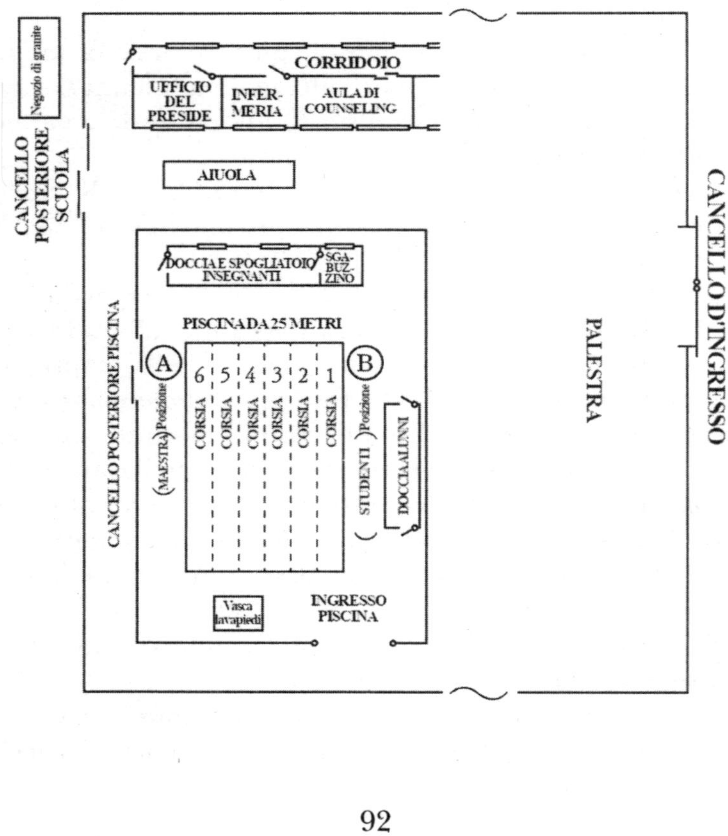

«Dopo aver sentito il rumore della maestra che si tuffava, sono passati trenta secondi, poi cinquanta, poi un minuto, eppure la maestra non tornava a galla. "Ehi! Maestra! Non è che è affogata?" ha urlato qualcuno. Quattro o cinque bambini bravi a nuotare si sono tuffati per cercarla, ma...»

Misaki si fermò, per poi continuare con espressione seria.

«La maestra non era nella piscina... era scomparsa!»

Le altre compagne al tavolo non avevano sentito nulla. Eppure, alla parola *scomparsa*, il loro chiacchiericcio divenne meno rumoroso e il locale si fece più silenzioso.

Forse era stata la strega di cartone attaccata alla finestra a mettere a tacere il trambusto con la sua magia nera.

"Non essere sciocca", pensò Kaede.

Poi rompendo il silenzio, chiese: «Cosa intendi per scomparsa? Nessuno ha visto la maestra lanciarsi in piscina. Hanno solo sentito il rumore del tuffo? Allora, forse...».

«So cosa vorresti dire, Kaede», disse Misaki, fermandola con una mano. «Anche a me piacciono i gialli. Forse, per qualche motivo, la maestra voleva sparire davanti ai bambini, perciò al suo posto ha lanciato in acqua un blocco di ghiaccio. Mentre gli studenti erano in preda al panico perché lei non riemergeva, si è cambiata nello spogliatoio, si è nascosta per un po' e, dopo aver aspettato che i bambini se ne fossero andati, è scappata passando prima dal cancello sul retro della piscina e poi da quello posteriore della scuola. È questo quello che pensi, vero?»

Kaede annuì. Nei gialli, prima di tutto, bisognava dubitare di specchi e ghiaccio. Erano le basi.

Misaki ricominciò a sfogliare il diario.

«Molti bambini hanno dichiarato che quello era senza dubbio il rumore di una persona che si tuffava. Più che volerci credere, capisco cosa intendono. È improbabile confondere il suono di una persona che si tuffa con quello del ghiaccio che cade nell'acqua. Non dico che sia impossibile.»

«Hai ragione», concordò Kaede, maledicendo i trucchi

poco elaborati dei gialli di una volta. «È praticamente impossibile.»

«Vero? Comunque, non avrebbe senso anche ipotizzando che i bambini si siano davvero confusi.»

«In che senso?»

«Prova a guardare un'altra volta la mappa.»

Misaki spinse il foglio verso di lei.

«Rimettiamo in ordine gli eventi di quel giorno. Alle 12, quando è suonata la campanella, la maestra Madonna si trovava nel punto A e ha suonato il fischietto per sollecitare gli studenti a uscire dalla piscina. Riluttanti, i bambini sono usciti e, dal punto B, si sono diretti verso le docce. In quel momento hanno distintamente sentito, alle loro spalle, il rumore di qualcuno che si tuffava. Hanno aspettato un minuto, ma nessuno è riemerso. Alcuni dei bambini, nel panico, si sono tuffati a loro volta, però nessuno è riuscito a trovare la maestra. Fino a qui mi segui?»

«Sì», rispose Kaede.

Si trattava, senza dubbio, di *una scomparsa misteriosa.*

«In seguito, i bambini sono corsi in classe a cambiarsi e poi sono andati nell'aula insegnanti al primo piano, dove hanno raccontato ai presenti che la maestra era sparita tuffandosi in piscina.»

Gli studenti dovevano essere molto agitati.

«E in quell'aula insegnanti c'ero anch'io», dichiarò Misaki con una certa teatralità.

«Sono scesa subito al pianoterra per andare a parlare con il dirigente. Perché...»

Misaki puntò di nuovo il dito sulla piantina.

«L'ufficio è al pianoterra e si affaccia direttamente sull'aiuola. Questo significa che dalla finestra c'è una buona visuale della piscina che, oltretutto, esternamente è circondata da una rete metallica trasparente. Perciò ho provato a chiedere se avesse visto qualcosa di strano, come qualcuno che usciva. E...»

«Cosa?»

«La sua risposta è stata: "Ho pulito per tutto il tempo le finestre dello studio; se qualcuno fosse uscito, lo avrei notato, ma non ho visto nessuno".»

Kaede espresse un dubbio che sarebbe passato per la testa di chiunque.

«Come facciamo a essere sicuri che non abbia mentito?»

Due compagne andarono via, e Kaede le salutò in fretta.

«Oltretutto, anche se ha pulito per tutto il tempo le finestre, magari non l'ha comunque notata.»

«Hai ragione, Kaede; però la sua non è stata l'unica testimonianza di questo tipo. La vedi questa stradina? In realtà, questa è una peculiarità che caratterizza la nostra scuola in estate. Forse era così anche ai tempi di tuo nonno. In quel periodo, quando suona la campanella, alle 12 in punto, arriva sempre il furgoncino di un venditore ambulante di granite. E anche lui ha detto che dalle 12 fino alle 18, quando è andato via, non ha visto nessuno uscire dal cancello.»

Kaede sapeva che le probabilità erano basse, ma per fugare eventuali dubbi, ipotizzò comunque: «Non possiamo escludere l'ipotesi che abbia tentato un attacco frontale. Non può essere che, invece del cancello sul retro, abbia usato quello principale? Presupponendo che sia riuscita a passare di soppiatto di fronte alla dirigenza, il cancello principale potrebbe essere un ottimo punto cieco».

«La vedo difficile. Anzi, abbastanza improbabile. A ovest della piscina c'è la palestra, e quel giorno c'erano corsi di calcio e softball. Sarebbe stato impossibile uscire dal cancello principale eludendo lo sguardo di decine di bambini. Avrebbe potuto farcela solo se fosse stata trasparente come quest'acqua frizzante.»

Per un po' Kaede rimase muta.

«Be'... allora...» puntò un dito sulla mappa. Non c'erano molti elementi a disposizione con cui confutarla. «Mettendo da parte il problema del suono prodotto dal tuffo, non è che la maestra Madonna è rimasta nascosta nello spogliatoio degli insegnanti? O dentro lo sgabuzzino in fondo?»

«Ecco, a questo proposito», rispose Misaki, «subito dopo, noi che eravamo rimasti nell'aula insegnanti ci siamo chiesti se non fosse svenuta nello spogliatoio o nello sgabuzzino; allora, nel panico, siamo andati a controllare. Non era chiuso a chiave, perciò non è stato un problema entrare, però lì...»

Stava rivivendo quegli attimi: Misaki, senza nascondere la sua espressione spaventata, si premette le mani sul petto, nascosto da una tunica scollata.

«Lì dentro c'erano un armadietto, una tavoletta per il nuoto, una corda e degli attrezzi per pulire, ma non c'era anima viva. La maestra Madonna era davvero scomparsa tuffandosi in piscina.»

«Aspetta un attimo, Misaki.»

Il tono di Kaede si fece più duro.

«Stiamo parlando di una persona sparita nel nulla; non pare anche a te che dietro ci sia qualcosa di losco? Va bene liquidarla con un semplice "è scomparsa"?»

«Infatti», ribatté Misaki, alzando a sua volta la voce, «è per questo che ti sto chiedendo consiglio. Sicuramente era molto bella e allegra, ma era anche una ragazza onesta che ascoltava le parole dei suoi superiori; si capiva che ammirava il capo dell'istituto e... a me piaceva molto. Se ricordo bene, è stato durante l'estate dell'anno in cui era stata assunta. Eravamo andati in gita al mare e, mentre lei e i bambini stavano giocando a pignatta con un'anguria, all'improvviso era scoppiata a piangere. L'avevo presa da parte e ascoltata, scoprendo così che prima abitava su un'isola. L'odore del mare le aveva ricordato casa sua e si era commossa. Quattro o cinque bambini, nascosti dietro una pietra, avevano ascoltato tutto, ma erano fuggiti in riva al mare quando li avevo scoperti e mi ero arrabbiata. Pensavo che sarebbero andati a prenderla in giro con i compagni, ma non è stato così. Erano andati a prenderle la fetta più grande di anguria. "Maestra, non piangere", le avevano detto.»

Per un solo istante, sul volto di Misaki passò un'espressione a metà tra il triste e il divertito; dopodiché, si asciugò gli occhi con un fazzoletto.

«Ha iniziato a piacermi sempre di più. Perciò, Kaede, potresti spiegarmi tu, al posto della polizia, cos'è successo quel giorno?»

Kaede si scusò. L'insensibile, forse, era stata proprio lei, interessatasi al caso solo perché si trattava di un giallo.

«Perciò la polizia non si sta muovendo?»

«Esatto. Il suo unico familiare in vita è il padre e lui, per qualche motivo, non ne ha denunciato la scomparsa. Perciò, alla fine, la faccenda si è conclusa con un nulla di fatto. Spesso la scomparsa di una persona, anche se denunciata, non viene investigata. Si fa richiesta alla polizia, che etichetta il caso come "scomparsa", ma per la maestra Madonna non è successo neanche quello.»

C'era da aspettarselo: Misaki si era proprio informata per bene, pensò Kaede.

Anche i pazienti affetti da demenza spesso iniziavano a vagare, finendo per scomparire nel nulla. Fortunatamente, non era il caso del nonno, però la *care manager* le aveva spiegato, per sommi capi, ciò che accadeva in quei casi. Fino a poco tempo prima, quando si chiedeva alla polizia di cercare qualcuno, i termini utilizzati erano *allontanamento volontario* e *involontario.* Recentemente, però, per andare incontro alle famiglie che non volevano che la scomparsa dei propri cari venisse tacciata come *fuga,* il termine *allontanamento* era stato sostituito da *scomparsa.* Misaki, perciò, aveva fatto bene a parlare di persone scomparse.

«Questo è un discorso del tutto ipotetico», disse Kaede, «ma non può essere che la maestra Madonna sia scomparsa di sua spontanea volontà? E, sempre ipoteticamente, che sia in qualche modo uscita dalla scuola senza farsi notare?»

«Okay, continua.»

«Poi è salita su un treno alla stazione più vicina e...»

Dalla scuola dove aveva lavorato il nonno si poteva raggiungere la stazione in meno di cinque minuti a piedi.

«Oppure potrebbe aver lasciato la città dopo essere salita su una macchina parcheggiata nelle vicinanze. O potrebbe aver preso un pullman.»

«Non credo», rispose Misaki, convinta. «Nei pressi di quella stazione è pieno di videocamere di sorveglianza installate dai negozianti. E, detto tra noi, un maestro suo ammiratore è amico di un pezzo grosso e gli ha chiesto di controllarle. Lei, però, non era presente né nelle registrazioni di quel giorno né in quelle del giorno dopo. Per prendere il pullman bisogna comunque passare davanti alla stazione, quindi anche quella possibilità è da escludersi. Resta l'ipotesi di un veicolo, ma lei non aveva la macchina; anzi, non aveva proprio la patente.»

Kaede si scervellò con tutte le sue forze, vagliò tutte le possibilità, ma non le venne in mente nulla.

«Quindi, come pensavo...» Misaki assottigliò lo sguardo, fissando, senza vedere davvero, il bicchiere d'acqua ormai senza bollicine. «È scomparsa tuffandosi in piscina.»

A un tratto si accorse che, delle otto compagne, erano rimaste solo lei e Misaki.

L'amica abbassò lo sguardo e, facendo roteare l'acqua nel bicchiere, disse: «Senti, Kaede...».

Cosa poteva fare per alleviare la tristezza che la scomparsa della collega suscitava in Misaki? Kaede non poteva negare di essere felice del fatto che, dopo tanto tempo, qualcuno si rivolgesse a lei con una simile confidenza.

«Da quando hanno smesso di occuparsi del caso sono passati settantacinque giorni pieni di pettegolezzi. Si sono affrettati a nominare un'altra coordinatrice di classe al suo posto e, all'inizio delle lezioni, dopo le vacanze, sembrava che tra gli adulti fosse ritornata la calma. Nell'aula insegnanti la maestra è diventata un tabù, nessuno ne parla, e quest'atmosfera è insopportabile.»

Poteva capirla.

Non era raro: molti insegnanti giovani abbandonavano il lavoro per motivi psicologici o per problemi familiari. Addirittura, tre compagne di università di Kaede, troppo provate dalla morte di un parente, avevano «perso la capacità di insegnare» e non erano riuscite a tornare a scuola. Non erano solo gli studenti ad abbandonare i banchi.

Anche gli insegnanti erano persone e avevano le loro motivazioni per smettere di presentarsi al lavoro. Quel giorno, per esempio, c'erano due compagne che, senza alcuna spiegazione, non erano venute al pranzo che avevano organizzato, ma sicuramente entrambe avevano le loro ragioni.

«A proposito, Kaede...»

Misaki, che tra le sue compagne era quella che, almeno in apparenza, aveva il carattere più forte, all'improvviso fece un gran sorriso, mostrando i canini.

«Se vai a trovare tuo nonno, fagli vedere questa.»

Misaki le mandò una foto per messaggio.

«L'ho scattata l'anno scorso, quando abbiamo fatto un viaggio tra colleghi. Bella, vero?»

L'immagine ritraeva una giovane ragazza con addosso un vestito giallo e, alle sue spalle, un tempio buddhista. Era solo una fotografia, ma dal corpo si intuiva che doveva essere in ottima forma.

Forse era per via dei raggi del sole molto luminosi, oppure perché lo scatto era stato inaspettato, ma il sorriso imbarazzato che aveva accennato era davvero carino.

Nei suoi occhi non c'era ancora traccia di angoscia.

Kaede passò il dito sulla fotografia e fece zoom sul volto, chiedendosi quale fosse il problema che l'aveva turbata e perché fosse sparita così all'improvviso.

4.

Prima di andare a trovare il nonno, Kaede aveva chiesto in anticipo alla badante che si occupava di lui durante il mattino quali fossero le sue condizioni.

Tralasciando i corpi di Lewy, quando le temperature si

abbassavano, le condizioni dei pazienti malati di Parkinson si aggravavano perché iniziavano ad avere problemi di circolazione.

Per fortuna non era il caso del nonno, forse anche grazie al fatto che avevano trovato un ottimo equilibrio tra i tanti farmaci che assumeva.

Quando raggiunse l'ingresso, Kaede sentì la voce del nonno e quella di un giovane provenire dallo studio in fondo al corridoio. Le porte scorrevoli non aderivano perfettamente e dall'esterno si sentiva tutto ciò che accadeva dentro.

«Sei riuscito a registrare bene il suono dei grilli? Non mi fido molto degli smartphone.»

«Sì, ha funzionato. Lo sto usando come suoneria.»

Suo nonno le faceva tenerezza; andava davvero fiero dei grilli in cortile. Le venne da sorridere.

Dopo poco, il solito fisioterapista uscì dallo studio e, con un gran sorriso che metteva in mostra i denti bianchi, le annunciò: «Oggi va molto bene. Anche se, dopo la riabilitazione, si è di nuovo perso nel mondo dei libri».

Il lavoro del fisioterapista consisteva nel favorire la ripresa delle varie funzioni motorie danneggiate attraverso esercizi, massaggi ed elettroterapia. Probabilmente, quello era lo scenario che veniva in mente quando si parlava di riabilitazione.

Il professionista che si occupava del nonno era un giovane di circa trent'anni, dal fisico robusto e con i capelli corti. Il tendine d'Achille di entrambe le gambe – quello che, secondo Iwata, sembrava il nome di una tecnica letale – si intravedeva anche sotto il tessuto della tuta. Il suo aspetto stoico ricordava quello di un giocatore di baseball che aveva continuato ad accumulare record all'estero.

Quando le disse di entrare, Kaede fu assalita da una fragranza molto dolce.

«Che buon odore, è essenza di vaniglia?»

«No, per essere precisi, sono baccelli di vaniglia», rispose con un sorriso, inarcando un sopracciglio folto. «Nel nostro negozio facciamo il gelato e usiamo rigorosamente i baccelli. Mio papà diceva sempre che, se ci fossimo semplificati la vita con l'essenza di vaniglia, ne sarebbe andata della reputazione del locale.»

«Ah, mi scusi.»

«No, si figuri. Gliene porterei un po', ma non sarebbe deontologicamente corretto. Venga a trovarci in gelateria.»

«Certamente.»

«Alla prossima, allora.»

Visto che i genitori avevano una gelateria, il nonno lo chiamava il signor Gelataio.

In realtà, il suo negozio si trovava di fronte alla stazione e l'intero edificio era appartenuto ai suoi genitori, quindi la sua era una famiglia molto benestante. Avrebbe potuto prendere in gestione la gelateria e vivere di rendita, però, dopo essersi preso cura della madre prima che morisse, aveva deciso di diventare un fisioterapista.

Quando aveva tempo, dava una mano nel locale; il fatto che odorasse di vaniglia significava che anche quel giorno doveva essere passato di lì.

A volte si incontravano e si fermavano a chiacchierare, ma a Kaede ci era voluto un mese per ottenere tutte quelle informazioni. Il fisioterapista era una persona riservata, ma rispondeva senza problemi se aveva modo di parlare con qualcuno, proprio come quel giorno.

A scuola lei non aveva colleghi così. Anche Kaede era introversa e silenziosa, perciò provava simpatia per il signor Gelataio, persona onesta e gentile, nonché valido membro dell'équipe che si prendeva cura del nonno.

«Benarrivata, anche se di nuovo non sei riuscita a incrociare Kanae.»

Il nonno, seduto nello studio, ripose il libro che stava leggendo sul tavolino e le fece un gran sorriso. Pensava si trattasse di un romanzo, invece era una raccolta di problemi di *shōgi*.

Prima il suo passatempo erano i cruciverba, ma recentemente, forse a causa del tremolio alle mani, al loro posto aveva iniziato a risolvere i problemi di scacchi giapponesi. In quei momenti, il nonno era in forma e riusciva a ragionare lucidamente.

"Non ne capisco nulla, ma ho deciso che amo lo *shōgi*", si ritrovò assurdamente a pensare.

Decise di partire in sordina. Gli raccontò dello spettacolo di Shiki a cui aveva assistito e di ciò che era accaduto dopo, alla festa.

«Che bello», si complimentò il nonno, senza riserve. «È impressionante come siano partiti dal presupposto che non siano tanto importanti le idee degli spettatori, quanto il modo in cui gli attori le raccontano. Se non le avessero rese bene, non avrebbe avuto senso. Le idee, dopotutto, sono soltanto uno spunto. Se hai trovato interessante la storia dopo che è stata messa in scena, allora lo spettacolo era da cento punti.»

La mano del nonno tremava solo un po' quando finse di fare scacco matto in una partita di *shōgi*.

"Cento punti..."

Come poteva assegnare cento punti a uno spettacolo che non aveva mai visto?

Non le aveva mai dato cento punti quando era lei a raccontare le storie che inventava. Eppure, chissà perché, in un certo senso Kaede era felice, anche se non ne capiva il motivo.

Forse era quasi giunto il momento giusto per condividere il caso.

Prima di ottenere il suo parere, Kaede gli raccontò del suo incontro con Misaki e dell'*insegnante lavavetri di seconda generazione.* Solo dopo fece partire la registrazione, chiedendogli se gli andasse di ascoltarla.

Il nonno ascoltò la voce di Misaki a braccia incrociate. In alcuni punti si portò le mani alla bocca, assumendo un'espressione indecifrabile. Sembrava allo stesso tempo divertito e spaventato. Significava forse che la maestra Madonna era in pericolo di vita? Non vedeva l'ora di sentire cosa ne pensava; sapeva di essere impaziente, ma era frustrata dal fatto che non avesse interrotto neanche una volta la registrazione.

Non appena questa finì, provò a chiedergli che cosa ne pensasse, ma il nonno rispose: «Questo mettiamolo un attimo da parte. Per prima cosa, potresti mostrarmi la fotografia? E vorrei anche sentire che storia ne hai ricavato tu».

Mentre il nonno scrutava con attenzione la fotografia, Kaede pensò che sapeva cosa avrebbe detto Shiki in quel caso: «Perché i grandi detective devono essere sempre così pomposi quando presentano le conclusioni a cui sono giunti?».

Finalmente il nonno smise di riflettere.

«Allora, la prima cosa che voglio sapere è questa: partendo dal presupposto che il racconto della maestra Misaki sia veritiero, tu che storia metteresti insieme?»

Dopo una breve pausa, Kaede iniziò con cautela: «Storia numero uno: la maestra Madonna non è uscita dalla piscina. O, più precisamente, non è riuscita a uscire».

Anche se con qualche difficoltà, continuò a parlare.

«Qualcosa è andato storto ed è annegata. E allora perché il cadavere non è stato trovato? A causa del sistema di drenaggio. Succede ogni anno in tutte le piscine: persone muoiono perché vengono in parte o totalmente risucchiate dal tubo di scarico. È probabile, quindi, che sia successo la stessa cosa alla maestra e che il suo corpo sia ancora incastrato nella piscina.»

Dopo aver esposto la sua teoria, seppur turbata, Kaede lanciò un'occhiata al nonno, ma lui disse: «Qualcosa non torna. Nella maggior parte delle piscine l'acqua è corrente, anche se è vero che alcune usano un sistema di drenaggio. Nonostante ciò, quando accadono questi incidenti, sfortunatamente le vittime sono perlopiù bambini. È improbabile perciò che il corpo della maestra, un adulto, sia rimasto incastrato. Per di più, che io sappia, è stato documentato un solo caso in cui non è stato possibile ritrovare il corpo dopo l'incidente».

Kaede era felice che il nonno fosse riuscito a confutare quella versione.

«Storia numero due: la maestra Madonna non si è mai tuffata in piscina. Per via di qualche problema privato, ha escogitato un piano per scomparire in segreto, per fuggire. Il fatto che più volte non si sia presentata al lavoro per motivi personali avvalora questo racconto. Però c'è la versione degli studenti, che affermano che la maestra si è tuffata ed è sparita.» Kaede si fermò per un attimo e guardò il nonno dritto negli occhi, perché quel racconto le sembrava plausibile. «Quindi gli studenti stanno mentendo. Solidali con la maestra che tanto amano, hanno collaborato al piano per farla sparire.»

Il nonno si toccò il naso con la mano destra. Era un gesto che faceva quando stava pensando.

Kaede era stupita: significava che la sua versione dei fatti si avvicinava a quella che aveva in mente lui?

In quel momento, il nonno affermò: «Settanta punti. Anzi, sessanta».

Le stava assegnando un punteggio?

«Questa storia è migliore dell'altra, ma ci sono comunque incongruenze che non si possono ignorare. Per prima cosa, come ha fatto a convincere trenta studenti a dire la stessa cosa? È impossibile controllare cosa esce dalla bocca di una persona, tanto più se si tratta di bambini.»

Quella precisazione le fece venire in mente la frase «Non è facile camminare per nove miglia, tanto più se piove»; era una citazione proveniente da un libro di Harry Kemelman di cui lei e il nonno avevano parlato tempo prima.

«Allora dov'è andata a finire la maestra Madonna? Sia il signore delle granite che il dirigente hanno detto che non è uscita dal cancello sul retro, e da ciò che hanno riportato gli insegnanti non si è nascosta nello spogliatoio o nello sgabuzzino. E come possiamo spiegare il fatto che non sia stata ripresa dalle telecamere fuori dalla stazione? Ovviamente non è plausibile pensare che si tratti di una cospirazione e che stiano mentendo tutti. Finché non risolviamo questi enigmi, la storia numero due è priva di fondamento. In altre parole...»

Il nonno bevve un sorso del tè che, quel giorno, aveva sostituito il suo amato caffè. Forse perché tè e *shōgi*, un gioco tutto giapponese, andavano a braccetto.

«Anche in questo caso, deve esistere un'altra storia.»

Il nonno aveva davvero stile, si ritrovò a pensare Kaede.

Ormai non stava più nella pelle dalla curiosità.

Non sapeva se fosse una richiesta consapevole o no, però se la aspettava e, infatti, il nonno chiese: «Kaede, mi prendi una sigaretta?».

Hai mai fumato le Gauloises?

Il nonno le aveva rivelato che esisteva una vecchia canzone famosa con quel titolo peculiare.

Il fumo pervase lo studio. La stanza era grande dodici *tatami*, ma con la libreria scorrevole lo spazio si era ridotto a sei. Tutti quegli scaffali, però, le davano l'impressione che la stanza fosse infinita, come quando guardava il suo riflesso allo specchio.

Il nonno, dopo aver soffiato il terzo anello di fumo verso la finestra socchiusa, continuò: «Ho visto l'immagine. Non ho neanche dovuto affidarmi al potere delle allucinazioni».

Cosa voleva dire con quelle parole? Significava che era stato un mistero semplice da risolvere?

«Perché non proviamo prima a chiederci quali potessero essere i problemi personali che affliggevano la maestra? Ci sono tre principali categorie di problemi: di salute, di soldi o di relazioni. Quale sarà stato il suo?»

Per un attimo, il nonno rimase a osservare il fumo che svaniva fuori dalla finestra. A Kaede sembrò che stesse pregando affinché, come quel fumo, anche i problemi della maestra Madonna potessero dileguarsi.

«Dal momento che è giovane e faceva parte del club di nuoto, escluderei problemi di salute. Visto che era così bella da attirare l'attenzione di tutti i docenti di sesso maschile, probabilmente il problema era di natura relazionale. Forse una relazione d'amore si era complicata. Ipotizziamo che stesse frequentando un insegnante. In questo modo, tutti i nodi verrebbero al pettine.»

Kaede, senza pensarci, lanciò un'occhiata alla fotografia che aveva aperto sul cellulare. Era impossibile che una ragazza così bella non avesse nessuno...

«Rimettiamo in ordine gli eventi di quel giorno. Per prima cosa, alle 11.15 è iniziata la lezione di nuoto della quarta ora. Era la giornata ideale per andare in piscina e, dopotutto, era l'ultima lezione di nuoto del quadrimestre; sicuramente gli studenti erano su di giri. Alle 11.40, come da programma, la maestra Madonna ha suonato il fischietto e ha urlato: "Ragazzi, gli ultimi venti minuti sono di gioco libero!". Fino a quel momento non è avvenuto nulla di strano», ricapitolò il nonno, alzando un po' il tono.

Kaede annuì.

«È a questo punto che viene commesso l'omicidio.»

«Eh?»

«I bambini si stavano godendo il loro tempo libero e nessuno stava prestando attenzione alla maestra. Probabilmente qualcuno, nascosto nello spogliatoio, l'ha chiamata. Deve essere stata una persona davanti alla quale non ha potuto opporre resistenza, qualcuno che era spesso nei paraggi, intento, per esempio, ad annaffiare le piante o a pulire la scuola. Qualcuno che si era trovato coinvolto in una relazione con la maestra. Esatto, perché la maestra Madonna era incastrata in un triangolo amoroso.»

Kaede fu percorsa da un brivido lungo la schiena.

«Non ci posso credere.»

«Esatto. Il colpevole è *l'insegnante lavavetri di seconda generazione*!» dichiarò il nonno. «La maestra è stata assassinata nello spogliatoio tra le 11.45 e le 11.55. Visto che non sono state rinvenute tracce di sangue, è molto probabile che sia stata strangolata con una corda trovata nello sgabuzzino. Il colpevole poi si è allontanato con addosso il costume, la cuffia e gli occhialini in testa.»

No, qualcosa non quadrava. Kaede espresse al nonno i dubbi che le erano venuti in mente.

«Un attimo, nonno. Intendi dire che il dirigente si è travestito fingendo di essere la maestra? Un piano del genere è abbastanza improbabile, no?»

Con un sorriso, il nonno affermò con decisione: «Non te ne sei ancora accorta? *Il dirigente* è una giovane donna».

Kaede non ci credeva.

«Impossibile! È il dirigente...» disse, alzando involontariamente la voce.

«Non è raro che ci siano dirigenti donna. Anzi, ultimamente sono molte le insegnanti giovani e brillanti che ricoprono questo ruolo. È già di qualche anno fa la notizia che ha fatto scalpore sulla più giovane dirigente della storia: aveva assunto l'incarico a trentadue anni.»

Effettivamente, anche Kaede ricordava di averne sentito parlare in televisione.

«Al giorno d'oggi, non è affatto strano che una donna sui quaranta faccia la dirigente. Anzi, se si sente parlare di qualcuno che pulisce sempre le finestre, ama la pulizia e si prende cura dei fiori nell'aiuola, non verrebbe subito da pensare che si tratti di una donna? Kaede, non è che hai deciso di testa tua che si trattava di un uomo, perché sei rimasta influenzata dal ricordo che hai di me?»

«Se è così», cominciò lei con un tono di voce acuto, «allora perché Misaki non me lo ha detto? Quando ha parlato di *insegnante lavavetri*, non avrebbe dovuto specificarlo subito?»

«Hai ragione», riconobbe l'uomo. «Dopo averti detto che il dirigente veniva chiamato *insegnante lavavetri di seconda generazione*, avrebbe dovuto aggiungere qualcosa come: "Per di più, in questo caso si tratta di una donna". Però, magari stavi pensando a qualcos'altro – forse a me – e per un breve istante non hai sentito quello che ti ha detto.»

Kaede era senza parole. Il nonno aveva ragione.

In quel momento stava pensando alla *teoria delle finestre rotte*, dopo aver sovrapposto l'immagine del nonno a quella della nuova dirigente e aveva finito per perdersi uno dei dettagli più importanti.

«Devo aver fatto centro!» esclamò il nonno, assottigliando gli occhi. «Secondo me, però, avresti potuto comunque capire che il dirigente era una donna. Anzi, avresti dovuto accorgertene.»

«In che senso?»

«Lo spettacolo dell'altra sera avrebbe dovuto insegnarti che non è corretto stabilire il sesso di qualcuno a partire da un proprio pregiudizio.»

«Ah, già!» esclamò Kaede.

«Per prima cosa, l'attore con i capelli rossi che credevi fosse una donna, in realtà era un uomo. Oltretutto, la protagonista del copione che hai proposto era una donna che, dopo aver sperperato tutti i suoi risparmi scommettendo sulle corse dei cavalli, si era imbarcata su una tonniera. Mah, io la comicità moderna non la capisco...» Il nonno diede un tiro alla sigaretta. «Non volevi catturare l'attenzione mettendo un personaggio femminile in una situazione dove di solito ci si aspetta un uomo?»

Kaede non sapeva cosa rispondere.

Oltretutto, quanto era imbarazzante doversi far spiegare da qualcun altro perché la propria storia era interessante!

«Poi avevi un altro indizio a disposizione. Mi riferisco alle parole che Shiki ha detto alla festa prima di ubriacarsi. Se non ricordo male erano: "Non si può assumere una posizione basandosi esclusivamente sulle proprie supposizioni soggettive". È una coincidenza, ma non ti sembra proprio il caso della dirigente?»

A stupire Kaede, più che l'arguzia con cui era giunto a

quella considerazione, fu qualcos'altro: come faceva a ricordare parole che non erano neanche nella registrazione?

«Però, come puoi essere sicuro che la dirigente è una donna? Ovviamente è possibile, ma continuo a pensare che sia uno scenario improbabile», rispose Kaede, ancora dubbiosa.

«È semplice. Basta prendere in considerazione le emozioni di Misaki per giungere, inevitabilmente, a questa conclusione.»

«Non ti seguo.»

«Ieri, prima di salutarti, ha detto: "Se vai a trovare tuo nonno, fagli vedere questa".»

«Sì.»

«Vorrei che ripensassi alla fotografia che voleva che mostrassi al primo *insegnante lavavetri*. Riflettendoci un attimo, non viene da pensare che il soggetto sia il secondo *insegnante lavavetri*? Dopotutto, non ha senso che sia la fotografia della maestra Madonna. In quest'epoca in cui siamo fissati con la privacy, Misaki ha addirittura evitato di diffondere le sue informazioni personali e l'ha chiamata maestra Madonna.»

Kaede lanciò nuovamente un'occhiata alla fotografia sullo smartphone.

«Allora la donna con il vestito giallo...»

«Esatto. È l'assassina, *l'insegnante lavavetri di seconda generazione.*»

Dalla finestra proveniva il profumo dell'osmanto. Se ricordava bene, nel linguaggio dei fiori simboleggiava la verità.

«Ripercorriamo gli avvenimenti di quel giorno», propose il nonno. «Alle 12 in punto è suonata la campanella che annunciava la fine delle lezioni. I bambini stavano ancora giocando nella piscina, ma in quel momento, dall'ombra dello spogliatoio, è apparsa la dirigente. È stata lei a suonare il fischietto mentre si trovava nel punto A; poi ha alzato le mani sopra la testa per far loro segno di uscire dall'acqua. Chi si sarebbe potuto accorgere dello scambio vedendo, dall'altro lato della piscina, una persona con la stessa corporatura della maestra e con addosso cuffia e occhialini? Da un lato c'è una dirigente sui quaranta che sembra più giovane; dall'altro, una maestra matura, una bellezza d'altri tempi a cui si addice perfettamente il soprannome "maestra Madonna". In costume, neanche gli adulti avrebbero potuto notare le differenze.»

«Effettivamente...»

«A quel punto, senza alcun dubbio i bambini si sono diretti al punto B per andare a farsi la doccia. La dirigente, dopo essersi assicurata che nessuno la stesse guardando, è di nuovo sparita nello spogliatoio.»

«Fin qui ci sono arrivata. Però...»

Kaede voleva la risposta all'enigma più grande di tutti.

«Allora perché subito dopo hanno sentito il tonfo di qualcuno che si tuffava? Tutti i bambini hanno affermato che la maestra si era lanciata in acqua.»

«In realtà, non erano proprio tutti», commentò il nonno, puntando l'indice in alto con fare scherzoso. «In quanto coordinatrice della tua classe, ti sarà capitato di vedere un bambino tuffarsi in piscina subito dopo che hai suonato il fischietto. Di solito è un maschietto alla ricerca di attenzioni che pensa di essere divertente.»

Oh, aveva senso.

Effettivamente, era capitato anche a lei. Quando lasciava del tempo libero durante l'ora di nuoto, era difficile farli uscire richiamandoli con un solo fischio. Qualcuno faceva sempre finta di non aver sentito e si rituffava.

In realtà, Kaede si inteneriva quando facevano così.

«Ha senso. Perciò un bambino si è tuffato ed è rimasto immobile sott'acqua trattenendo il respiro.»

«Esatto.»

«Però, un bambino di quarta elementare riesce a trattenere il fiato per un minuto intero?»

«Dimmi un po', secondo te qual è il record mondiale di apnea?»

«Non saprei...»

Ripensò all'apneista interpretato da Jean Reno nel film *Le Grand Bleu*, ma l'unica cosa che le veniva in mente erano gli occhiali rotondi del protagonista.

«Al massimo intorno ai cinque minuti?»

«Non essere sciocca», disse il nonno con una risata. «Ai miei tempi il record era di circa ventiquattro minuti; forse adesso è stato addirittura superato. Anche se si tratta di un bambino, se fa già la quarta, un minuto non è nulla di che.»

Ora che glielo diceva, non poteva dargli torto; i ragionamenti del nonno avevano senso. Oltretutto, si era ricordata che esisteva una marea di video di bambini, anche più piccoli, che trattenevano il respiro sott'acqua per ben più di un minuto.

«Dopo circa un minuto, i bambini hanno iniziato a preoccuparsi per l'incolumità della maestra Madonna e in quattro o cinque hanno deciso di tuffarsi. In quel momento il bambino che si era buttato per scherzo, non riuscendo più a trattenere il respiro, è risalito in superficie ma, sorpreso dal putiferio, si è immerso di nuovo.»

«Ah! E dopo si è spaventato e non ha più avuto il coraggio di ammettere che a tuffarsi era stato lui e non la maestra.»

«Esatto: non poteva immaginarsi che il suo piccolo scherzo si sarebbe trasformato in uno stato d'emergenza.»

Doveva dirlo a Misaki, pensò Kaede.

«A quel punto la dirigente, ancora nello spogliatoio, ha velocemente indossato i suoi vestiti sul costume ed è rimasta nascosta fino a quando la situazione non si è calmata e gli studenti se ne sono andati. Soltanto allora è uscita dal cancello sul retro della piscina ed è tornata nel suo ufficio passando dalla porta di servizio. C'è una cosa a cui voglio che tu faccia caso», aggiunse poi il nonno, prima di fermarsi per un breve momento. «La porta del suo ufficio si apre verso l'esterno, e la dirigente l'ha lasciata preventivamente socchiusa. In questo modo, dopo aver commesso l'omicidio, sarebbe potuta rientrare nella scuola dalla porta sul retro a ovest e, anche se, nella più remota delle possibilità, qualcuno fosse passato per il corridoio, quello sarebbe stato un perfetto punto cieco.»

Kaede guardò di nuovo la piantina che aveva stampato.

Adesso le era tutto chiaro.

Dopo la campanella di mezzogiorno, quasi nessuno passava dal corridoio del pianoterra ma, nell'eventualità che così non fosse stato, la porta dell'ufficio socchiusa avrebbe reso il corridoio un punto cieco. Passando dal lato dell'aiuola ed entrando dalla porta sul retro, si poteva accedere direttamente all'ufficio della dirigente.

«Dopo un po', i bambini sono corsi a chiamare gli insegnanti, e Misaki e i suoi colleghi sono andati a informare la preside. Ma a quel punto lei...» Il nonno lanciò un'occhiata alla tazza sul tavolino. «Forse si stava prendendo una pausa con una tazza di tè.»

«Il cadavere nascosto nello sgabuzzino dov'è andato a finire, però? Quando Misaki e gli altri sono andati a controllare dopo le lezioni, non c'era da nessuna parte.»

«Perché se n'è disfatta di corsa prima. Dopotutto, non era raro vederla intenta a curare l'aiuola. Ha fatto passare una bici con un carretto dal cancello sul retro della piscina, ci ha caricato sopra il cadavere della maestra Madonna e l'ha coperto con un telo blu. Poi forse ha parcheggiato la bici di fianco all'aiuola, in bella vista.»

La mente di Kaede fu attraversata da un'immagine terribile.

«Allora il corpo della maestra Madonna...» Sentì i peli rizzarsi sulla nuca.

«Quel giorno, a notte fonda, sotto la luce della luna, la dirigente l'ha sotterrato nell'aiuola. Non può essere altrimenti. Oltretutto, anche adesso la dirigente controlla l'aiuola dov'è seppellito il cadavere, ogni giorno, mentre pulisce le finestre del suo studio. Pensando a dove e quando spostarlo.»

«È spaventoso, ma questo spiega anche perché si è trasferita al pianoterra», aggiunse Kaede.

«Sì, però non penso che il trasferimento dipenda esclusivamente dall'omicidio.»

«In che senso?»

«È solo un'ipotesi, ma cosa ne pensi di questa storia? La dirigente, una donna bella e intelligente di più di quarant'anni, aveva una relazione con un insegnante. Quell'insegnante, però, si era innamorato della nuova arrivata, la maestra Madonna. In quella scuola, dov'è il miglior posto per darsi appuntamento?»

Kaede fu colta da un'illuminazione.

«Nello spogliatoio della piscina!»

«Bingo!» Il nonno annuì.

«Un giorno la dirigente si è accorta che l'insegnante con cui aveva una relazione e la maestra Madonna sparivano insieme nello spogliatoio. All'inizio pensava di essersi sbagliata. Dopo aver visto la stessa scena ripetersi più volte, però, non ce l'ha fatta più e ha deciso di trasferirsi nell'ufficio al pianterreno, da dove è possibile monitorare costantemente lo spogliatoio della piscina attraverso la rete metallica. Ho notato che adesso i dirigenti hanno molte più connessioni rispetto ai miei tempi. Usando frasi retoriche ed eleganti come: "Voglio coltivare la passione per i fiori nei bambini", non deve essere stato difficile farsi spostare l'ufficio. Dal punto di vista della dirigente, così le avrebbe fatto pressione e le cose sarebbero tornate come prima; forse l'avrebbe addirittura perdonata. Nonostante ciò, però, gli appuntamenti dei due giovani non si sono affatto fermati. Per questo motivo, insomma...»

«Ha finito per commettere un omicidio», completò Kaede.

Il vento freddo portò di nuovo con sé la fragranza dell'osmanto. Le venne in mente che, nel linguaggio dei fiori, simboleggiava anche seduzione e intossicazione.

Prima di andare alla polizia, Kaede decise di parlarne con Misaki.

Quel giorno, però, il nonno la pregò per un'altra sigaretta e poi, con espressione rapita, volse lo sguardo verso l'osmanto.

Non poteva tornare a casa finché non l'avesse finita.

Mentre Kaede preparava dell'altro tè, il nonno disse all'improvviso: «In certe situazioni, nello *shōgi*, esiste più di una soluzione».

Di cosa stava parlando?

«Se spettasse a me, mi piacerebbe creare problemi chiusi, con una sola soluzione.»

Il nonno prese il libro dei *shōgi* sul tavolino.

«A volte, però, anche se è raro, è meraviglioso scoprire una soluzione alternativa a cui il creatore non aveva pensato. In questo libro mi è successo due volte.»

Non ci credeva: si stava vantando?

«Ritorniamo al nostro omicidio. Proviamo con un'altra, meravigliosa, storia?»

«Intendi dire che esiste un'altra versione dei fatti?»

«Esatto. E forse questa ti piacerà di più.»

Kaede era confusa. Aveva la fronte imperlata di sudore.

«Non tenermi sulle spine, nonno.»

Kaede riaprì la sedia pieghevole e si sedette di nuovo.

«Per prima cosa, ripensiamo a ciò che avrebbe potuto preoccupare la maestra Madonna. Come ho già detto prima, esistono tre tipi di problemi: di salute, di soldi o di relazioni. Se, oltre alla salute, escludiamo anche le relazioni di cui abbiamo parlato nell'altra storia, ne resta soltanto uno.»

«Problemi di soldi?»

«Esatto. Da piccola, la maestra Madonna ha perso la madre e le è rimasto solo il padre. E allora perché quest'ultimo, anche se la sua unica figlia è scomparsa, non ha chiesto alla polizia di cercarla?»

«Effettivamente è strano.»

«Forse il padre aveva qualche debito ed è andato in bancarotta. Però gli strozzini, corrotti e senza scrupoli, non se ne saranno stati con le mani in mano. Oltre al capitale, magari hanno chiesto alla maestra Madonna degli interessi stratosferici.»

Non era uno scenario implausibile, ma Kaede non era convinta. Le sembrava una versione eccessivamente fantasiosa.

«In quel caso, con chi si sarebbe potuta consultare la maestra? E perché non proprio con la dirigente che tanto ammirava? Fin qui ci sei?»

«In realtà, mi sembrano solo ipotesi su ipotesi», rispose sincera Kaede. «Però in generale fila, perciò vorrei che continuassi.»

In quel momento, per qualche motivo, per un istante Kaede ebbe l'impressione che il nonno avesse riso.

«La dirigente, a cui la maestra Madonna aveva chiesto consiglio, non sapendo cosa fare le ha suggerito di fuggire durante la notte.»

«Fuggire... durante la notte?»

Kaede venne colta di sorpresa da quelle parole inaspettate, perciò non riuscì subito a comprenderne il significato.

«Allora la dirigente e la maestra, seguendo il piano che avevano messo a punto, hanno inscenato la scomparsa in piscina. La differenza con la storia di prima è che non si tratta di un omicidio; semplicemente, le due si sono scambiate il costume da bagno.»

Gradualmente, nella mente di Kaede, la verità iniziò a prendere forma. Però c'era qualcosa che non tornava...

«Dopo aver concesso il tempo libero ai bambini alle 11.40, la maestra è andata nello spogliatoio. Lì, ad aspettarla, c'era già la dirigente. A quel punto, dopo aver indossato il vestito sopra il costume da bagno, aver coperto i capelli bagnati con un cappello di paglia e aver preso la borsa da viaggio già pronta, è andata via passando prima dal cancello sul retro della piscina e poi da quello della scuola.»

Kaede preferiva di gran lunga quella versione rispetto alla precedente.

«È uscita dal cancello sul retro dieci minuti prima che arrivasse il venditore di granite, dopodiché è salita sul taxi che aveva prenotato. Non si è fatta lasciare alla stazione più vicina, ma a una più distante e priva di telecamere di sicurezza; così si è confusa tra la folla e ha preso un treno diretto verso qualche città di provincia.»

«In parole povere, la maestra Madonna è ancora viva. E lo sa anche suo padre.»

«Questo tipo di fughe sono sempre così.»

«Però», ribatté Kaede, «davvero una dirigente, per quanto possa essere disponibile e solerte, penserebbe a un piano simile?»

«Proviamo a metterla così, allora», propose il nonno. «Dopo che la maestra si è rivolta a lei, la dirigente a sua volta ha chiesto aiuto a un'altra persona con cui è ancora in contatto. Stiamo parlando di qualcuno che tiene molto alla scuola dove aveva insegnato ed è sempre pronto a dare una mano alla nuova *insegnante lavavetri.* Ormai il massimo che può fare è scriverle delle lettere, perciò si mantengono in contatto in questo modo, ma se questa figura riuscisse ad aiutarla a inserire in segreto la collega in una scuola di provincia...»

Così dicendo, il nonno guardò le lettere su un ripiano in basso della libreria.

«A quel punto, quando la storia sarà caduta nel dimenticatoio, forse salterà fuori una lettera della maestra Madonna indirizzata a Misaki. Ovviamente, visto che è una lettera privata, il contatto della dirigente non ne conosce il contenuto, ma può immaginare che sia piena di affetto nei confronti della collega più grande. Suppongo.»

Impossibile.

Kaede non ci poteva credere.

Il nonno aspirò il fumo per poi espirarlo fuori dalla finestra. Poi, come se stesse muovendo una pedina immaginaria, dichiarò in tono drammatico: «Scacco matto».

A differenza di prima, ora la mano non tremava minimamente.

«Kaede, visto che conoscevo già il finale della storia, all'inizio non ho potuto fare altro che ridere. Per divertimento, però, ho provato a immaginare un'altra versione plausibile. Però, la parte sul trasporto del cadavere era un po' tirata. Tra l'altro, una cosa vorrei capissi: tra gli amanti dei fiori non esistono persone cattive. La nuova *insegnante lavavetri* li ama persino più del primo, ed è solo per quello che ha fatto spostare l'ufficio.»

Non ci credeva. La mente che aveva ideato il piano si trovava proprio davanti a lei.

C'era ancora qualcosa che a Kaede non tornava, però.

«Senti, nonno, vorrei che mi spiegassi ancora una cosa.»

«Dimmi.»

«Perché hai elaborato un piano così contorto con, addirittura, una sparizione in piscina? Non ha senso. Se l'unico obiettivo era farla fuggire di notte, non sarebbe bastato farle prendere un taxi dopo il tramonto fino a una stazione poco trafficata?»

Il nonno ridacchiò.

«Una storia del genere non sarebbe divertente.»

«In che senso?»

«È la stessa cosa che ho detto per lo spettacolo di Shiki. Una storia, per avere senso, deve essere interessante.»

Kaede rimase senza parole, non ci poteva credere.

Il movente del caso era... renderlo interessante!

No, non ci poteva davvero credere.

«È il giorno prima delle vacanze, durante l'ultima lezione di nuoto. Il cielo è azzurro, è appena finita la stagione delle piogge, non c'è neanche una nuvola. Sotto il sole cocente, l'adorata maestra Madonna scompare come un miraggio. Sarà una di quelle storie che i bambini racconteranno per il resto della loro vita. Fin dall'alba dei tempi, i bambini hanno sempre adorato queste misteriose storie di un'estate che fu.»

In quel momento la sigaretta si spense.

«Oh, no», gemette il nonno, «è entrata l'acqua.»

Era un'illusione. Il pavimento allagato era un'allucinazione piuttosto frequente nei pazienti affetti da demenza a corpi di Lewy.

«La maestra Madonna è su quel molo, il suo volto è sereno. Mentre guarda le onde del mare infrangersi sulla spiaggia, spera che l'estate arrivi presto. "Su quest'isola sono libera e finalmente posso nuotare", pensa.»

Al nonno era scappato che la maestra si trovava su un'isola. Meno male che i creditori non l'avevano sentito, pensò Kaede.

Doveva averla aiutata a trovare un posto in una scuola elementare su un'isola che le ricordava casa sua.

Con una coperta, Kaede coprì gentilmente il vecchio ormai in procinto di addormentarsi.

4.
SIAMO IN 33!

1.

Il nonno si era lamentato del fatto che le lontre stessero facendo la cuccia sotto il letto. La badante le aveva riferito che, nonostante i suoi tentativi di dissuaderlo, continuava a voler spostare il letto. Giù di morale, Kaede si diresse a Himon'ya.

Il nonno sapeva che le allucinazioni erano frutto della demenza ma, anche se molto raramente, in alcuni casi finiva per crederci lo stesso.

Accadeva in particolare quando, a causa dello stress, le sue condizioni peggioravano.

Questa volta, secondo lei, il suo malumore era causato dall'impossibilità di sentire le voci dei bambini.

Quando era piccola, Kaede chiamava Himon'ya «la città delle caramelle rosse», anche se la sua conoscenza della zona si estendeva a un raggio di trecento metri dalla casa.

Nell'area residenziale, costellata da edifici tradizionali, era complicato accedere liberamente alle strette strade a senso unico, disseminate qua e là dai triangoli rossi capovolti dei segnali di stop.

Da piccola, le ricordavano le caramelle rosse triangolari che si vedevano spesso nei negozi.

Anche la strada che passava davanti alla casa del nonno era stretta e, di fianco al cancello, c'era una «caramella rossa»; però, qualche giorno prima, il segnale era stato rimosso ed erano iniziati dei lavori stradali che sarebbero durati per un anno.

Per quel motivo, i bambini che frequentavano l'asilo nelle vicinanze non passavano più di lì quando andavano e tornavano da scuola, e il nonno non poteva più sentirne le voci adorabili.

Quasi come se la stesse aspettando con impazienza, non appena Kaede aprì la porta dell'ingresso, la badante le afferrò la mano per poi trascinarla dentro.

La donna era a capo delle badanti e doveva avere tra i quarantacinque e i cinquant'anni. Il caschetto ordinato non era stato scelto per essere alla moda, ma per la sua praticità sul lavoro.

«Diamoci del tu, tanto abbiamo un bel po' di tempo da trascorrere insieme», le aveva detto, speranzosa, la prima volta che si erano incontrate. Sia il nonno che Kaede la chiamavano con affetto la signora Caschetto.

«Ci ho pensato a lungo e, secondo me, la cosa migliore è fargli vedere cosa c'è sotto il letto.»

«Capisco. Mi dispiace che il nonno si comporti così.»

«Non preoccuparti, purtroppo la sua è una malattia misteriosa che può far agire in questo modo anche una persona brillante come lui.»

Il fatto che non soppesasse le parole la rendeva una persona affidabile, secondo Kaede.

«Allora andiamo subito?»

La signora Caschetto, per non perdere tempo, la spinse da dietro la schiena e la condusse nello studio. Era impossibile spostare da soli il letto reclinabile.

«Se lo spostiamo, potrete vedere anche voi che ci sono due, anzi, tre lontre.»

Senza perdere di vista l'uomo indignato, spostarono il letto per mostrargli che sul pavimento non c'era nulla.

«Visto? Calmati, nonno. Le lontre devono essersi trasferite da qualche altra parte.»

«Oh, sembra proprio che sia così.»

Sebbene si fosse mostrato d'accordo con Kaede, il nonno non pareva ancora convinto.

«Forse perché è arrivato il freddo.»

Il nonno abbassò le spalle, abbattuto. Forse si sentiva in imbarazzo per non essersi accorto subito che le lontre non erano altro che il frutto della sua immaginazione.

Kaede non riusciva a capire se volesse disfarsene o se fosse felice di averle sotto il letto, ma propendeva più per la seconda ipotesi.

Quando la signora Caschetto andò via, il nonno cambiò discorso con voce assonnata.

«Comunque, come va a scuola?»

Ci aveva visto giusto. Il nonno era triste perché non poteva più sentire le voci dei bambini; per quello le chiedeva del suo lavoro.

«Be', non è un avvenimento recente, ma di sei mesi fa», iniziò Kaede per introdurre il discorso che si era preparata in anticipo. «È un misto tra una storia di fantasmi e un fantasy, ma alla fine è perlopiù un giallo.»

«Bene!» rispose sorridendo il nonno, con un atteggiamento diverso da quello di prima.

Forse non c'era neanche bisogno di menzionare che si trattava di un giallo; al nonno sarebbe andato bene di tutto – horror, fantasy o fantascienza – purché fosse una «storia interessante».

Dopo una breve pausa, Kaede riprese a voce bassa.

«Quel giorno, in classe, c'erano in tutto trentadue persone. E, all'improvviso, sono diventate trentatré.»

«Era la prima volta che avevo una classe dell'ultimo anno, e tra quegli studenti c'era un trio davvero unico. Come posso spiegarmi meglio? Forse è più facile se li immaginiamo come il trio di maghetti della serie fantasy di J.K. Rowling, *Harry Potter*. Uno è un bambino con gli occhiali, monello ma leale. Lo chiameremo Harry. L'altro è un bambino carino, pieno di lentiggini, timido ma buono. Lui è Ron. La terza è una piccola star, una bambina grintosa e determinata, fiera di essere popolare tra i ragazzi. Ovviamente lei è Hermione.

«A un primo sguardo, questi tre non sembrerebbero avere assolutamente nulla in comune, però per qualche motivo andavano d'accordo e sono sempre stati al centro dell'attenzione in classe. Solo dopo ho scoperto che ad accomunarli è la passione per i gialli e i fantasy. Anche quel giorno loro tre, come al solito, stavano facendo baccano. Era l'ultima ora di lezione: conversazione in inglese. Negli ultimi due anni è diventato un insegnamento comune anche nelle scuole pubbliche. Tra l'altro, gli studenti in classe, in tutto, sono trentadue. Sedici maschi e sedici femmine. Rispetto a quando facevi tu l'insegnante, forse sono pochi, ma adesso è normale. Ti ho fatto un disegno della classe, è più o meno così. Dove hai gli occhiali? Vado a prenderteli. Comunque,

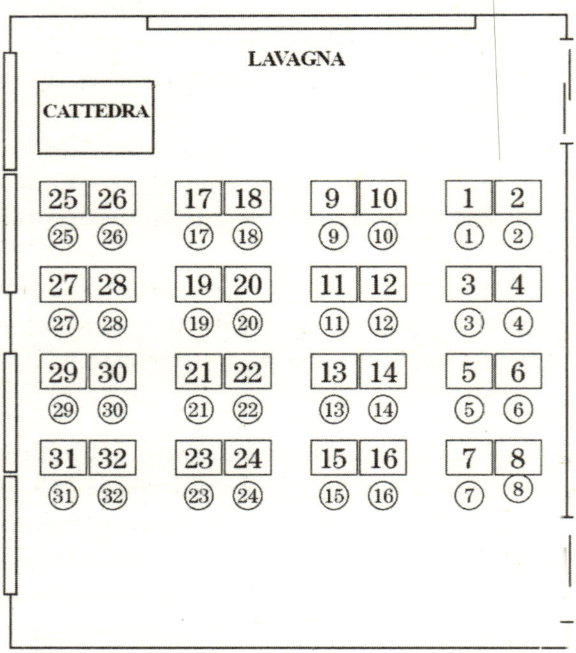

dopo il suono della campanella, avevo battuto le mani dicendo: "Allora, dividetevi in coppie come al solito e parlate solo in inglese. Potete anche guardare le frasi sul libro, però niente giapponese! Chi lo usa... verrà bocciato!".»

«Qua e là si erano levati degli schiamazzi. Anche se rimaneva una lezione, era organizzata in modo più giocoso, perciò erano tutti molto attivi e si stavano divertendo. In quel momento, però, dopo essersi aggiustato gli occhiali, Harry aveva alzato la mano e aveva chiesto: "Non è noioso così, però? In quanto rappresentante di classe, voglio fare una proposta. Non possiamo fare una gara di storie dell'orrore?".

«Io l'avevo rimproverato: "Così non sarebbe più una lezione", ma tutti i compagni erano d'accordo. "Vogliamo sentire le storie dell'orrore!" Si erano tutti emozionati, compresa Hermione, che di solito era sempre seria. "Facciamola, maestra!" aveva esclamato, e tutti i ragazzi l'avevano seguita a ruota. Anche Ron, a cui lei piaceva tanto. E allora, con la promessa che sarebbe durata solo quindici minuti, avevo concesso di fare la gara di storie dell'orrore.

«Dopo che gli altri bambini avevano condiviso i loro racconti – sentiti da qualche parte e più divertenti che spaventosi – Harry si era alzato e aveva proclamato: "Ora tocca a me. Ehi, lo sapete che in questa classe potrebbe esserci il fantasma di una ragazzina della nostra età?". Nei suoi occhi, nascosti dietro la montatura, sembrava aver fatto capolino un lampo di paura, ma come al solito dalla sua espressione non trasparivano emozioni. La classe, che fino a un momento prima era stata rumorosa, era caduta nel silenzio più totale. Senza curarsene, Harry aveva continuato così: "Ieri notte il mio bisnonno mi ha raccontato che, durante la guerra, c'era un grande rifugio antiaereo vicino alla nostra scuola, e da lì si sentivano sempre le voci terrorizzate dei bambini. Non c'è niente di più spaventoso del pianto di bambini nell'oscurità. Ha detto che non dimenticherà mai, fino al giorno della sua morte, il rifugio e la voce di quella bambina in lacrime".

«Preoccupata, per un istante, per questa bambina, l'avevo interrotto: "Un attimo. Penso che questa storia sia una testimonianza davvero preziosa. Ma il rifugio era nei pressi della scuola, quindi il fantasma non può trovarsi in questa classe". "In realtà, maestra, ho fatto delle ricerche ieri in biblioteca e, così, ho scoperto che il rifugio non era semplicemente nei paraggi della scuola" – così dicendo Harry aveva indicato il retro dell'aula – "ma si trovava proprio in quel punto della nostra classe."

«Tutti i ragazzi si erano voltati a guardare e, da quel momento in avanti, nessuno aveva più proferito parola, neanche durante le altre storie. Visto che la situazione aveva smesso di essere divertente, avevo richiamato la loro attenzione battendo le mani: "Okay, fine della gara". Tutti erano sembrati sollevati e avevamo iniziato la lezione di conversazione in inglese. "Avete due minuti, siete pronti? Allora... via!"

«Si erano divisi tutti a coppie, o terzetti, di maschi e femmine e, spalla a spalla, avevano iniziato a conversare in inglese. Anche se sembrano pochi, per i bambini due minuti sono tanti. Le frasi sul libro non bastavano e alcuni avevano iniziato a prendere ispirazione dagli oggetti intorno a loro, inventando frasi semplici come "*Is this a book?*" oppure "*I have a... pencil!*" ed erano piuttosto infervorati. E, girando tra i banchi, ero arrivata in fondo all'aula.

«I ciliegi che si vedevano dalla finestra stavano appena iniziando a sbocciare, ma da lontano sembravano completamente in fiore. Arrivata vicino alla coppia centrale in fondo, formata da Ron e Hermione, mi ero girata di nuovo verso la lavagna e avevo ricominciato a osservare i bambini. Mentre facevo avanti e indietro, guardando l'orologio della classe mi ero accorta che i due minuti erano passati. E qui iniziano i problemi.

«Subito dopo aver annunciato la fine dell'esercizio, Ron e Hermione si erano staccati di colpo e avevano iniziato a battibeccare. Ron, che di solito era sempre tranquillo, era furioso e aveva alzato la voce contro Hermione: "Ti ho sentito! Stavi parlando in giapponese, prima!". Anche lei, allora, aveva detto la sua: "Cosa stai dicendo? Sei tu che hai parlato in giapponese!".

«Nel tentativo di calmarli, avevo ascoltato entrambe le loro versioni, e tutti e due avevano affermato di aver udito qualcuno parlare in giapponese. A detta loro, si trattava di una voce triste e rotta dal pianto. Quando avevo provato ad approfondire la questione, avevano aggiunto che l'avevano sentita dietro di loro. Io, che ero lì di fianco, però, non mi ero accorta di nulla. Posso affermare che dietro di me, cioè in fondo alla classe, non c'era nessuno.

«Poco dopo i bambini avevano iniziato ad agitarsi, chiedendosi se nella loro classe non fosse spuntata un'altra persona. E se quella persona non fosse proprio il fantasma della bambina che piangeva nel rifugio. In quel preciso istante, poi, un angolo in fondo alla classe, più angusto del solito e quasi simile a un rifugio antiaereo, era stato illuminato da un raggio di sole, e uno spiffero d'aria proveniente dal corridoio aveva fatto danzare la polvere in quel punto, dandogli un tocco di vita.

«Ricordo che diverse alunne si erano premute una mano sulla bocca, come per soffocare un urlo. Anche se era appena iniziata la primavera, tutte le finestre erano serrate perché quel giorno faceva piuttosto freddo. Le due porte erano socchiuse, ma non era entrato nessuno. Oltretutto, il fondo dell'aula si trova in un'ala dell'edificio, perciò non era possibile che la voce provenisse da un'altra classe. Harry, Ron e Hermione, d'altro canto, non dicono bugie e tanto meno sono soliti ingannare i compagni. Così finisce il racconto della trentatreesima persona che ha fatto capolino in una classe di trentadue. Nonno, tu che storia creeresti?»

Kaede aveva riferito tutto d'un fiato, di proposito, per evitare che il nonno si addormentasse, ma quell'accortezza non era stata necessaria.

Il nonno, completamente cambiato rispetto a un attimo prima, chiese senza esitazioni: «Kaede, mi prendi una sigaretta?».

2.

I lavori all'acquedotto si erano interrotti, per la pausa pranzo. L'atmosfera limpida di inizio inverno portava con sé il cinguettio degli uccelli.

«È una tortora orientale. Il suo canto è simile a quello dei gufi», commentò il nonno, come per dire che era proprio adatto alla storia di Harry e dei suoi amici.

Kaede era felice.

Harry Potter aveva una civetta bianca e, se il nonno se lo ricordava, voleva dire che in quel momento era in grado di richiamare alla mente il suo sapere.

«La tua non è la *Sfida al lettore* di Ellery Queen, ma una sfida al nonno che vive da solo.»

Il nonno iniziò a roteare lentamente il collo, forse per rilassare le spalle, dopodiché sorrise soddisfatto.

«Nella tua storia, Kaede, ci sono tutti gli indizi necessari per risolvere il mistero. E se dovessimo darle un titolo, non potremmo fare altro che chiamarla *Siamo in 33!*»

Kaede aveva capito dove voleva andare a parare. Stava parlando del capolavoro di Moto Hagio, *Siamo in 11!*, un breve fumetto giallo che il nonno una volta le aveva consigliato di leggere. Raccontava di come in una navicella spaziale (la *camera chiusa* per eccellenza), che doveva contenere un equipaggio di sole dieci persone, ne fosse improvvisamente comparsa un'undicesima.

Il nonno smise di colpo di roteare il collo e guardò Kaede dritta in volto.

«Questa storia presenta una grande contraddizione. E quando te ne accorgerai, avrai risolto l'enigma delle trentatré persone.»

Il cuore iniziò a batterle forte.
«Allora, quale sarà questa contraddizione?»
Il nonno, come se la stesse scrutando nel profondo, assottigliò un po' lo sguardo.
«È chiaramente indicato anche sulla mappa. Mi riferisco al fatto che, anche se "quel giorno faceva piuttosto freddo", le due porte erano leggermente aperte.»
Era come pensava: i gialli erano la medicina migliore per il nonno.
«Le finestre erano chiuse dall'interno. Allora non aveva senso chiudere anche le porte? Perché erano aperte al punto da far passare una brezza? C'è solo una risposta: per ventilare. Sei mesi fa c'era la pandemia. A ben pensarci, Kaede, non è che stai testando la mia capacità di ricordare?»
Il nonno sollevò scherzosamente gli occhi al cielo.
«Il prossimo punto da trattare è Harry. Kaede, tu hai detto così: "Nei suoi occhi, nascosti dietro la montatura, sembrava aver fatto capolino un lampo di paura, ma come al solito dalla sua espressione non trasparivano emozioni". Kaede, non stai mentendo, la tua descrizione è davvero scrupolosa.»
Il nonno si indicò la bocca.
«È ovvio che dalla sua espressione non trasparissero emozioni. È perché lui, come gli altri bambini, stava indossando una mascherina.»
«Non mi aspettavo nulla di meno da te, nonno.»
«In questo caso, però, il problema è un altro, ovvero il fatto che i bambini fossero divisi in coppie, spalla a spalla, a conversare in inglese, a discapito del rischio di contagiarsi. Esiste davvero un corso organizzato in modo così incosciente da non tenere conto di questo pericolo? Se c'è, la soluzione è una sola.»
Il nonno continuò in tono, deciso: «I bambini e le bambine non si erano messi a coppie con i vicini di banco, ma con i compagni seduti davanti o dietro di loro».
Kaede deglutì.
«Te lo spiego con la tua mappa. Prima di tutto, la prima

e la terza fila non si sono mosse, al contrario della seconda e della quarta. Loro hanno spostato indietro i banchi e hanno preso le sedie per sedersi di spalle ai compagni con cui dovevano lavorare. Hanno conversato così, dandosi la schiena. E i banchi sono serviti a separare le due file di coppie che si erano create. In questo modo, anche la tua affermazione che si trovavano spalla a spalla risulta veritiera. E i bambini non erano uno di fianco all'altro, bensì uno dietro l'altro. All'epoca avevo anche sentito al telegiornale che in tutta la nazione le lezioni si svolgevano così; non si poteva fare altro. Questo spiega anche perché lo spazio in fondo all'aula sembrasse più stretto del solito. Non era solo un'impressione, era davvero così. I bambini che si erano spostati non potevano mettere le gambe sotto il banco; era inevitabile che occupassero più spazio e che il fondo dell'aula apparisse più stretto. Allora? Mi sono spiegato bene? Se il mio discorso è difficile da seguire, Kaede, puoi tirare fuori la seconda mappa che sicuramente hai preparato e che ti sei portata dietro.»

Wow, aveva indovinato tutto!

Kaede, rassegnata, aprì la seconda mappa.

Da qualche parte, di nuovo, provenne il canto della tortora orientale che ricordava un gufo. A Kaede fece venire in mente l'orologio a cucù che aveva visto al locale italiano dov'era andata quella volta.

Il gufo era un messaggero magico e, allo stesso modo, il nonno sembrava avere dei poteri quando si trattava di gialli.

«A questo punto, direi che l'identità della trentatreesima persona è stata smascherata.»

Il nonno, con un tono di voce diretto ma pieno di gentilezza, annunciò: «Kaede, la trentatreesima persona sei tu».

Kaede annuì.

«Era la prima volta che dovevi gestire una classe dell'ultimo anno. Era solo l'inizio di marzo, perciò non era ancora iniziata la primavera, ed era una delle poche occasioni in cui potevi goderti una lezione – forse l'ultima – di conversazione con i tuoi adorati studenti. Tu avevi capito come mai Harry avesse proposto la gara di racconti horror: voleva creare dei ricordi con i suoi compagni. È per questo che lo hai assecondato. Erano i primi studenti che portavi al diploma, e sapevi che a piangere non sarebbero stati loro. Ci sono passato anch'io: a versare lacrime è l'insegnante.»

Perso nei suoi ricordi, il nonno chiuse gli occhi per un attimo.

«Studenti che fino all'anno prima erano solo dei bambini stavano dialogando abilmente in inglese davanti ai tuoi occhi. Quanto era promettente? Mentre passeggiavi in fondo all'aula, i fiori di ciliegio che stavano sbocciando ti sembravano già completamente in fiore. Poi ti sei fermata vicino alla coppia al centro, Ron e Hermione, e hai guardato la classe come se avessi voluto fissare quel ricordo nella tua mente. E, involontariamente, avrai borbottato qualcosa con voce lacrimosa. Forse hai detto: "Non ce la faccio, è troppo triste".»

Era proprio così. In quel momento non ricordava cosa avesse borbottato, ma sapeva che, senza ombra di dubbio, le erano scappate delle parole di bocca. Era successo, non lo aveva fatto di proposito, proprio come aveva detto il nonno.

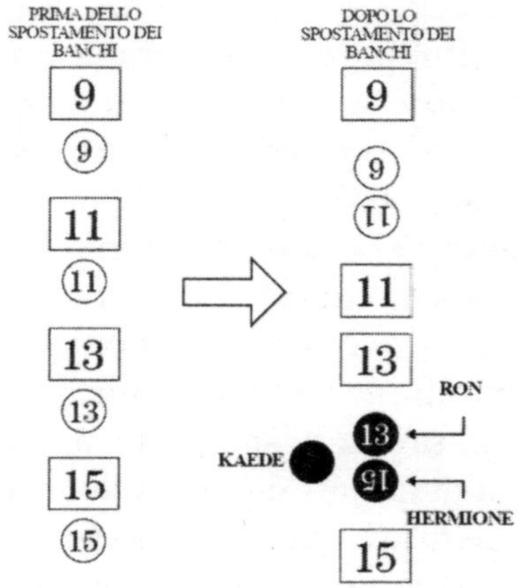

Quando i bambini avevano iniziato ad agitarsi, Kaede aveva capito che, in realtà, la trentatreesima persona era lei.

«Ron e Hermione, ovvero la coppia che stava schiena a schiena, ti hanno sentito parlare. Ron ha pensato fosse stata Hermione, e viceversa. Entrambi hanno scambiato il soliloquio sussurrato di una donna per la voce dell'altro. E dopo due minuti, quando hanno appurato che non era stato nessuno dei due a parlare in giapponese, il mistero si è trasformato in una storia di fantasmi.»

Kaede abbassò la testa, ma dentro di sé stava facendo la linguaccia al nonno. Era sul punto di chiedere: *E finisce così?* Ma il nonno la anticipò, aggiungendo: «Comunque non finisce qui. La sfida non al lettore, ma al nonno che vive da solo, è un enigma con due soluzioni. Quella che ti ho raccontato è la prefazione, ma esiste una seconda storia conclusiva».

«C'era un'altra trentatreesima persona», concluse il nonno.

Impossibile! Impossibile, aveva persino capito...

«Non c'è forse scritto chiaramente un indizio sulla prima mappa? Tanto per cominciare, in fondo all'aula, a ovest, a differenza delle altre, solo la sedia del bambino numero otto è attaccata al banco. Ciò significa che era completamente sotto il banco. In altre parole, non era occupata da nessuno. Il posto numero otto era di una bambina che si rifiutava di venire a scuola. Era stato posizionato vicino alla porta in fondo alla classe per agevolarla qualora fosse voluta tornare.»

«Come fai a sapere che si tratta di una bambina?»

«Il motivo te lo spiego dopo. Allora, per prima cosa voglio parlare del comportamento di Harry e delle sue parole. Hai detto che è un bambino leale, ma burlone. Durante la vostra ultima lezione, prima di separarvi, avrebbe davvero raccontato una storia di fantasmi per il solo gusto di spaventare tutti? È naturale pensare che lo scopo fosse un altro.»

Come c'era da aspettarsi. Un ragionamento impeccabile.

«Probabilmente, prima di quella lezione, doveva essere

andato a trovare tante volte la compagna assente per persuaderla a tornare, dicendole: “Ti stiamo aspettando tutti”, o ancora: “Salutiamo la maestra Kaede tutti insieme”. E doveva essere riuscito a convincerla, perché quel giorno, senza che nessuno di voi se ne accorgesse, lei era tornata a scuola. E, per l’occasione, Harry, che è un burlone, aveva deciso di mettere in scena una piccola sorpresa. Lei forse aveva deciso di tornare proprio perché le piaceva quell’atteggiamento scherzoso. Il piano era il seguente: prima Harry avrebbe raccontato la storia della “ragazza del rifugio antiaereo”. Poi, alla fine della lezione, avrebbe urlato ai suoi compagni di guardare in fondo all’aula. In quel momento la bambina assente sarebbe entrata dalla porta sul retro, e tutti i membri della classe, che si preoccupavano sempre per lei, l’avrebbero accolta con urla e applausi. Dalla prima mappa si capisce che la porta in fondo è più aperta per permetterle di entrare senza problemi. Il motivo non era solo la ventilazione.»

«Ehm, nonno. Ci sono due cose che vorrei chiederti.»

«Dimmi pure.»

«Per prima cosa, come fai a sapere che c’era una bambina che si rifiutava di venire a scuola?»

«Perché prima hai detto che per la lezione di conversazione “si erano divisi tutti a coppie, o terzetti, di maschi e femmine e, spalla a spalla, avevano iniziato a conversare in inglese”. Se i bambini fossero stati trentadue, si sarebbero divisi tutti a coppie. Perché c’era bisogno di un trio? Ovviamente perché qualcuno era assente. Quando hai iniziato a raccontare la storia, tu stessa hai detto che in classe eravate trentadue; hai riportato un dato di fatto. Quel giorno in classe c’erano in tutto trentadue persone: trentuno bambini e tu, Kaede.»

«Okay, allora, anche se te l’ho già chiesto: come facevi a sapere che l’alunna che non veniva a scuola era una femmina?»

«Perché anche questo me lo hai detto tu.»

Come pensava, se n'era accorto.

«Hai detto che subito dopo che Harry aveva raccontato della bambina del rifugio antiaereo, l'avevi interrotto perché per un istante ti eri preoccupata di "questa" bambina. Hai usato un pronome dimostrativo particolare. Se stavi pensando alla bambina del rifugio, avresti dovuto utilizzare "quella". In altre parole, mentre ascoltavi la storia, i tuoi pensieri erano rivolti all'alunna assente. Ne *L'isola degli orrori* di Seishi Yokomizo c'è un famoso passaggio in cui il detective Kōsuke Kindaichi si trova in difficoltà con il "problema delle desinenze"; invece, nel nostro caso, è il "problema dei dimostrativi". La nostra storia, però, non è così triste e senza speranza; anzi, ha un lieto fine. Sì, riesco a vedere l'immagine.»

Il nonno concentrò lo sguardo nel fumo della sigaretta.

«Quando Harry urla ai compagni di voltarsi, con gli occhi puntati verso il basso, la bambina fa il suo ingresso dalla porta in fondo. Superato lo stupore iniziale, tu e i ragazzi l'accogliete con un grande applauso. Harry, che ha portato a termine il suo importante compito, si toglie gli occhiali e si asciuga lacrime di felicità. "Visto? Non è un fantasma! Al mio tre, diamole il benvenuto. Uno, due e... Bentornata!" Fuori dalla classe, anche la mamma che ha accompagnato la bambina si sta commuovendo. Contando te e la bambina, in tutto, siete trentatré: la classe intera. Questo è il lieto fine della storia *Siamo in 33!*»

E, come a voler segnalare che la storia era giunta alla fine, il nonno si rilassò sulla sedia reclinabile.

In quel momento, dall'ingresso si levarono tante voci: «Permesso!».

Il tempismo era perfetto, ma le buone maniere lasciavano a desiderare. Kaede si imbarazzò per la sua incapacità di insegnargliele.

«Gli avevo detto di suonare il campanello!»

«Chi sarà mai?»

«Harry, Ron e Hermione.»

«Cosa?»

«Prima li ho incontrati per caso sul treno. Frequentano tutti e tre la stessa scuola e, sotto suggerimento di Hermione, hanno creato un club per discutere di gialli, fantascienza, horror e fantasy. Però hanno finito di leggere quasi tutti i libri nella biblioteca della scuola, perciò li ho invitati qui.»

«Possiamo entrare?» chiese Harry e, sentendolo, Kaede divenne nostalgica. Stava già iniziando a cambiare voce. In parte era divertita, ma era anche commossa.

«Il fumo non fa bene!»

Il nonno, che non riusciva a nascondere la contentezza, aprì in fretta la finestra e cacciò fuori il fumo. Guardandolo con la coda dell'occhio, Kaede rispose: «Entrate pure!».

Fecero il loro ingresso i tre ragazzini. Non assomigliavano affatto al trio di *Harry Potter*, però, secondo lei, le personalità coincidevano molto.

Ron e Hermione iniziarono subito a fare baccano.

«Questa stanza è fantastica! È davvero piena di libri!»

«Non fate i maleducati! Prima di tutto si saluta!»

«In questo cortile sembrano esserci davvero tanti grilli. Questo è uno dei più recenti libri illustrati sugli insetti.»

«Ehi, questo non è un saluto!»

Era quasi giunto il momento delle presentazioni.

«Lei era... *l'insegnante lavavetri*, giusto?»

Harry si tirò su gli occhiali, guardò la libreria e andò dritto al punto.

«Abbiamo sentito che qui ci sono tanti libri spaventosi che non abbiamo mai letto... Ogni tanto possiamo venire a prenderne qualcuno in prestito?»

«Non essere maleducato! Di': "Le dispiacerebbe se ne prendessimo qualcuno in prestito?"» lo sgridò Hermione.

«Secondo me, anche detto così non va bene», intervenne Ron.

Il nonno scoppiò a ridere.

«Venite quando volete. Se cercate storie horror famose, le ho quasi tutte. Ecco, per esempio, il vostro desiderio più grande era che la vostra compagna sempre assente tornasse a scuola, vero? Allora cosa ne dite di una storia dove tutti i desideri vengono esauditi?»

«Quella non è una fiaba? Non ha nulla di spaventoso...»

«Davvero?»

Il nonno sorrise malizioso, dopodiché puntò il dito verso la sezione più vicina della libreria e, con lo stesso tono con cui le chiedeva una sigaretta, disse il titolo del romanzo che avrebbe terrorizzato chiunque, dove tutti i desideri venivano esauditi: «Kaede, mi prendi la breve raccolta di racconti che contiene *La zampa di scimmia* di Jacobs?».

5.
LA DONNA FANTASMA

1.

Per la prima volta ti ho scattato una foto.
Tu non te ne sarai accorta,
Della nostra fotografia di coppia.
Tu non te ne sarai accorta.

Kaede non immaginava certo che quel sabato mattina avrebbe fatto così tanto moto.

Il fiume scorreva lento lungo la periferia della città. Mentre se ne stava seduta sulla banchina colpita dai raggi del sole invernale, con le ginocchia strette al petto a rimirare l'acqua, era come se l'unica cosa in movimento fosse il fiume di fronte a lei.

L'altra sponda era lontana e la nave impiegata nei lavori di protezione dell'argine si muoveva tanto lentamente da sembrare ferma.

In contrasto con quello scenario così tranquillo, alle sue spalle c'era un viavai di persone che si stavano godendo una passeggiata o facevano jogging. Dalla banchina provenivano gli schiamazzi gioiosi di chi giocava a baseball, a tennis o a croquet.

Alle orecchie di Kaede, però, quel vociare concitato ricordava il mormorio costante e soporifero dei caloriferi del treno che aveva preso per arrivare lì.

"Non ce la faccio, ho troppo sonno", pensò.

Mentre sopprimeva uno sbadiglio, sentì una voce arrabbiata alle sue spalle: «Pensi di riposarti ancora per tanto?».

Iwata, che era un esperto corridore, era in piedi a braccia incrociate, tanto da ricordare il guardiano di un tempio buddhista.

«Più ti riposi, più i muscoli si irrigidiscono e le gambe si fanno pesanti. Che dire, mi sembra proprio che tu stia prendendo sottogamba la maratona con questo atteggiamento da "vanno bene anche le mie solite scarpe da ginnastica".»

«Cosa intendi con "le solite scarpe da ginnastica"?»

Sebbene ne avesse effettivamente comprato un paio optando per il colore tenue che indossava sempre, precisò offesa: «Ho comprato le scarpe da corsa come mi avevi detto tu!».

«E allora hai un motivo in più per impegnarti. Dai, bevi e poi alzati.»

Era un mostro, pensò Kaede.

Dopo aver bevuto dalla bottiglietta d'acqua minerale come le era stato ordinato, si trascinò fino alla strada e ricominciò a correre seguendo Iwata.

Nella scuola dove lavorava Kaede, di lì a tre settimane si sarebbe tenuta la solita maratona che veniva organizzata una volta all'anno. Di solito le persone non atletiche come lei non partecipavano, ma questa volta era un po' diverso. Per qualche scherzo del destino, le era stato affidato il compito di correre dietro ai bambini per controllarli. Probabilmente era tutta colpa di Iwata, che come ogni anno si occupava di organizzare l'evento.

Kaede lanciò un'occhiataccia piena di odio alla schiena del collega che stava correndo a passo costante.

Si chiese nuovamente come mai per allenarsi avesse scelto un luogo così lontano, al punto che era stata costretta a cambiare treno e a lasciare la borsa in un armadietto della stazione.

Mentre continuava a correre, però, in un certo senso le sembrò di capirne il motivo.

La strada asfaltata era larga almeno cinque metri e poteva accogliere tutte le persone che andavano e venivano. La coppia elegante che stava portando a spasso un grande cane lo aveva salutato con un sorriso raggiante quando lo aveva oltrepassato. Il setter irlandese aveva continuato a scodinzolare allegramente, perciò Iwata non doveva essere uno sconosciuto, laggiù.

Poi un ragazzo con la giacca della tuta e un paio di leggings, la tipica tenuta da corsa, lo aveva salutato con un breve inchino quando l'aveva incrociato. Aveva intravisto anche un sorriso nascosto in parte dallo scaldacollo tirato su fino al mento.

"Un po' ho capito perché gli piace", pensò.

Era il posto giusto, di sabato mattina, per fare incontri piacevoli.

Questa volta, ad avvicinarsi senza esitazione fu una donna di circa trentacinque anni che indossava una felpa con il cappuccio e correva oscillando le braccia piegate a novanta gradi.

Quando posò lo sguardo su Iwata, respirò a fondo e si fermò.

«Buongiorno, maestro Iwata. Ti trovo zelante come al solito.» Bevve un sorso da una bevanda avvolta in un asciugamano vistoso su cui era disegnato un personaggio e lanciò uno sguardo a Kaede. «Oh.» La donna infilò la bevanda sotto l'ascella e, in modo quasi canzonatorio, si portò entrambe le mani alla bocca per poi bisbigliare a Iwata: «Com'è adorabile! È la tua fidanzata, per caso?».

"Ehi, signora. È inutile che ti nascondi la bocca, ti sento lo stesso", pensò Kaede.

«No, no, non ancora.»

Quel *non ancora* non era necessario.

La donna disse: «Scusate se vi ho interrotto. Divertitevi!». Rivolse un sorriso carico di significato a Kaede e, con le braccia ancora piegate a novanta gradi, si allontanò a passo spedito.

C'era proprio stato un malinteso.

"Però", pensò Kaede dandosi qualche colpetto sulle cosce dove si era accumulato l'acido lattico, "mi ha mostrato un bel posto, posso chiudere un occhio."

Non disse nulla e riprese a correre dietro a Iwata, anche se le venne subito il fiatone, perché non era abituata.

In effetti, le sembrava proprio che Iwata avesse accelerato il passo.

Basta, non ce la faceva più.

Al contrario di quella di Kaede, la voce del collega non era affatto affaticata.

«Come pensavo, Shiki non è venuto. Ha smesso di fare attività il sabato mattina.»

«Eh... co... cosa...»

Iwata, accorgendosi del respiro affannato di Kaede, si fermò.

«Anche tu non sembri fare molta attività fisica», commentò con un ampio sorriso che sostituì l'espressione che aveva avuto fino a qualche attimo prima.

«Facciamo che per questa volta, allora, la nostra meta è laggiù.»

Barcollante, Kaede si diresse verso il ponte di ferro che Iwata aveva scelto per riprendere fiato.

In quel momento, a poca distanza la raggiunse una voce bassa e intensa: «Bella corsa, entrambi».

Il proprietario della voce si passò una mano tra i capelli e poi estrasse una lattina di birra dalla busta della spesa.

«Dopo tutto questo movimento, ci va una bella birra», commentò Shiki.

Il ponte, alla fine della passeggiata lungo il fiume, gettava una grande ombra su tutta la banchina.

I tre cercarono un punto soleggiato sull'argine asfaltato e, dopo essersi seduti uno di fianco all'altro, aprirono le loro lattine.

All'aria aperta, la birra gelata scendeva con facilità nel corpo accaldato.

«Che buona!» commentò Kaede.

Aveva sempre trovato la birra amara, ma finalmente aveva iniziato a capirne la bontà.

«Oh, no, così riprendo le calorie che mi sono impegnato tanto per perdere», si lamentò Iwata, anche se la bevve tutto d'un fiato e rumorosamente.

«Non posso non apprezzarla, però», continuò, per poi lanciare un'occhiataccia a Shiki. «Perché non sei venuto in tempo?»

«Ehi, aspetta un attimo», ribatté l'altro sorridendo.

All'istante, Kaede capì cosa i due avessero in comune. Erano completamente diversi, però entrambi avevano un sorriso accattivante.

«Tanto tu lo sapevi dall'inizio che non sarei venuto. La gente normale non va a correre il sabato mattina.»

«Okay, è sabato mattina, ma dovevamo incontrarci alle dieci. Non è un orario così impossibile.»

«Per me sì. E poi sarai stato contento che eravate solo voi due.»

«Dacci un taglio! E passami un'altra birra.»

«Certo.»

Con notevole controllo, Shiki lanciò la lattina a Iwata per poi rivolgersi a Kaede cambiando discorso: «Tra l'altro, che gialli noiosi stai leggendo ultimamente?».

Ecco. Aveva di nuovo presupposto che ciò che leggeva lei fosse noioso.

«Se i gialli che leggo sono noiosi, non dovrebbe essere noioso anche parlarne?»

«È divertente trovarne i difetti. È quella la parte migliore dei gialli.»

Iwata si intromise nel discorso.

«Voi due siete sempre lì a discutere di gialli. Una volta ogni tanto lasciate parlare anche me.»

«Oh. Ne sai qualcosa di gialli?» chiese Shiki.

«Non trattarmi come se fossi stupido.»

Iwata, forse perché aveva la bocca secca, bevve la birra in

un sol sorso e, con orgoglio, esordì: «Mi è venuto in mente una teoria a cui nessuno ha mai pensato: vi sconvolgerà. La tematica è "il giallo del wrestling professionale"».

Shiki spalancò gli occhi, stupito. Stranamente, sembrava interessato.

«Voglio davvero sentire di cosa si tratta.»

Spronato dalle parole di Shiki, Iwata inspirò con forza per poi iniziare: «Maestra Kaede, tu lo sai che mi piace il wrestling, no?».

«In realtà non me lo hai mai detto.»

«Ah, no?»

Confuso, Iwata si grattò il lato del naso e poi si rivolse a Shiki: «Ascolta, i gialli e il wrestling hanno molto in comune. Per esempio, nei gialli c'è una certa espressione che salta sempre fuori, no? E quella stessa espressione è molto conosciuta anche nel campo del wrestling professionale». Iwata alzò il tono di voce: «Data l'occasione, iniziamo con un quiz. Domanda: qual è l'espressione che salta spesso fuori sia nei gialli che nel wrestling? Vince il più veloce!».

Entrambi risposero all'incirca nello stesso momento.

«Bagno di sangue.»

«È bagno di sangue.»

«Sì... giusto», biascicò Iwata frustrato. «Come fate a saperlo?»

«Perché è banale», rispose Shiki.

«Anch'io penso sia banale», gli fece eco Kaede subito dopo.

«Smettetela di rispondere in sincrono!» ribatté Iwata offeso.

Preoccupato, Shiki gli chiese: «C'è dell'altro, vero?».

«Ovvio. Ci sono un sacco di prove che sostengono la teoria del giallo del wrestling professionale.»

Iwata estrasse un taccuino dal marsupio e, dopo essersi leccato il dito, iniziò a sfogliarne le pagine.

«Vi ho detto che mi sono informato. Per esempio, il famoso wrestler Killer Karl Kox aveva un soprannome spettacolare. Era conosciuto come "L'assassino sanguinario". Cosa ne dite? Non può essere più chiaro di così!»

«È banale.»

«Anch'io penso che sia banale.»

«Basta parlare insieme! Be', poi... di altro c'è... Ci sono un sacco di wrestler che hanno soprannomi che ricordano i gialli. Per primo Steve Williams, conosciuto anche come "Dr. Morte". Non è spaventoso un dottore che è anche un assassino? E non dimentichiamoci di Karl Anderson, "Il combattente con armi illegali". Dov'è la polizia quando serve? E non è finita qui. Il più conosciuto è sicuramente il prigioniero, "The convict". Si vocifera che sia un condannato a morte che viene fatto uscire solo in occasione di un match.»

Iwata richiuse rumorosamente il taccuino, come a voler intimare loro di trovare il coraggio di contraddirlo.

«Ehm... hai già finito?» chiese Shiki.

«Sì. Tutto questo materiale direi che è abbastanza.»

«Non riesco più a trattenermi.»

Shiki trasse un sospiro e si passò una mano tra i capelli.

«Se vuoi portare avanti questa teoria, forse dovresti procurarti prove più convincenti. Sicuramente sono due realtà che hanno molto in comune, però sembra un collegamento superficiale quello tra gli omicidi dei gialli e le personalità bizzarre di alcuni wrestler. Forse è meglio ampliare lo sguardo per ottenere una visione più completa di questo sport.»

«Suona un po' difficile.»

«È semplice. Per accattivare il pubblico, gli spettacoli di wrestling si aprono sempre in modo teatrale. Per esempio, sale sul ring un wrestler che si vocifera abbia una forza strepitosa, mostra tutta la sua potenza e sconfigge il campione incontrastato del gruppo. O, ancora, a causa di un'intrusione inaspettata e di un tradimento, in un attimo, la gerarchia all'interno del gruppo cambia completamente. Questi avvenimenti all'inizio di un match non ricordano un po' l'inizio inaspettato dei gialli?»

Shiki, ormai, era inarrestabile.

«Quando iniziano i tour provinciali, questi avvenimenti inaspettati che aprono i match diventano molto articolati e pieni di temi diversi. Rancore, amicizia, giustizia, vendetta e spesso anche la vecchiaia. Tutto questo ricorda i rapidi sviluppi che caratterizzano la fase centrale dei gialli.»

Ignorando lo stato di stupore dei due, Shiki continuò con il suo discorso.

«Queste storie proseguono fino all'ultimo match e infine convergono in un solo racconto. Il campione incontrastato è come il detective dall'intelligenza sovrumana: con una tecnica inaspettata sconfigge il nemico più forte. L'effetto di catarsi che gli spettatori sperimentano alla fine dello scontro ricorda il segno che lascia la lettura di un giallo. E si può dire che questa affinità sia nata proprio perché entrambi sono, in senso positivo, uno spettacolo artificiale, architettato dall'uomo. Per di più...»

«Quanto parli!» si lamentò Iwata, senza riuscire a trattenersi. «Non rubare le teorie delle altre persone a piacimento! Per di più, approfondendole così tanto!»

«La tua era troppo superficiale.»

«Oh, dacci un taglio, alla fine a te non piacciono neanche gli sport, perché ti scaldi così tanto a parlare di wrestling?»

«Il wrestling non è uno sport. È una storia d'amore.»

«Una... storia d'amore?»

«Il ring di sei metri quadrati è la tela su cui i lottatori disegnano la loro vita. E poi...»

«Basta, tornatene a casa, sei ubriaco! Capisci almeno di cosa stai parlando?»

Mentre il loro battibeccare infinito, simile a un match di wrestling, continuava, Kaede aprì una seconda lattina di birra inspirando l'aria invernale che, a poco a poco, avrebbe ceduto il posto alla primavera.

E in quel momento si rese conto che non era solo la birra che aveva iniziato ad apprezzare, ma anche il tempo che passava con quei due.

All'improvviso Kaede si sentì osservata. Alzò nervosamente lo sguardo e vide qualcuno che da sopra al ponte, appoggiato con entrambe le mani al corrimano, guardava dritto nella sua direzione. O forse lo stava solo immaginando? A causa della luce non riusciva a distinguere altro che un'ombra scura.

Aveva l'impressione, però, che quella figura avesse scelto di proposito quella posizione in controluce e che la stesse proprio fissando.

«Scusate se rovino il momento», disse. Poi, spostando lo sguardo in direzione degli amici, continuò: «Ma c'è qualcuno sul ponte, vero?».

«Sì», rispose Iwata.

«È vero», gli fece eco Shiki.

«In realtà, ho come l'impressione che, da un mese circa, qualcuno mi stia seguendo. No, scusate, forse sto esagerando.» Kaede continuò biascicando un po' le parole: «Però è da un mese che ricevo ogni giorno chiamate silenziose. No, scusate, magari mi sto autosuggestionando».

Dopo aver sentito quella confessione, Iwata si alzò e, senza proferire parola, si diresse di corsa verso le scale del ponte.

«Un attimo, maestro Iwata!»

«No, lascia che vada a controllare», ribatté Shiki, coprendosi il mento appuntito con una mano.

«Il numero di chi continua a chiamarti è nascosto, vero?» le chiese.

«Sì. Penso chiami da un telefono pubblico.»

«C'è una cabina vicino a casa tua?»

«Sì, al giorno d'oggi le cabine sono rare, ma ce n'è una di fronte al palazzo.»

Shiki rimase a guardare la superficie dell'acqua luccicante. Non riuscendo a sopportarlo, Kaede si sforzò di ridere: «Sarà uno scherzo telefonico. Scusate se vi ho allarmato per una questione personale».

«No.»

Era la prima volta che vedeva un'espressione così seria sul volto di Shiki.

«È meglio non ignorare questo genere di cose.»

In quel momento Iwata ritornò senza fiato: «È fuggito. Ed è bravo a correre».

Shiki ripeté: «È meglio non ignorare questo genere di cose».

Ti sei accorta di me?
Del fatto che oggi ti ho parlato tante volte
Da un posto molto molto più vicino
Di quanto tu possa mai immaginare.

2.

Il sabato dopo, Iwata, da solo, si incamminò lungo la passeggiata di fianco al fiume. Gli sembrava facesse più freddo della settimana prima, anche se, secondo le previsioni, le temperature sarebbero dovute aumentare di tre gradi.

"Secondo me fa più freddo, però", pensò.

Un pensiero, a cui non avrebbe voluto prestare attenzione, fece capolino nella sua mente: forse era perché quel giorno non era insieme a Kaede.

"No, basta. Non fare la femminuccia", si rimproverò.

Ogni sabato impiegava un'ora per recarsi in quel luogo, e non gli era mai capitato di sentirsi triste e solo. E non era stato proprio lui a suggerire alla collega di non tornare, nella remota possibilità che ci fosse davvero uno stalker?

Si era comportato da codardo, la settimana prima. Se solo avesse avuto il coraggio di invitare soltanto lei! E invece, per paura di un rifiuto, aveva finito per invitare anche Shiki. E quando lui non si era presentato... era stato contento.

Iwata scosse la testa per schiarirsi le idee e accelerò il passo. Fortunatamente, la giacca a vento che aveva indossato in previsione della pioggia tratteneva il calore e, in un attimo, lo riscaldò.

Salutò la coppia con il setter irlandese e rivolse un sorriso al giovane con tuta e leggings; il gelo che sentiva nel cuore si sciolse.

Iniziava a sentirsi meglio. Come pensava, quello era il posto migliore.

In quel momento, senza sapere perché, si ritrovò a riflettere: "Avrei voluto mostrarlo anche a mia madre e a mio padre".

Dopo poco raggiunse il ponte dove la settimana precedente avevano bevuto le birre.

Era il momento di fare una pausa.

Circa cinque metri più avanti, notò la donna con la felpa che aveva già incontrato il sabato prima. La salutò con la mano e si allontanò dalla strada, dirigendosi verso la banchina. Sentì un tuono provenire dalle nuvole lontane. Le previsioni del tempo, forse, erano corrette e sarebbe venuto a piovere. Doveva essere quello il motivo per cui non c'era nessuno vicino al fiume.

No, anzi, qualcuno c'era. Iwata notò due uomini che stavano battibeccando all'ombra del gigantesco pilastro del ponte.

Il vento freddo gli restituì una voce arrabbiata: «Senti un attimo!».

Non sembrava una lite futile.

«Cosa sta succedendo?»

Iwata corse giù lungo la banchina di cemento, affrettandosi verso i due.

Questi, però, o non lo avevano sentito o lo stavano ignorando di proposito, perché iniziarono a spintonarsi.

L'uomo con addosso un completo era di mezz'età, mentre il ragazzo con la maglietta arancione doveva avere circa vent'anni. Il giovane urlò con voce acuta e l'altro lo colpì vigorosamente, come a volergli dire che per lui era finita.

«Non sottovalutarmi!»

La mano dell'uomo oscillò come un pendolo.

«Non ci posso credere», borbottò il giovane, stupito.

L'uomo di mezz'età, ignorando completamente Iwata, corse via.

Iwata riuscì a fermare il giovane che era sul punto di crollare, evitando che sbattesse la testa.

«Tutto bene?» chiese, ma non ricevette risposta.

Il volto del ragazzo, che aveva chiuso gli occhi, si era fatto pallido all'improvviso.

Sembrava davvero giovane, quasi come un bambino della sua classe. Doveva avere addirittura meno di vent'anni, si ritrovò a pensare.

Nella concitazione, la sua mano andò a sbattere contro un oggetto sporgente, dalla forma particolare.

Non era possibile...

Eppure, proprio come temeva, nello stomaco del ragazzo era conficcato un coltello.

Il collo del giovane, che Iwata stava cingendo con il braccio sinistro, era madido di sudore. Oltre a ciò, un liquido scuro stava impregnando di rosso scarlatto la maglietta arancione.

Bagno di sangue.

Omicidio.

Arma del delitto.

Non sapeva perché, ma i vocaboli di cui avevano discusso la settimana prima gli stavano tornando alla mente.

"Perché stai pensando a queste cose?" si rimproverò in silenzio.

«Tieni duro! Ora chiamo un'ambulanza!»

Iwata, mentre teneva abbracciato il giovane, cercò di tirare fuori il cellulare che aveva nel marsupio, ma la cerniera non si apriva.

«Maledizione!»

E poi comprese il motivo: le sue mani erano scivolose per colpa del sangue che le macchiava.

"Non andare nel panico, calmati", si disse.

Ogni minuto, ogni secondo, era essenziale.

All'improvviso, in quel preciso istante, iniziarono a cadere grossi goccioloni di pioggia.

Quando alzò lo sguardo, vide che, in cima alla banchina, la signora con la felpa si nascondeva la bocca con le mani.

Era salvo.

«Ha visto?»

La donna annuì due, tre volte.

«Anche l'uomo che è fuggito?»

La donna annuì ancora più freneticamente.

«Per favore, può chiamare un'ambulanza?» urlò Iwata con tutto il fiato che aveva in corpo.

Era riuscito a tirare fuori lo smartphone, ma a causa del sangue non era certo di riuscire a comporre correttamente il numero. La donna, però, fece un'azione che colse Iwata di sorpresa. Come se non avesse sentito nulla di ciò che lui le aveva appena detto, cominciò ad allontanarsi senza esitazione.

«Ehi! Ehi, aspetti un attimo!»

Per un istante, Iwata temette di scoppiare a piangere.

«Cosa sta facendo! Ehi! Ehi!»

Perché stava fuggendo?

Iwata rimase a guardare, a bocca aperta, la direzione in cui era sparita. La pioggia, che si era fatta più intensa, gli colpì le guance e lo fece rinsavire. Doveva chiamare un'ambulanza.

Nello stesso istante in cui ritornò in sé, dietro di lui sentì una voce al contempo gentile e dura.

«Ehi, tu, calmati!»

Quando si voltò, vide un poliziotto in uniforme di una certa età; aveva con sé un manganello.

«Non muoverti, resta dove sei.»

«Agente! Chiami un'am...»

«L'ho appena fatto. Per prima cosa, allontani lentamente la mano da lì.»

"Lì dove?"

Quando abbassò lo sguardo, si rese conto che con la mano destra stava afferrando il manico del coltello.

Che cosa stava facendo? Perché lo stava stringendo?

Nel panico, allontanò la mano dal coltello, che era ancora conficcato nello stomaco del giovane.

Forse, non sapendo se fosse meglio estrarlo o no, inconsciamente aveva finito per afferrarne il manico.

«Alzi lentamente la mano destra.»

Come gli era stato richiesto, Iwata alzò la mano, proprio come se stesse chiamando un taxi. Con la coda dell'occhio, vide che era sporca di sangue. Dalla bocca del giovane, che lui stava sostenendo con le ginocchia e il braccio sinistro, fuoriuscivano bollicine di sangue.

"Per favore, non morire", lo pregò in silenzio.

«Si volti dall'altro lato. Esatto, così, senza guardare in questa direzione.»

La voce calma del poliziotto, alle orecchie di Iwata, risuonava strana, inquietante. Anche quel tono troppo gentile, in un certo senso, lo stava irritando.

Come poteva essere così tranquillo, se l'ambulanza non era ancora arrivata?

«Comunicazione urgente. Comunicazione urgente. Informare le volanti in zona o alla centrale.» L'agente stava parlando via radio. Le volanti erano le auto della polizia?

«C'è stato un incidente ai piedi del ponte, c'è un ferito. L'aggressore è a distanza ravvicinata e in vista. Penso... È caduta la linea. Quartier generale, mi sentite? Ripeto, l'aggressore è in vista. Penso di poterlo catturare, ma non è da escludersi che possa opporre resistenza. Richiedo urgentemente rinforzi. Ripeto. Molto urgentemente.»

«Aspetti agente, il colpevole non sono io! L'uomo che è fuggito...»

«Non parlare.»

Sentì un suono metallico provenire dal poliziotto che si stava avvicinando.

"Manette?"

La pioggia, nel frattempo, si era trasformata in un temporale.

3.

Immersa nella lettura dal mattino, Kaede non si era accorta che aveva cominciato a piovere. Corse a raccogliere i vestiti dal balcone, per poi tornare a sedersi sul sofà a leggere l'opera di Hillary Waugh, uno scrittore di gialli che di recente era stato rivalutato ed era divenuto oggetto di interesse. Il titolo era *Pioggia nella notte.*

"Che titolo elegante e raffinato", pensò, per poi estrarre l'articolo sulla morte di Setogawa, un tesoro che aveva fatto laminare e che aveva usato come segnalibro, e posarlo delicatamente sul tavolo. In quel momento, si accorse di un insolito «15» sull'icona delle chiamate.

Ultimamente le telefonate anonime erano aumentate, quindi aveva iniziato a tenere il cellulare in modalità silenziosa e, perciò, non si era accorta che qualcuno la stava cercando. Quindici, però...

Il numero era sconosciuto o era di un telefono pubblico?

Nervosamente, Kaede controllò il registro delle chiamate.

Maestro Iwata.

Maestro Iwata.

Maestro Iwata.

Com'era possibile?

Sullo schermo compariva sempre lo stesso nome, ordinato e nefasto. Era stato Iwata a chiamarla quindici volte di seguito?

Per di più, tutte quelle telefonate, avvenute mezz'ora prima, si erano susseguite nell'arco di cinque minuti. Doveva trattarsi di qualcosa di serio. Le venne la pelle d'oca. Mentre cercava di calmarsi, ritornò alla schermata principale, dove trovò tre brevi messaggi del collega.

Donna.

Scomparsa.

Cercala.

I messaggi erano stati inviati subito dopo la quindicesima chiamata.

Cos'era successo?

No, non c'era tempo; le domande avrebbero dovuto aspettare.

Kaede provò immediatamente a richiamarlo, ma ogni volta che componeva il numero, a rispondere era una voce femminile e robotica: «*Il cliente da lei chiamato non è al momento raggiungibile...*».

"Mi dispiace di non aver risposto subito, maestro Iwata," pensò Kaede.

Disattivò la modalità silenziosa e aprì la rubrica, intenzionata a chiedere consiglio a Shiki. In quello stesso istante, il cellulare iniziò a squillare.

«Oh!»

Sobbalzando per il suo stesso urlo, fece cadere il telefono. Lo raccolse velocemente e lanciò un'occhiata allo schermo: c'era un numero che non conosceva.

Pensò che potesse trattarsi del numero di casa di Iwata e, senza perdere un attimo, accettò la chiamata.

«Pronto? Mi scusi se la disturbo», iniziò un uomo dalla voce roca, «parlo con la signora...?» continuò, accertandosi del cognome.

«Sì, sono io.»

«Sono l'agente...»

L'uomo all'altro capo del telefono, dopo essersi educatamente presentato, con tono impassibile le spiegò il motivo della telefonata: «In realtà... Il suo collega Iwata è stato arrestato poco fa in flagranza di reato. È sospettato di aggressione aggravata e stiamo procedendo con le misure detentive...».

«Eh?» Senza volerlo, la sua voce stridula sembrò quasi un urlo.

Aggressione aggravata?

Arrestato?

Misure detentive?

Le ci volle qualche secondo per comprendere il significato di tutte quelle parole a cui non aveva mai pensato veramente.

«Pronto? Mi sente?»

«Sì. Sì, la sento.»

«E quando ho chiesto al signor Iwata il suo contatto di emergenza, ha spiegato che non ha né genitori né fratelli o sorelle. E neanche parenti. Perciò ha dato il suo nominativo. Ehm... fin qui mi segue? Pronto?»

Kaede era di nuovo senza parole. Nel tentativo di regolarizzare il respiro, si premette una mano contro il petto.

«Sì, la seguo.»

«Solitamente, in questi casi, non contattiamo subito il posto di lavoro del sospettato, ma la situazione è quella che è. Non possiamo escludere che possa accadere qualcosa di inaspettato mentre è in cella, perciò, seguendo le direttive del quartier generale, abbiamo deciso di chiamarla.»

«Aspetti un attimo, cosa intende con "qualcosa di inaspettato"?» Facendosi coraggio, domandò: «Intende suicidio?».

«Secondo il protocollo del quartier generale non posso risponderle. Le spiego le modalità per incontrarlo; potrebbe prendere carta e penna?»

Kaede si obbligò a calmarsi.

Poi, cos'era mai questo *quartier generale*?

«Scusi, ma prima di quello, potrebbe spiegarmi nel dettaglio cos'è successo?»

«Al momento stiamo investigando, quindi non posso risponderle. Tra l'altro, anche durante l'incontro la prego di astenersi dal parlare dell'incidente. In caso contrario, saremmo costretti a interrompere la visita.»

«Anche...» Kaede si trattenne a stento dal pronunciare le parole che aveva sulla punta della lingua: «Anche questo è il protocollo del *quartier generale*?».

«Allora, ha un foglio su cui scrivere?»

La mano con cui stava prendendo appunti tremava.

Oltre al fatto che Iwata era stato arrestato per aggressione aggravata, c'era un'altra cosa che la scioccava. Possibile che il collega, sempre così allegro, non avesse né genitori né fratelli o sorelle?

La penna correva sul foglio. Le veniva da piangere.

«Pronto? Shiki, sei sveglio?»

«No... cioè, sì.»

Sembrava quasi moribondo.

Kaede aveva deciso che non lo avrebbe mai più chiamato il sabato mattina, ma quella era un'emergenza.

«Scusa, ma ti devi riprendere.»

Senza dargli ulteriore tempo, gli raccontò i dettagli dell'incidente.

«È un disastro!»

Come pensava, Shiki si era completamente svegliato.

«Questa è una supposizione, però forse Iwata ti ha telefonato poco prima o poco dopo essere stato arrestato. E i messaggi, invece, deve averli inviati quando era nella volante, sfruttando quell'unica occasione.»

«Sì, lo penso anch'io.»

Fu di nuovo assalita dai sensi di colpa.

Perché non se n'era accorta?

Se avesse visto anche solo di sfuggita lo schermo, avrebbe potuto rispondere...

«Adesso gli avranno confiscato lo smartphone», commentò Kaede.

«Sicuramente. Dobbiamo incontrarlo al più presto per chiedergli i dettagli. Una cosa che ho scoperto tempo fa, quando stavo facendo delle ricerche per mettere in scena uno spettacolo su un thriller giudiziario, però, è che durante le visite è vietato parlare del caso.»

«Me lo ha detto anche il poliziotto.»

«Oltretutto, durante i primi tre giorni dall'arresto, ovvero nelle cosiddette settantadue ore, le visite non sono consentite perché viene data priorità alle indagini. Proverò comunque a fare richiesta», affermò Shiki.

«Anch'io.»

«Comunque...» L'amico, dall'altro capo del telefono, si stava passando una mano tra i capelli. «Dobbiamo elaborare un piano. Penserò a uno stratagemma», disse con voce calma.

4.

Come pensava, per quante volte avesse fatto richiesta, gli fu concesso di incontrare Iwata solo quattro giorni dopo l'arresto, il mercoledì della settimana successiva.

Aveva preso un permesso dal lavoro, visto che era un giorno feriale, ma era stato un sacrificio necessario.

Per quanto riguardava Iwata, aveva chiesto a Shiki di chiamare la scuola fingendosi suo fratello. Erano riusciti a mantenere le apparenze, facendogli prendere una settimana di assenza per gravi motivi familiari.

Anche per Kaede, però, le circostanze erano difficili. Benché fossero passate settantadue ore, Iwata non era stato rilasciato dopo le indagini iniziali della polizia, perciò lo consideravano ancora un sospettato.

Mentre lei e Shiki stavano finendo di compilare le scartoffie per poter accedere al centro di detenzione, Kaede ripensò con attenzione alle informazioni che avevano raccolto fino a quel momento.

Quel giorno stesso erano uscite per la prima volta delle notizie sul caso, ma era solo un articoletto di poche righe in un'edizione serale del giornale. Erano ben poche le informazioni che si potevano estrapolare dall'articolo.

Sabato scorso, intorno alle undici, sulla banchina del fiume c'è stata un'aggressione e una persona è rimasta ferita con un'arma da taglio. La vittima, un ragazzo di diciannove anni, è ancora in coma e le sue condizioni rimangono incerte.

Il sospetto, un uomo di ventisette anni arrestato in flagrante continua a negare il proprio coinvolgimento.

Quelle erano le uniche notizie che erano state riportate.

Il solo indizio rimasto erano i tre brevi messaggi inviati da Iwata: *Donna. Scomparsa. Cercala.*

Non voleva neanche pensarci, ma nella mente di Kaede iniziò a prendere forma uno scenario spiacevole.

Se il ragazzo fosse morto, le accuse sarebbero passate da lesioni aggravate a omicidio colposo o doloso. A quel punto, il nome di Iwata, identificato come sospetto, sarebbe stato diffuso su larga scala.

Quanto si sarebbero avvicinati alla verità con l'incontro di quel giorno?

Se fosse scaduto il periodo di custodia e avessero proseguito con le indagini, l'iscrizione nel registro degli indagati sarebbe diventata inevitabile. E se così fosse stato, con molta probabilità sarebbe stato giudicato colpevole; era quella la dura verità del sistema giudiziario giapponese.

Iwata era testardo, perciò era improbabile che, a quel punto delle indagini, decidesse di farsi assegnare un avvocato. Per provarne l'innocenza, era necessario raccogliere tutte le informazioni che poteva dare loro. Durante il colloquio, però, era vietato fare riferimento al caso, così come era vietato introdurre cellulari, registratori e altri strumenti elettronici. Per di più, avevano a disposizione solo quindici minuti; era una corsa contro il tempo.

Un giovane agente in divisa aprì loro la porta.

Kaede e Shiki si scambiarono uno sguardo in silenzio, dopodiché entrarono nella stanza.

Era come aveva immaginato Shiki.

Subito dopo essere entrata, Kaede notò il pannello trasparente che divideva la stanza a metà, esattamente come nei telefilm.

Al centro della lastra che li separava da Iwata c'erano una serie di fori disposti in modo concentrico, che servivano per far passare la voce.

Il detenuto doveva stare dal lato opposto del pannello, separato dal visitatore.

Non era arrivato ancora nessuno. Non appena si sedettero sulle sedie pieghevoli, però, per non sprecare neanche un secondo, estrassero dalle rispettive borse un blocchetto degli appunti e lo posarono sulle ginocchia.

Poco dopo, dal lato del detenuto, provenne un rumore di passi, seguito dall'arrivo di una donna di una certa età con addosso un completo e dalla postura rigida.

Si aggiustò gli occhiali mentre si presentava: «Sono... e mi occupo della gestione del centro di detenzione».

«Abbiamo perso, mi sa...» bisbigliò Shiki, in modo che solo Kaede potesse sentirlo.

Anche Kaede non poteva negare che sembrasse una persona estremamente rigida e ligia al dovere. Si ritrovò a pensare, fuori contesto, che le ricordava la rappresentante dei genitori della sua scuola.

«Sono certa non si tratti del vostro caso, ma poiché in passato è stato tentato di mettere in atto un piano per distruggere delle prove, durante il colloquio vi chiedo di astenervi dal parlare dell'incidente.»

Contando la telefonata, era la terza volta che le davano lo stesso avvertimento.

«Se parlate del caso, la visita terminerà all'istante.»

La donna lanciò un'occhiata all'orologio sulla parete.

«A partire da questo momento avete quindici minuti. Okay, 5-2, venga pure.»

5-2, apparentemente, era il codice per indicare la seconda persona che era entrata nella cella numero cinque.

Shiki bisbigliò: «Sarebbe stato più divertente se Iwata fosse stato il coordinatore della seconda sezione della classe quinta...».

Peccato, era il coordinatore della terza.

Non che quello fosse il momento adatto per uscite del genere. Lo aveva detto perché era un tipo strano davvero fino al midollo, oppure perché stava cercando di alleggerire la tensione?

Prima che potesse scegliere tra le due opzioni, risuonò il rumore delle scarpe della donna, che si era diretta alla scrivania nell'angolo.

Subito dopo fece la sua comparsa Iwata, emaciato e con un accenno di barba.

"Poverino, lo stanno mettendo sotto torchio ogni giorno", pensò Kaede.

Iwata corse verso il vetro e urlò: «Maestra Kaede! Shiki! Credetemi, non sono stato io! È stato il cinquantenne che indossava un completo, l'ho visto! E proprio mentre stavo cercando di salvare il ragazzo, un poliziotto...».

«Basta così!»

La guardia si alzò, scalciando via la sedia.

No, non era possibile, aveva già intenzione di interrompere l'incontro?

«È finita in fretta.»

Questa volta Shiki parlò ad alta voce.

Non erano passati neanche dieci secondi dall'inizio.

«5-2! Cosa credi di fare?»

La guardia squadrò minacciosamente Iwata dall'alto in basso, quasi avesse avuto intenzione di aggredirlo.

«Mi scusi. Ho agito senza pensare.»

«La prossima volta interromperò immediatamente la visita.»

La guardia tornò al suo posto, ma non prima di aver lanciato un'occhiata minacciosa anche a Kaede e Shiki, dall'altro lato del vetro.

Kaede trasse un sospiro di sollievo. Iwata doveva proprio darle un po' di tregua.

D'altro canto, aveva visto il vero colpevole e aveva fornito informazioni al riguardo – ovvero che si trattava di un signore in completo sui cinquant'anni –, quindi potevano considerarla una vittoria.

Da quel momento in poi, però, non potevano più commettere errori; dovevano agire con molta attenzione.

«Iwata, ti abbiamo portato delle provviste», cominciò Shiki, esattamente come si erano preparati, per poi allungare la mano verso la borsa.

A uno a uno, mostrò gli oggetti per cui avevano fatto richiesta in precedenza e che gli era stato concesso di portare.

«Per prima cosa, dei soldi. Vorrei dartene di più, ma il limite è di trentamila yen.»

I detenuti, se avevano soldi a disposizione, potevano acquistare il minimo indispensabile al negozio della stazione di polizia.

«Grazie, Shiki. Mi stai davvero aiutando.»

«Poi ci sono la biancheria e una tuta, maglia e pantaloni; sono caldi perché felpati.»

«Oh, questo lo apprezzo molto. Fa piuttosto freddo, qui.»

Iwata sembrava davvero grato. Si accarezzò la barba che gli era cresciuta in quei giorni.

«Poi c'è un'altra cosa da parte mia.»

Shiki mise di nuovo la mano nella borsa. Kaede non aveva idea di cosa potesse essere; non le aveva detto nulla.

Ignorando una Kaede interdetta, Shiki tirò fuori una consunta palla da baseball.

«Ecco qua. È un tiro veloce. Prova a bloccarlo, se riesci.»

«Ehi!»

«Tanto hai del tempo libero a disposizione, puoi perderti nei ricordi.»

«Ehi!» lo apostrofò ancora una volta Iwata, prima di appoggiare una mano al vetro.

«È troppo sdolcinato!» continuò, il volto contorto in una strana smorfia che non era il solito sorriso.

In un istante, i suoi occhi si riempirono di lacrime.

I due amici (un tempo battitore e ricevitore) si guardarono e annuirono, quasi come se si stessero inviando un segnale.

Poco dopo, dandole una leggera gomitata, Shiki disse: «Il resto lo lascio a te».

Toccava a lei. Doveva muoversi in fretta, ma senza farsi prendere dal panico.

Kaede si umettò le labbra e recitò il dialogo che aveva concordato con Shiki.

«Tra l'altro, maestro Iwata, a te piacciono i gialli, vero?»

Iwata spalancò la bocca, stupito.

«No. Cioè, non è che non mi piacciono i gialli... Diciamo che l'unica cosa che leggo con piacere in questo periodo è il manga *Cooking Papa.*»

A quel punto Shiki intervenne per interromperlo: «Però ti piacevano, giusto?».

«Cosa ti prende, perché fai questa faccia? Ah, sì!»

Ora aveva capito.

«Ah, è vero, mi piacevano!»

Iwata, solo per un istante, si lasciò scappare il suo sorriso a trentadue denti.

«Mi piacciono i gialli. Poi ora ho così tanto tempo libero e non so cosa fare...»

Perfetto, stava andando bene.

Per aggirare tutti quei severi divieti, l'unico modo per scambiarsi informazioni era usare frasi in codice.

Nei messaggi Iwata aveva scritto: *Donna. Scomparsa. Cercala.*

Chi era la donna?

Scomparsa significava che era sparita da qualche parte?

E, se quella donna era in qualche modo coinvolta nel caso, com'era vestita quel giorno?

Ottenere informazioni da Iwata era l'unico modo per raccogliere gli indizi necessari da cui partire per cercarla.

«Ecco, infatti oggi ti ho portato due delle opere di quell'autore che ti piace tanto.»

Estrasse il primo libro dalla borsa e glielo mostrò attraverso il pannello di vetro.

«Come sai, è un'opera di Hillary Waugh.»

«Ah, sì, Hillary...»

Anche Iwata, sebbene in modo impacciato, aveva iniziato a recitare.

«Sì, effettivamente mi piace. Stavo giusto pensando di rileggerlo.»

«Questo è il suo capolavoro, *Pioggia nella notte.*»

Lanciò uno sguardo di sfuggita alla guardia. Sembrava intenta a scrivere qualcosa alla scrivania, ignara di tutto.

Iwata, dopo aver scrutato da vicino l'opera, annuì con espressione seria.

In quel modo erano riusciti a comunicargli la loro intenzione di parlare del giorno dell'incidente, dal momento che anche in quell'occasione stava piovendo.

«L'ho letto perché me l'hai consigliato tu, maestro Iwata, ed è senza ombra di dubbio un'opera d'arte di genere poliziesco. Ho preso anche un altro libro, pensando volessi leggere ancora...»

Kaede, muovendosi lentamente di proposito, tirò fuori dalla borsa l'opera più importante di Hillary Waugh. Era stata pubblicata nel 1952. Tutti gli amanti dei classici la conoscevano; era un lavoro monumentale, un poliziesco di grande realismo.

Ben attenta a recitare con cura la sua parte, Kaede scandì di proposito il titolo del libro.

«*È scomparsa una ragazza.*»

Con la coda dell'occhio, le parve di vedere la guardia alzarsi dalla sedia. Quello, però, era il momento decisivo.

Kaede continuò, decisa: «Visto che sei bravo con i suggerimenti, potresti raccontarmi un po' la trama?».

5.

Fortunatamente c'era ancora il sole quando raggiunsero la passeggiata lungo il fiume. Osservando la banchina, Kaede realizzò che, rispetto a due settimane prima, il colore dell'erba invernale si era fatto ancora più pallido.

Il colloquio con Iwata si era rivelato molto proficuo.

Mentre camminava insieme a Shiki, Kaede aprì il blocchetto degli appunti e diede un'occhiata alle informazioni che aveva raccolto sfruttando l'escamotage della trama di *È scomparsa una ragazza.*

La donna a cui Iwata aveva fatto riferimento nel messaggio era la stessa che anche Kaede aveva incontrato in quel posto.

Il maestro non la conosceva affatto, ma ogni settimana, di sabato mattina, si salutavano quando si incrociavano per strada. Indossava sempre felpe dai colori scialbi.

E quella stessa donna aveva assistito all'incidente dall'inizio alla fine: da quando il colpevole aveva pugnalato il giovane ed era fuggito a quando Iwata era corso in suo soccorso. Poi, per qualche motivo, era sparita nel nulla. Aveva senso che il collega avesse chiesto loro di cercarla. Con la sua testimonianza, l'innocenza di Iwata sarebbe stata provata in un istante.

Ovviamente, Iwata aveva pregato anche la polizia di mettersi alla ricerca di quella sconosciuta con la felpa, ma gli era stato risposto che quella donna non esisteva.

Shiki, che camminava a fianco di Kaede, bisbigliò a bassa voce: «Al giorno d'oggi non vorrei credere a un'ipotesi di questo tipo, ma non è che la polizia ha deciso che Iwata è il colpevole e non sta indagando?».

«Dici che stanno bluffando?»

«In passato succedeva spesso.»

Kaede strinse i pugni.

Un motivo in più per cercare la donna con la felpa.

In quel momento, Kaede scorse dall'altro lato del sentiero la stessa coppia di anziani con il cane che aveva già visto in precedenza.

«Scusate!»

Sollecitò Shiki e si mise a correre.

«Scusatemi. Sono venuta qui a correre due settimane fa... per caso vi ricordate di me?»

La donna, con i capelli bianchi e ordinati, rispose con un sorriso gentile: «Certo che mi ricordo. Era la prima volta che la vedevo e, per di più, è molto carina. Mio marito, dopo, non ha fatto altro che parlare di lei».

«Non sono cose da dire!» la rimproverò il marito gentiluomo con fare imbarazzato, prima di continuare: «Se ricordo bene, era con il maestro Iwata».

«Sì, esatto. Avrei una domanda da porvi; riguarda una signora che passa spesso di qui. Avete presente la donna che è arrivata passeggiando subito dopo di noi?»

«La donna che è arrivata passeggiando...»

I due si guardarono perplessi.

«Potrebbe essere più dettagliata?» chiese la donna.

«Indossava una felpa scura; quel giorno era grigia. Deve avere intorno ai trent'anni», disse Kaede. Ricordando ciò che le era rimasto più impresso, aggiunse: «Camminava in modo energico, con le braccia piegate così, a novanta gradi».

I due si lanciarono un altro sguardo.

«A me non viene in mente nulla. A te?» chiese la donna.

«No, anch'io non ne ho la più pallida idea.»

«Oh, no...»

Il setter irlandese si lanciò con fare giocoso verso le gambe di Kaede.

«Dai, basta!» lo rimproverarono i padroni.

«Ci dispiace di non esserle d'aiuto. Be', le auguriamo una buona giornata», salutò l'anziana.

No, non potevano andare via! Quando si voltò verso Shiki per vedere se avesse qualcosa da dire, lo trovò in guardia a una certa distanza, come se fosse pronto a difendersi.

Non era possibile.

Intanto la coppia si era allontanata.

«Shiki, per caso hai paura dei cani?»

Pallido e con tono di scuse, il ragazzo spiegò: «Non prendermi in giro, ma io non mi fido delle specie che non possono parlare. Anche nel mondo dei gialli, poi, non ci si può mai fidare dei cani. Per esempio, ne *Il mastino dei Baskerville*, con Sherlock Holmes, il cane demoniaco è praticamente un mostro e...».

In realtà, esistevano tantissime opere con cagnolini carini. Kaede era sul punto di farglielo notare, ma era consapevole che la cosa sarebbe sfociata in una discussione fin troppo lunga, perciò si limitò a ribattere con: «Okay, ho capito».

In quel momento arrivò lo stesso giovane dell'ultima volta, con addosso la tuta da corsa e i leggings.

Che fortuna!

Sperando che quella sarebbe stata la volta buona, lo fermò e gli fece le stesse domande, ma anche lui non aveva mai visto la donna che camminava con fare energico.

Anche se indossava vestiti caldi, Kaede fu percorsa da un brivido di freddo.

Cosa diavolo stava succedendo?

Al tramonto non c'erano più persone lungo il sentiero. Provarono a chiedere informazioni sulla donna per le strade nei pressi della stazione, ma non ottennero risultati.

Iwata la incrociava ogni settimana e anche Kaede l'aveva vista; non c'erano dubbi. L'aveva anche sentita parlare.

E allora perché era come se quella donna non fosse mai esistita?

Se non fossero riusciti a ottenere la sua testimonianza, a breve avrebbero fatto una nuova richiesta di detenzione per Iwata.

In quel caso, lui sarebbe finito sul registro degli indagati e, quasi sicuramente, sarebbe stato dichiarato colpevole, viste le prove circostanziali a disposizione.

Non c'era più tempo da perdere.

6.

Sul treno di ritorno, per un po' rimasero in silenzio.

Non solo Kaede, ma anche Shiki doveva essere confuso e non riusciva a venire a capo di quella situazione.

Quando dal finestrino iniziò a scorgere gli alti edifici del centro, Kaede parlò.

«Ci sono dei gialli con questa trama, vero? In cui le persone negano di aver visto o incontrato un certo individuo. Forse possiamo definirlo il genere della "donna fantasma".»

L'opera più importante di William Irish, *La donna fantasma*, aveva dato inizio a quel filone.

«Anch'io stavo pensando proprio alla stessa cosa. Se ci concentriamo su questo schema, forse abbiamo qualche possibilità in più di risolvere il caso.»

«Che esempi abbiamo a disposizione?»

«Un'opera famosa è *Cabina B13* di Dickson Carr.»

«Non la conosco. Tra l'altro, perché proponi opere di Dickson Carr se non ti piacciono?»

«No, be', in realtà...»

Stranamente, Shiki era esitante.

«Non è un romanzo, ma lo script per un radiodramma, perciò è un'opera che rientra nel mio interesse.»

«Okay, okay, ho capito. E di cosa parla?»

«La protagonista si è appena sposata e parte per una crociera di lusso con il marito. All'improvviso, però, il marito scompare sulla nave. Lei chiede ai passeggeri dove sia finito, ma nessuno l'ha visto. Anzi, negano addirittura che sia salito con lei. Le dicono che era sola, che non c'era nessuno ad accompagnarla.»

«L'ho letto, ora mi è venuto in mente!»

Quando si parlava di Carr, e soprattutto delle opere in cui compariva il dottor Fell, un detective che adorava, Kaede era imbattibile.

«In questo caso, più che la storia in sé, è famosa la leggenda metropolitana di dubbia autenticità su cui si basa l'opera. È un aneddoto che viene introdotto in tanti romanzi.»

«Quale era?» chiese Shiki con frustrazione.

«A Parigi, durante il caos per l'Expo, arrivano una madre e una figlia che vanno molto d'accordo. Però la madre non sta bene e si addormenta in hotel. La figlia corre a cercare un medico ma, quando fa ritorno qualche ora dopo, la madre non è nella camera. Quando chiede delucidazioni a un impiegato dell'hotel, riceve una risposta inaspettata: "Lei è venuta qui da sola". Gli altri ospiti affermano la stessa cosa. La figlia, straziata dal dolore, fa ritorno al suo paese da sola.»

«Mi è venuto in mente!» si intromise Shiki, deciso. «La verità era questa: la madre aveva contratto la peste in India, dove si erano fermate prima di andare a Parigi, e aveva esalato l'ultimo respiro mentre la figlia stava cercando un dottore. Se questa vicenda fosse venuta a galla nel bel mezzo dell'Esposizione Internazionale, la città di Parigi sarebbe caduta nel caos più totale e anche l'hotel ne avrebbe pagato le conseguenze. Allora gli albergatori e le autorità di Parigi, dopo un incontro di emergenza, hanno deciso di isolare il corpo della madre e hanno ordinato a tutti i presenti di tenere nascosta la verità facendo finta di niente.»

«La storia è plausibile e ben congegnata.»

«Tra l'altro, per quanto riguarda il genere della "donna fantasma"», continuò Shiki con fervore, come a sottolineare che era impossibile da tralasciare, «anche se si tratta di un prodotto televisivo, non possiamo ignorare l'episodio della serie *Furuhata Ninzaburō* intitolato *Furuhata prende un raffreddore*. Il sottoposto del detective Furuhata incontra una bella donna in un villaggio sperduto e passano tutta la notte insieme, andando in giro. Il giorno dopo, però, questa donna sparisce all'improvviso e gli abitanti del villaggio, incluso un ottuso poliziotto locale, affermano di non averla mai vista e che lui era sempre stato da solo. Tutta la terza stagione di *Furuhata Ninzaburō* è una serie di capolavori che sfidano gli schemi dei gialli preesistenti e si può dire che, tra tutti, questo episodio sia il migliore.»

Anche lei la pensava allo stesso modo.

E in quel momento il maestro Iwata era tragicamente incastrato in uno di quegli schemi.

Quel tipo di enigmi venivano sempre risolti da geni.

Per *Cabina B13* c'era il dottor Gideon Fell.

Per *Furuhata prende un raffreddore* c'era Ninzaburō Furuhata.

"Però", pensò Kaede, "io conosco una persona che non sfigurerebbe davanti a nessuno dei due."

7.

Ripromettendosi che sarebbe stata l'ultima volta che faceva uno strappo alla regola, Kaede prese un secondo giorno di malattia e andò a trovare il nonno a Himon'ya.

Mentre attraversava lo stretto passaggio in cemento, facendo attenzione a non toccare le camelie in cortile, dalla finestra dello studio provenne la voce del fisioterapista, il signor Gelataio.

«Espiri finché può... Ecco, questo è il momento decisivo.»

"Il momento decisivo?"

Pareva che stessero avendo una sessione di riabilitazione difficile. Secondo il signor Gelataio, se si seguiva un piano di allenamento adeguato e ci si prendeva cura della propria salute, la forza muscolare si sviluppava a prescindere dall'età.

Quando entrò in casa e bussò alla porta dello studio in fondo al corridoio, il nonno chiese: «Sei Kanae o Kaede?».

«Sono Kaede.»

«Aspetta un secondo. Signor Gelataio, proviamo ancora una volta.»

Oh, era di buon umore!

«Torno dopo. Forza, nonno!»

Kaede entrò nel soggiorno a sinistra del corridoio, dove trovò la badante capo, la signora Caschetto, intenta ad apporre il timbro sul libretto delle cure.

«Come sempre, grazie per tutto ciò che fa per il nonno.»

«Di nulla, è in buone condizioni. È come se la tragedia delle lontre non fosse mai accaduta.»

Poi, rivolgendole un sorriso, aggiunse: «Tra l'altro, ha voluto sottoporsi al test di Hasegawa per la demenza. E ha fatto punteggio pieno!».

Senza smettere di sorridere, si asciugò le lacrime agli angoli degli occhi con il mignolo.

Il test conosciuto come scala di Hasegawa – più precisamente, *Versione riveduta della scala di valutazione della demenza di Hasegawa* – era stato messo a punto per valutare le funzioni cognitive e la demenza.

Si partiva da domande come la propria data di nascita o il luogo in cui ci si trovava al momento, poi si testava la capacità di ricordare cose appena dette, la capacità di calcolo e via discorrendo.

Il punteggio massimo era trenta; al di sotto del venti era possibile fare una diagnosi di demenza, ma nel caso dei pazienti come il nonno, affetti da demenza a corpi di Lewy, non era raro raggiungere punteggi molto alti.

Addirittura punteggio pieno, però... Oltre al Parkinson, che con l'abbassarsi delle temperature tendeva a farsi più marcato, non si poteva negare che la sua percezione spaziale fosse sempre più compromessa. Riuscire, in quelle condizioni, a ottenere il massimo in un test sulle funzioni cognitive significava davvero che il nonno poteva vantare un'intelligenza fuori dal comune.

La donna ripose il libretto delle cure nella borsa, fece un breve inchino e, prima di dirigersi verso l'ingresso, la salutò dicendo: «A presto».

A seguire, dallo studio uscì il signor Gelataio, che si era tagliato i capelli.

Kaede rivolse lo sguardo dietro di sé e salutò: «Alla prossima».

Rimase perplessa nel vedere l'espressione insolita sul suo volto. Non era il consueto sguardo gentile; anzi, sembrava ostile. Cosa poteva essere successo?

«Buongiorno, maestra Kaede.»

«Buongiorno.»

Dal sorriso che aveva stampato in volto non traspariva più alcuna emozione. Sicuramente Kaede stava immaginando tutto. Forse lui era il tipo di persona che assumeva un'espressione grave quando si faceva serio.

«Nonno, posso entrare?»

«Mi sto ancora allenando, ma vieni pure.»

Quando entrò nello studio, il nonno, seduto sulla sedia reclinabile, stava piegando ritmicamente un tubo di gomma sopra la testa.

«Scusa se ti ho fatto aspettare.»

«Non preoccuparti. Non esagerare, però.»

Forse quelli erano gli esercizi di defaticamento? Dopo aver finito con il tubo, il nonno si asciugò il sudore dal volto con un asciugamano e si spazzolò i capelli. Era felice di vedere che si prendeva cura di sé, come in passato. Quel semplice gesto lo aveva notevolmente ringiovanito. Con un lieve tremolio, si passò una mano tra i capelli e poi scosse la testa due, tre volte.

Con le ciocche della frangia che gli nascondevano il lungo naso, le sembrava che somigliasse a qualcuno.

«Nonno, scusa se vado dritto al sodo», iniziò Kaede, prendendo il blocco che aveva riempito di appunti.

«Oggi non ho una registrazione, ma mi piacerebbe che ascoltassi la mia storia. Mancano dei pezzi, ma vorrei che portassi pazienza e mettessi a disposizione il tuo ingegno. Riguarda un mio caro...» cominciò, per poi interrompersi.

"Caro... ehm..."

Quel giorno non riusciva a trovare le parole adatte.

«È a rischio la vita di un caro amico.»

Dopodiché raccontò al nonno nel dettaglio, per quanto la sua memoria glielo permettesse, ciò che era avvenuto lungo il fiume: dei messaggi di Iwata, della telefonata della polizia, della visita e delle loro indagini lungo la passeggiata.

Dopo averla ascoltata, il nonno intrecciò le dita delle mani e, con espressione coinvolta, disse: «Per prima cosa, in questo caso l'elemento più importante è ciò che quella donna aveva con sé».

«L'asciugamano», rispose Kaede, come se non stesse aspettando altro.

Il nonno sorrise in modo imperscrutabile e le mostrò i palmi delle mani, come per esortarla a continuare.

«La felpa che indossava era di un colore scuro, monocromatico, senza alcuna caratteristica distintiva. L'unica cosa che saltava all'occhio era l'asciugamano appariscente in cui teneva avvolta la bevanda; per quello ho cercato di riportarlo alla mente. Ero abbastanza sicura che sopra avesse la stampa di qualche personaggio, qualcosa di verde. Poi, improvvisamente, me lo sono ricordato. Si trattava di un piccolo dinosauro, Tiranonnon.»

«Tira... cosa?» chiese il nonno con il suo sorriso sardonico.

«Tiranonnon. È il protagonista di un programma educativo per bambini. È carino perché vive in un guscio d'uovo, un po' come un paguro. È a quel punto che ho realizzato che quella donna...» Tenendo d'occhio l'espressione del nonno, provò a condividere la conclusione a cui era giunta: «...forse ha un bambino che va all'asilo o al nido».

Il nonno mormorò a bassa voce: «Oooh...» e poi applaudì: «Molto bene! È proprio così. Magari è un personaggio famoso che si trova anche sulla merce per adulti, però non è da scartare l'ipotesi che usi oggetti con stampe di quel personaggio perché ha bambini che guardano quel programma. Comunque, d'ora in poi, per convenienza, chiameremo questa donna la *mamma a passeggio*».

«Bel nome, la *mamma a passeggio.*»

Le ricordava un po' il *Cooking Papa* che piaceva al maestro Iwata.

«Mi pare di capire che gli enigmi in questo caso siano tre. Uno: perché la *mamma a passeggio*, anche se ha assistito all'incidente dall'inizio alla fine, non ha chiamato un'ambulanza e se n'è andata? Due: perché dopo l'incidente non si è fatta avanti? E tre...»

Anche Kaede sapeva qual era il terzo enigma che sarebbe saltato fuori.

«Perché, oltre a te, nessuno si ricorda di lei?»

«Esatto, quella è la parte più strana.»

«Allora, lascia che ti chieda una cosa.»

Era giunto il momento della fatidica domanda.

«Kaede, a partire da tutte queste informazioni, che storia mi racconti?»

Velocemente, Kaede prese a sfogliare le pagine del blocchetto.

«Io ho pensato a due storie. La prima: la *mamma a passeggio* è la moglie o la fidanzata del colpevole. È fuggita per proteggerlo, ed è per questo che non si fa avanti.»

«Capisco», commentò il nonno. «Potrebbe avere senso, però non tiene in considerazione il terzo mistero, ovvero perché le altre persone hanno affermato di non conoscerla?»

Non sapeva cosa rispondere.

«Allora cosa ne dici di questa? Storia numero due.»

Kaede iniziò a raccontare la teoria che le sembrava più fondata.

«Il maestro Iwata va a correre tutti i sabati mattina, perciò ha avuto modo di incontrarla. Solo di mattina. Questo significa che anche la *mamma a passeggio* si reca lì solo il sabato mattina, non ogni giorno. Quindi non è una *mamma a passeggio* a tempo pieno, ma solo part time. In realtà, la mamma a passeggio altro non è che una *mamma a passeggio temporanea.*»

Per un istante lo sguardo del nonno si era fatto tagliente.

«Quindi?» le chiese.

«Sia il giorno in cui l'ho incontrata che quello dell'incidente era sabato; questo avvalora la mia teoria. Oltretutto, ha senso che né la coppia con il cane né il giovane si ricordino di lei, dal momento che è una persona piuttosto anonima che incrociano solo una volta alla settimana.»

«Non male. Continua.»

Incoraggiata da quelle parole inaspettate, Kaede proseguì.

«Perché, però, la mamma a passeggio è fuggita dal luogo dell'incidente? La verità, in alcuni casi, è inaspettatamente noiosa: non voleva essere coinvolta nella lite.»

«Settantacinque punti», le concesse il nonno. «L'idea che la *mamma a passeggio*, in realtà, non sia davvero una *mamma a passeggio* è fantastica. Però non tutto torna. Perché...»

Il nonno si fermò, prese la tazza di caffè dal tavolino e ne bevve un sorso.

«Per quanto riguarda la coppia che la incontra solo una volta a settimana, lo stesso avviene con il maestro Iwata. Lui, però, lo riconoscono chiaramente, no? Anche se non si vedono tutti i giorni, le persone che vanno a camminare o a correre sono legate da un certo cameratismo. Per di più, la ragione per cui la *mamma a passeggio* ha lasciato il luogo dell'incidente mi pare un po' troppo rigida. È vero, molte persone preferiscono non essere tirate in ballo in nessun tipo di disputa, che vi abbiano assistito o no. Non trovi, però, che in questo caso stiamo parlando di un incidente che ha messo a rischio la vita di una persona, e che chiamare i soccorsi e spiegare l'accaduto non l'avrebbe messa nei guai?»

Ora che se lo sentiva dire, effettivamente aveva senso.

Aveva scambiato solo qualche parola con la *mamma a passeggio*, ma non le era sembrata una persona schiva; anzi, le era parsa una donna amichevole e allegra.

E non era proprio quello il motivo per cui era rimasta stranita dal fatto che fosse scappata via dalla scena del crimine?

«In sostanza, possiamo concludere che entrambe le storie sono troppo forzate. In altre parole...»

Il nonno sollevò il dito indice.

«Oltre a queste due, esiste una terza storia che spiega come sono andate realmente le cose.»

Il vento, che fino a qualche giorno prima aveva soffiato senza tregua, si era calmato, e il bel profilo del nonno era illuminato dai raggi del sole invernale che entravano dalla finestra. Era proprio come se si fosse alzato il sipario.

E in quel preciso istante, il nonno pronunciò le solite parole: «Kaede, mi prendi una sigaretta? Ho avuto una visione.»

Fece un tiro e cominciò: «Per adesso mettiamo da parte la storia della *mamma a passeggio.* Vorrei partire invece dall'accoltellamento avvenuto lungo il fiume. Questa è soltanto una mia supposizione, però forse il litigio tra il colpevole di mezz'età e la giovane vittima riguardava uno scambio di droga. Visto che tra gli effetti personali del giovane non sono state rinvenute sostanze illecite, possiamo ipotizzare che l'uomo più anziano fosse lo spacciatore, mentre lui era l'acquirente».

Droga.

Di fronte a quella parola inaspettata, Kaede rimase ammutolita.

«Il giovane è un tossicodipendente?»

«Prova a ricordare in che condizioni era quando Iwata lo ha soccorso. Non aveva il collo tutto sudato? È un fenomeno anomalo, soprattutto in inverno. Si tratta di un sintomo della dipendenza da droghe.»

«Sì, ne ho sentito parlare. Però non è un po' strano che effettuino questi scambi in un posto così all'aperto?»

«È proprio questo il punto: il miglior posto per spacciare è proprio all'ombra del pilone di un ponte. È un luogo strategico in cui darsi appuntamento, c'è un'ottima visuale e, nel caso in cui dovesse arrivare qualcuno a fare domande scomode, è facile fuggire. È proprio come il detto "farla sotto il naso". Tra l'altro, poco tempo fa non hanno scoperto che qualcuno stava coltivando cannabis sulla banchina del fiume Tama? Anche il tempismo perfetto della polizia, arrivata subito dopo l'incidente, non è certo una coincidenza.

Non potrebbe essere che una pattuglia fosse in zona perché gli era giunta una segnalazione rispetto a un possibile scambio di droga nei pressi del pilone? La polizia non è stupida. Sicuramente, anche se Iwata è un potenziale sospetto, staranno continuando a indagare sulla pista legata allo spaccio.»

Aveva senso.

Non poteva fare altro che essere d'accordo. Il nonno, in un istante, era riuscito a spiegare come mai la polizia fosse arrivata senza che nessuno avesse dato l'allarme.

«Detto ciò, proviamo a ragionare su quale possa essere la vera identità della *mamma a passeggio.*»

Finalmente stavano per toccare l'argomento centrale.

Kaede si sporse in avanti, intenzionata a non lasciarsi sfuggire neanche una parola.

«Prima ti ho detto che l'elemento chiave in questo caso è qualcosa che ha a che fare con la donna.»

«Ovvero l'asciugamano vistoso.»

«Sì e no. L'importante è ciò che era avvolto nell'asciugamano.»

«In che senso?»

Il nonno commentò, deciso: «Nella bottiglia non c'erano né acqua minerale né uno sport-drink. C'era o una lattina di birra o una bevanda alcolica. La donna è un'alcolizzata che non riesce a staccarsi dalla bottiglia neanche per un istante. In questo incidente, le dipendenze sono due: dall'alcol e dalla droga».

«È impossibile! Dopotutto, lei...»

«Non lo sembrava affatto, vero? Senti, Kaede, prova a ricordare la prima volta che l'hai incontrata. Dopo aver parlato con il maestro Iwata, non si è coperta la bocca con entrambe le mani?»

Kaede era stupita.

«Perché ha usato entrambe le mani e non solo una? C'è solo una ragione: era per non far sentire l'odore dell'alcol. Avrei voluto che almeno a questa deduzione ci arrivassi da sola, Kaede...»

Il nonno le rivolse un sorriso non esattamente gentile.

«Dopotutto, tu stessa hai abbandonato l'allenamento e ti sei goduta una birra, no? Perciò ti sarebbe dovuta venire in mente la possibilità che ci fosse di mezzo l'alcol.»

Oh. Era davvero imbarazzata.

In effetti aveva bevuto ben due lattine.

«Però», protestò Kaede, «allora perché aveva quell'andatura così energica? Perché stava camminando così vigorosamente, muovendo a ritmo le braccia piegate?»

«Stava esagerando perché c'era il maestro Iwata; magari voleva fare colpo.»

«Allora... la coppia con il cane e il giovane con la tuta...»

«Sicuramente sanno chi è, però non l'hanno riconosciuta dalla tua descrizione di *mamma a passeggio* e in salute. La conoscono come una donna alcolizzata che spesso cammina disorientata lungo il percorso che costeggia il fiume. Lo stesso vale per le persone che lavorano nei negozi vicino alla stazione. Anche se sanno che c'è un'alcolizzata che gira nei paraggi, non sanno nulla di una *mamma a passeggio.*»

«Ma, allora», disse Kaede, mossa da un ultimo dubbio, «perché se n'è andata senza nemmeno chiamare un'ambulanza dopo aver assistito all'incidente?»

«Ovviamente c'è un motivo per cui si è comportata così.»

Il nonno diede un altro tiro alla sigaretta.

«Deve trovarsi nel bel mezzo di un divorzio, o lo ha appena ottenuto, e sta lottando con il marito per la custodia del figlio. Il suo problema è la dipendenza dall'alcol. Se non riesce a smettere, non potrà più vederlo. Perciò lei, ogni sabato mattina, va in un ospedale dove si occupano di dipendenze.»

«Capisco, questo spiega perché esca di mattina.»

«Anche il giorno dell'incidente era di ritorno dall'ospedale. Dopo essere tornata a casa, sarebbe andata a prendere il figlio all'asilo. Purtroppo, inevitabilmente, ha finito per comprare dell'alcol da qualche parte, e anche quel giorno ha iniziato a bere mentre camminava. L'alcolismo è una brutta malattia. Non è riuscita a trattenersi neanche per il tragitto di dieci minuti fino a casa. E in quel momento ha assistito all'incidente...»

«Se si fosse messa in mezzo, però, avrebbero scoperto che stava bevendo», completò Kaede.

«E penso ci sia anche una ragione per cui non è uscita allo scoperto in un secondo momento. Subito dopo l'incidente, si è scatenato un forte acquazzone. Questa è solo un'ipotesi, ma se, dopo essere tornata in fretta e furia a casa, fosse andata a prendere il figlio in macchina nonostante avesse bevuto? Se così fosse, si tratterebbe di guida in stato di ebbrezza, motivo per cui non poteva andare a testimoniare dalla polizia.»

Era solo un'ipotesi. Però, in effetti...

Se non avesse temuto che la scoprissero, magari si sarebbe fatta avanti, no?

«Allora, nonno», disse Kaede, passando al quesito più importante di tutti, «come facciamo a trovarla?»

«È facile», rispose il nonno. «Basta cercare un ospedale che disti massimo tre o quattro fermate dalla stazione più vicina al fiume, dove si occupino di dipendenza da alcol. Se va in treno, vuol dire che non ci sono parcheggi, perciò forse si tratta di una piccola clinica.»

Tristemente, il nonno espirò l'ultima boccata di fumo.

«Questo sabato mattina... sarà lì.»

In quel momento la sigaretta si spense.

«La vedo nella sala d'aspetto», iniziò. «Ha un volto gentile. Somiglia un po' a Kanae. Per lei, suo figlio è l'unica ragione di vita. È così che funziona. Pensando a Iwata, non può fare a meno di essere assalita dai sensi di colpa.»

Era una bella giornata.

Kaede prese la mano del nonno e, come quel giorno, andarono a sedersi fuori.

«Kaede, guarda.»

Il nonno indicò a ovest del sereno cielo invernale.

«Lì ci sono tre nuvole. Prova a creare una storia.»

In realtà di nuvole non ce n'era neanche una.

Kaede cominciò a raccontare lo stesso.

«La nuvola più a sinistra sei tu da giovane. Quella in mezzo è papà da giovane. E quella a destra è la mamma da giovane.»

Mentre raccontava, l'aria che respirava ed espirava era fredda e piena di tristezza. Kaede si pentì di aver scelto i suoi genitori come protagonisti.

8.

Shiki le aveva proposto di andare a bere, perciò quel weekend Kaede si stava dirigendo verso un *family restaurant*.

«Scusa per il poco preavviso, ma mi hanno cancellato il turno al lavoro part time. Perciò, cin cin.»

A quanto pareva, Shiki doveva aver già buttato giù parecchie lattine.

Il suo volto era arrossato e, sebbene fosse più piccolo di lei di soli due anni, si stava comportando in modo infantile.

"La notte era giovane, e anche lui." A Kaede venne in mente uno degli incipit più famosi nella storia dei gialli, un passaggio de *La donna fantasma*.

«Sono contento per Iwata. Siamo riusciti a rintracciare la donna in una clinica; ha testimoniato e anche il ragazzo accoltellato, nonostante le sue condizioni critiche, si è ripreso, perciò ha potuto collaborare con le indagini.»

Come aveva previsto il nonno, la pista giusta era quella della droga.

Iwata sarebbe stato rilasciato lunedì mattina.

«Quindi, maestra Kaede», confessò Shiki con tono un po' impacciato, «c'è una cosa che vorrei darti. Ti chiami Kaede, perciò il tuo compleanno deve essere verso la fine dell'autunno. Sono un po' in ritardo, però... be', questo è il tuo regalo.»

Shiki poggiò bruscamente sul tavolo un libro che non aveva neanche incartato.

Era *La ragazza che venne dal futuro* di Robert F. Young.

Non gli aveva mai raccontato che il nonno le aveva regalato quello stesso libro quando aveva finito le scuole elementari, perciò non poteva che trattarsi di una coincidenza.

«È l'unico libro tradotto che mi piace. La ragazza dai capelli color dente di leone ha attraversato lo spazio-tempo per poter incontrare il ragazzo che le piaceva, senza lasciarsi frenare dalla paura di perdere per sempre i suoi cari. Sicuramente lo conosci, però è uscita una nuova traduzione e ho pensato che potesse piacerti... La copertina è bella, non trovi?»

Avrebbe dovuto essere felice vedendo il titolo del libro che tanto amava, ma per qualche motivo le pizzicavano gli occhi.

Dopo averlo ringraziato, con voce tremante gli chiese: «Shiki. Secondo te, qual è la parola più triste al mondo?».

«Come?»

Era una domanda inaspettata.

Shiki, che si stava passando una mano tra i capelli, si bloccò di colpo.

«Per me è *solitudine*, non avere una famiglia», rispose lei.

Ormai non poteva più fermarsi.

«Io, in realtà...»

Era come se la diga avesse ceduto; le parole e i pensieri erano inarrestabili.

«Quando morirà il nonno, rimarrò da sola.»

Il sorriso di Shiki era teso: «Non ti stai alternando con tua madre per prenderti cura di lui?».

«No. È solo il nonno che crede sia così.»

Non doveva piangere, doveva trattenersi.

«Quando mia mamma si è sposata, era già incinta di me. E aveva intenzione di sposarsi in una piccola chiesa nel bosco mentre aveva il pancione.»

«Aveva...»

«Sì, però nel momento in cui la mamma e il nonno sono entrati in chiesa e hanno iniziato a camminare verso l'altare, sono stati attaccati da un uomo con un'arma da taglio che si era appostato dietro un albero. "Perché mi hai abbandonato?" le ha urlato, per poi pugnalarla al petto e fuggire.»

Gocce scorrevano lungo il vetro della finestra: aveva iniziato a piovere.

«Il vestito da sposa si è tinto di rosso in un istante. Il nonno è rimasto seduto con la mamma tra le braccia per un tempo indefinito, confuso. È venuta a mancare dopo una settimana, e io mi sono salvata per miracolo.»

Shiki era rimasto fermo immobile, senza proferire parola.

«Quando facevo le scuole medie, mio padre se n'è andato per un tumore e, poco prima di morire, mi ha raccontato questa storia. Da quel momento ho iniziato a temere gli uomini e non sono più riuscita a indossare abiti bianchi.»

Sulla copertina del libro, che si trovava a un angolo del tavolo, la ragazza con i capelli color dente di leone indossava un vestito bianco.

«Da quando il nonno è stato sopraffatto dalla demenza, ha spesso allucinazioni sulla mamma, ma vede anche me coperta di sangue. In realtà non sono io, ma mia madre da giovane, però non posso dirglielo...»

Non ce la faceva più; le lacrime le offuscarono la vista.

«Scusami, Shiki, non credo che questo discorso ti possa interessare.»

«No, racconta pure.»

Shiki, con un'espressione seria in volto, poggiò i gomiti sul tavolo e intrecciò le dita delle mani.

«Da dove iniziare? Ecco... Ci sono state solo due occasioni in cui mi sono scontrata con il mio adorato nonno. Una volta è stato poco prima della morte di mio padre, quando gli era tornato il tumore.»

Per la prima volta, Kaede rivelò a qualcun altro il segreto che fino a quel momento aveva gelosamente custodito nel cuore.

Anche quel giorno la pioggia era fredda.

Kaede, con addosso l'uniforme della scuola, era entrata nella stanza d'ospedale di suo padre, dove aleggiava un odore di medicinali.

«È così? Sono stato distratto. Tra poco compi quindici anni, sei praticamente un'adulta.»

Per quel nonnulla, gli occhi dell'uomo si erano riempiti di lacrime.

Dal momento che il padre aveva già fronteggiato un tumore al quarto stadio, quella recidiva richiedeva un certo tipo di determinazione. Era la seconda volta che si trovava in quella situazione.

«Cosa vorresti per il tuo compleanno?»

Al corpo emaciato di suo padre erano attaccati tubi di qua e di là, ma grazie agli antidolorifici il suo tono di voce era forte.

Stava per rispondergli che non le serviva nulla, che le bastava che lui guarisse, però voleva che suo padre rimanesse con lei almeno fino al suo compleanno, perciò gli aveva detto che desiderava a tutti i costi una sciarpa a scacchi di marca.

L'uomo, dopo averla rassicurata che l'avrebbe comprata, con fare risoluto si era voltato verso di lei – che si trovava di fianco al suo letto – e aveva detto: «A parte quello, finché posso, c'è ancora una cosa di cui ti devo parlare».

Suo padre aveva tossito una volta prima di continuare.

«Riguarda tua madre e la sua morte per malattia. Per te sarà un fardello pesante da portare, ma non posso nascondertelo per sempre. Comunque, in un modo o nell'altro, prima o poi verresti a saperlo.»

Poi aveva iniziato a raccontarle tutto, a partire dalla storia d'amore tra lui e sua madre. Di come si fossero incontrati all'ospedale, lui un paziente oncologico e lei un'infermiera. Di come inizialmente il nonno fosse stato contrario al loro matrimonio, non vedendo un futuro. E di come sua madre fosse stata pugnalata da uno stalker il giorno delle nozze.

Il colpevole era fuggito e non era stato catturato.

Quando sua madre aveva brevemente ripreso coscienza al pronto soccorso, senza voce aveva detto: «La bambina...». Finché la donna non era venuta a mancare, il nonno si era recato ogni giorno al tempio shintoista a Himon'ya per offrire le cento preghiere.

Kaede aveva aspettato che le lacrime si fermassero per poi chiedergli: «Le cento preghiere?».

«Significa che ha rivolto cento preghiere al cielo. Mio suocero, no, anzi, tuo nonno non voleva che si sapesse, ma era stato scoperto da un vicino.»

Anche alla Kaede adolescente era sembrato inaspettato che il nonno, così razionale, fosse andato a pregare una divinità. Proprio quel suo comportamento, però, le aveva fatto capire tutto il dolore e la sofferenza che doveva aver provato.

Lei, tuttavia, si era arrabbiata e, senza pensarci, aveva finito per fare una domanda che sarebbe stato meglio non porre. A ben pensarci, probabilmente aveva deciso di sfogare la sua rabbia sul nonno, così da poter distogliere l'attenzione dalla malattia del padre.

«Perché al nonno interessa solo della mamma? Perché non ti viene mai a trovare?»

Nel momento in cui aveva iniziato a parlare, la rabbia si era fatta incontenibile e la voce aveva iniziato a tremarle.

«È perché non avete legami di sangue? Perché era contrario al vostro matrimonio? Oppure...»

Non era riuscita a fermarsi.

«Perché si è arreso? Perché ha paura di vederti in queste condizioni?»

«Kaede, basta così.»

Quel giorno suo padre l'aveva sgridata molto duramente.

«Non posso tollerare che tu parli male di tuo nonno. Il discorso finisce qui.»

«Ma...»

«Sono un po' stanco, penso che mi riposerò un po'. Chiederò al nonno di comprarti la sciarpa. Ovviamente sarò io a pagare...»

«Non mi importa nulla della sciarpa!»

Kaede era corsa via dalla stanza.

A notte fonda, quando aveva smesso di piovere, finalmente il nonno era tornato a casa.

Kaede, che lo stava aspettando, lo aveva aggredito con la sua rabbia non appena aveva messo piede nell'ingresso.

«Nonno, sei cattivo!»

«Cosa succede? Cosa ti è preso così all'improvviso?»

«Perché non vai a trovarlo? So che sei impegnato perché sei il dirigente scolastico, però sei senza cuore! Per te sarà anche un totale sconosciuto, ma per me è mio padre! E non c'è più tempo... Non c'è più tempo!»

Il nonno era rimasto immobile nell'ingresso, sorpreso.

Kaede era corsa al primo piano e si era accasciata sulla scrivania.

Era la prima volta che alzava la voce contro il suo adorato nonno.

Qualche giorno dopo, la sera in cui i dottori le avevano spiegato che i due o tre giorni seguenti sarebbero stati i più critici, non le erano rimaste più lacrime da versare.

Non volendo incrociare il nonno, al ritorno da scuola aveva optato per una strada più lunga, diversa dalla solita. Aveva percorso una leggera salita alla sinistra della caserma dei volontari dei vigili del fuoco. Da un lato c'erano file di vecchie case, dall'altro si intravedevano i tanti alberi rigogliosi appartenenti al tempio di Hachiman. Quel paesaggio e quell'atmosfera davano l'impressione che le lancette dell'orologio si fossero fermate tanti anni prima.

Si ricordava che da piccola, mentre il papà la teneva per mano, aveva ripercorso molte volte quella salita ma, a distanza di tempo, il paesaggio non era cambiato per nulla; era esattamente come nei suoi ricordi.

L'unica cosa che era cambiata era il suo punto di vista, un po' più alto, e... il fatto che suo padre non fosse con lei.

Arrivata in cima alla salita, gli alberi lasciavano spazio a un'apertura, come un cancello spalancato, dove si trovava un pilone di pietra con sopra scolpito DEVOTI DEL TEMPIO.

Doveva essere il retro del tempio dedicato alla divinità locale.

Sbirciando all'interno, aveva trovato suo nonno, con addosso una camicia sporca, che stava camminando avanti e indietro di fronte al *torii*, il portale d'ingresso del tempio.

Faceva su e giù, quasi come se avesse voluto aprire una voragine nel pavimento di pietra. Da quella camminata disperata traspariva tutta la sua rabbia verso un mondo ingiusto e verso un sé impotente.

Kaede, nascosta all'ombra degli alberi, era stata assalita da profondi sensi di colpa per come lo aveva trattato.

Il nonno non era andato a visitare suo padre perché, ancora una volta, stava offrendo le cento preghiere. Si era informata dopo che suo padre gliene aveva parlato, e aveva scoperto che quel rituale aveva lo scopo di fare del bene in segreto ed era necessario che fosse svolto senza che nessuno se ne accorgesse.

In silenzio, Kaede si era sporta dall'ombra per osservare meglio il nonno. Anche da lontano poteva vederne lo sguardo pieno di rabbia.

«Maledizione!» continuava a ripetere, con tutte le sue forze, con quell'espressione che non gli apparteneva.

«Maledizione!»

Il nonno piangeva, arrabbiato.

Suo padre era morto quella notte stessa, prima del previsto.

Kaede sussultò quando sentì il rumore di un clacson fuori dal ristorante e, in un attimo, fece ritorno al presente.

Lo sguardo di Shiki continuava a essere puntato verso il basso; era immobile.

«Dopo aver sentito la storia della mamma, non sono più riuscita a leggere i gialli che tanto mi piacevano. Mi ci sono voluti tre anni per ricominciare.»

No, anzi, erano stati quattro.

«Però un giorno mi sono accorta all'improvviso che i gialli sono meravigliosi proprio perché si tratta di un mondo fittizio. E dopo aver ricominciato a leggerli, ho iniziato a convincermi che anche la storia che mi aveva raccontato mio padre fosse una finzione. Forse era solo un modo per fuggire dalla realtà, forse stavo distorcendo i fatti a mio piacimento. Però...»

Tutto ciò che si può raccontare è una storia.

Tutto ciò che accade sulla Terra è una storia.

E le storie sono meravigliose proprio perché sono inventate. Sia nel mondo reale che nei gialli, nella fantascienza... e anche nel teatro.

«E per un attimo ho pensato: forse Shiki può capire.»

La stava ancora ascoltando?

Shiki continuava a rimanere in silenzio con lo sguardo puntato verso il basso.

Kaede, senza prestarvi attenzione, continuò con il suo racconto.

La seconda volta in cui si era scontrata con suo nonno era stato pochi giorni prima. Senza pensarci, gli aveva parlato di una cosa a cui stava pensando da tempo.

«Nonno, avrei bisogno di una tua opinione.»

«Cosa c'è?»

«Cosa ne dici di venire a vivere con me? C'è una bella proprietà nelle vicinanze; potremmo anche trasferirci in un appartamento più grande.»

Il nonno le aveva risposto con voce gentile che apprezzava il pensiero, però era chiaro, dal suo tono, che l'offerta era stata rifiutata.

«Tanto per cominciare, così io non sarei più il signor Himon'ya.»

«Solo per quello...»

«L'ho detto tante volte, no? Ogni narratore era chiamato con il nome della sua città. Katsura Bunraku l'ottavo era Kuromonchō. Hikoroku Hayashiya era Inarichō...»

«Kosan era Mejiro e Shinchō era Yaraichō, no?» aveva continuato lei.

Per un istante aveva potuto leggere lo stupore sul volto del nonno. Nello studio era calato un silenzio imbarazzante.

Fin da quando era piccola, quello era stato il motto del nonno, perciò i nomi di quei narratori dell'epoca Shōwa, che non aveva neanche mai visto, le erano rimasti impressi nella mente.

Più che rimanere colpito da quello, però, il nonno sembrava essere rimasto ferito dal tono ostinato della sua risposta.

Kaede, facendosi forza, aveva continuato: «È così tanto importante come ti chiamano gli altri?».

Almeno era riuscita a trattenere le parole che aveva sulla punta della lingua: "Tanto sei chiuso in casa tutto il giorno...".

«Mi preoccupo. Vorrei che fossi più vicino a me, dove posso vederti», aveva detto invece.

«Mi dispiace, Kaede.»

La sua espressione era tetra e difficile da interpretare; forse era dispiaciuto per aver rifiutato la proposta di Kaede, o forse era felice di averlo fatto.

«Mi dispiace, ma a me piace la città di Himon'ya. Mi piacciono le voci dei bambini dell'asilo. Mi piacciono i passeri che volano sui bambù del parco, e mi piacciono i petali di ciliegio che cadono dagli alberi del tempio e i suoi giardini che pullulano di tanti piccoli insetti. Anche se sta svanendo sempre di più, anno dopo anno, mi piace l'odore di mia moglie che ancora aleggia in questa casa. E non è come vorrei... per quanto voglia incontrarla, non so perché, ma le sue visioni mi appaiono solo sporadicamente. E neanche il mio unico "figlio", il mio miglior compagno di bevute, tuo padre, non appare mai. Però in questa casa c'è un piccolo albero di ciliegio che aveva piantato lui. C'è l'armadio che ha usato tua nonna. C'è la sua macchina per cucire. C'è anche la sua cassettiera; la stai usando tu. Mi basta poterli rivedere attraverso ciò che hanno lasciato per essere felice.»

Aveva sentito il cuore sprofondare.

Era la prima volta che il nonno ammetteva di voler vedere suo padre in un'allucinazione.

Però Kaede non poteva demordere: «Ma allora non possiamo vivere insieme in questa casa?».

«Kaede, tu vivi a casa tua», le aveva risposto lui di scatto, con la stessa serietà di suo padre tempo prima.

«Gli anziani non devono rubare il tempo dei giovani. Per fortuna, Kanae viene a trovarmi tutti i giorni. E quando arriverà il giorno in cui non potrò più muovermi, o la mia mente mi abbandonerà del tutto, allora andrò a farmi ricoverare in qualche struttura. Mi sono già occupato di tutte le procedure, perciò non preoccuparti.»

Poi le aveva regalato un sorriso gentile, che in passato lo aveva fatto passare per un donnaiolo.

«Scusa se mi sono dilungata. Ho finito.»

Kaede cercò di chiudere il discorso con un tono leggero.

Shiki, che aveva ascoltato la sua storia senza proferire parola, commentò a bassa voce: «Sembra un po' una di quelle traduzioni noiose».

Il viso di Kaede, rivolto verso il basso, era nascosto dai capelli e non si vedeva, però sulla tovaglia, a una a una, stavano cadendo delle lacrime. Solo per un istante, rivolse lo sguardo verso la finestra colpita dalla pioggia battente; poi, sempre con lo sguardo abbassato, si sfregò con forza gli occhi.

«Scusa, non ne avevo idea.»

«Non preoccuparti.»

«Sono stato insensibile quando ho parlato di "perdere per sempre i propri cari".»

«Non preoccuparti.»

«Fino a poco fa non sapevo neanche che Iwata non avesse né genitori né fratelli o sorelle.»

La voce di Shiki iniziò a tremare.

«E pensare che io mi sono sempre fatto mantenere dai miei.»

Tirò con forza su con il naso, e il rumore risuonò all'interno del locale.

«Prendo giorni dal lavoro part time per fare teatro.»

«E non va bene? Shiki, quando fai teatro sei spettacolare.»

«Senti, maestra Kaede...»

All'improvviso, Shiki alzò la testa e la guardò in volto.

«Ti ricordi quella citazione famosa de *La ragazza che venne dal futuro*?»

«Sì, ovvio.»

«Due giorni fa ho visto un coniglio.»

«Ieri un cervo.»

«E poi...»

Kaede guardò Shiki e insieme pronunciarono la frase seguente: «Oggi ho visto te».

Dopo un breve silenzio, i loro sguardi si incrociarono di nuovo e si misero a ridere o, forse, stavano piangendo.

Shiki sussurrò con voce quasi inudibile: «Non avevo intenzione di dirtelo oggi. Non è solo due giorni fa, ieri e oggi, maestra Kaede. Tu mi sei piaciuta fin dal primo momento che ti ho vista».

6.
L'ENIGMA DELLO STALKER

1.

Non siamo soli.
Siamo soli in due.
Ma siamo ancora soli.
Non vedo l'ora che saremo insieme.
Mentre penso a queste cose,
Finisce la giornata.

Per celebrare la sua assoluzione e la vittoria della sua classe nella maratona, era stato proprio Iwata a invitarli a casa sua per bere tutti e tre insieme.

«Di solito sono gli altri che organizzano queste cose», aveva sottolineato Shiki.

Mentre portava nella piccola cucina i piatti con la loro cena casereccia, Iwata si era limitato a rispondere: «Che rompiscatole!».

Kaede era sollevata che fossero insieme tutti e tre. Dopo l'improvvisa confessione di quella sera...

Shiki le aveva detto che non voleva che uscissero insieme; voleva solo comunicarle i suoi sentimenti.

Nonostante ciò, l'atmosfera tra di loro era tesa, e lei non riusciva a tranquillizzarsi. Erano tutti e tre seduti allo stesso tavolo, ma non riusciva a guardare Shiki negli occhi. Anche lui doveva sentirsi a disagio perché, senza rivolgerle neanche un'occhiata, aveva trovato rifugio nell'alcol.

Al contrario, Iwata non si era accorto di nulla.

Tutto orgoglioso, spiegò: «Il segreto per preparare bene il *kakuni*, ossia carne brasata, è farla sbollentare nell'acqua dove è stato lavato il riso: rimuove l'odore della carne».

Kaede, il cui punto debole era la cucina, non poteva fare altro che pendere dalle sue labbra.

Shiki aveva lo sguardo puntato sui succulenti cubetti di maiale brasato che, ancora caldi, emanavano vapore.

«Sembrano deliziosi, non ho neanche bisogno di assaggiarli per capirlo», commentò.

«Vero? Poi un altro trucco...»

Mentre il collega continuava imperterrito a parlare con una certa supponenza della ricetta, Kaede lanciò un'occhiata alla casa.

Sarebbe stata una bugia dire che non era interessata; dopotutto, era la prima volta che metteva piede nell'appartamento di un uomo single.

Distava circa venti minuti a piedi dalla stazione di Idogaya della linea Keikyū. La palazzina in legno doveva essere stata costruita cinquant'anni prima, e le scale di ferro avevano protestato con scricchiolii agghiaccianti quando si erano ritrovate a dover sorreggere il peso di tre persone. In tono stranamente felice, Iwata aveva commentato: «Vorrei trasferirmi in un appartamento più grande e bello, però la padrona di casa non vuole lasciarmi andare».

Sul muro, da cui si stavano staccando pezzi di intonaco, erano appesi, ordinatamente uno vicino all'altro, tanti biglietti colorati, e nessuno di loro presentava la minima piega.

Grazie, maestro Ganchan!
La classe 2-1

A Iwata piaceva il soprannome che gli avevano dato. Ganchan derivava da una diversa lettura di uno degli ideogrammi che componevano il suo nome.

Forza Ganchan, aggancia una fidanzata!
La classe 5-4

Che tenero il tentativo dei bambini di fare un gioco di parole.

Ti vogliamo bene, maestro Ganchan!
La classe 1-3

I biglietti, carini proprio perché i caratteri erano un po' goffi, avevano una grande scritta al centro, e poi tanti commenti tutti intorno, disposti in modo concentrico.

Anche Kaede custodiva gelosamente il biglietto che le avevano preparato Harry e la sua classe, ma era solo uno. Il fatto che Iwata ne avesse ricevuti così tanti era indice della sua popolarità.

Mentre continuava a osservarli, però, qualcosa catturò la sua attenzione. Soltanto uno dei fogli era ingiallito per la vecchiaia, e la grafia era troppo bella per essere quella di un bambino delle elementari.

Quando ne comprese il motivo, Kaede si pentì di averlo notato.

Complimenti per essere entrato all'università, fratellone! Realizza il tuo sogno!

Sotto quelle parole c'era il nome dell'orfanotrofio dove Iwata doveva essere cresciuto.

«Se sminuzzi grossolanamente il cavolo e l'aglio, come ripieno per i *gyōza*, li senti di più quando li mangi. Poi il trucco è aggiungere del *miso*...»

«Iwata, non è poi così interessante. Facci mangiare.»

La vanagloria di Iwata non aveva limiti.

Kakuni e *gyōza*, carne con contorno di carne. Un pasto da veri duri; Kaede non vedeva l'ora di assaggiarli.

La filosofia del nonno era che per conoscere una persona bisognava guardarne la libreria. Consapevole che non avrebbe dovuto invaderne così la privacy, Kaede spostò comunque lo sguardo sullo scaffale che fungeva da libreria: c'erano la serie completa di *Cooking Papa* e un manuale sull'insegnamento pieno di post-it. Kaede capiva perché non era riuscito a disfarsene, anche se sicuramente Iwata doveva aver affrontato avversità che lei non poteva neanche immaginare.

Sullo scaffale a fianco, in modo appariscente, erano esibiti i DVD della saga degli *Avengers*, quelli di *Fast and Furious* e quelli di *Terminator*.

Shiki doveva essersi accorto della direzione dello sguardo di Kaede, perché smise di mangiare il cibo che, estasiato, finalmente era riuscito ad assaggiare.

«La tua collezione di DVD... hai davvero un bell'assortimento», commentò.

«In che senso?» chiese Iwata.

«Tutti quei film d'azione così semplici... In un certo senso, sono impressionato», rispose Shiki.

«Mi stai prendendo in giro?»

Iwata gli lanciò un'occhiataccia, e dalla sua espressione sembrava arrabbiato.

«Senti, nei film la cosa più importante è che inizino con il botto, che tutti quanti combattano e che ci sia un lieto fine.»

«Troppi effetti sonori. E sono tutti uguali...» ribatté Shiki.

«No, no.» Neanche Iwata aveva intenzione di cedere. «Non è lo stesso anche per i gialli? Sono coinvolgenti proprio perché il finale è soddisfacente.»

«No, non è così. Nei gialli esiste anche un filone in cui la soluzione non c'è; sono le *storie enigmatiche*.»

Kaede, per un istante, si sentì gli occhi di Shiki addosso.

"Le *storie enigmatiche*..."

Proprio perché l'interpretazione del finale veniva lasciata al lettore, erano storie difficili da raccontare. Se non venivano elaborate bene, si rischiava di dare l'impressione che si trattasse di un lavoro a cui mancava qualcosa, incompiuto, senza epilogo.

A proposito, da cosa derivava il termine *epilogo*?

Doveva ricordarsi di cercarlo su Google.

Mentre lei era intenta a porsi quesiti frivoli, Shiki si era lanciato in un discorso accorato.

«Odio le traduzioni, ma per questo genere di storie non si può non nominare *La donna o la tigre?* di Frank Richard Stockton. Non è un giallo, è un'opera di letteratura classica del XIX secolo, perciò ormai è rimasto ben poco da svelare; ma se non vuoi spoiler mi fermo, e tu puoi tornare a preparare altri *gyōza,* Iwata.»

«Perché devi sempre essere così acido? Dimmi di cosa parla!»

Iwata, comunque, si diresse in cucina, intenzionato a preparare altri *gyōza.*

«Allora racconto tutto, pure il finale.»

Shiki cominciò a parlare con un tono di voce abbastanza alto, così che potesse sentirlo anche l'amico.

«Tanto tempo fa, in un regno lontano, un giovane si innamorò della figlia del re. Quando quest'ultimo lo scoprì, il giovane venne sottoposto a un terribile processo. Portato in un'arena circolare piena di gente, si trovò costretto a scegliere tra due porte. Dietro una porta c'era la donna più bella del regno. Se avesse scelto quella, il suo crimine sarebbe stato perdonato e avrebbe potuto sposarla. Dietro l'altra, invece, lo aspettava la tigre più feroce del regno. Il giovane guardò di nascosto la principessa presente tra il pubblico, implorante. Esatto, la principessa conosceva la risposta.»

«È interessante. E poi?»

Iwata doveva aver versato l'acqua sui *gyōza;* si sentiva uno sfrigolio che metteva l'acquolina in bocca.

«La principessa era dilaniata dall'incertezza. Non voleva che il suo amato venisse divorato dalla tigre, ma non poteva nemmeno permettere che si sposasse con una donna più bella di lei. Esitò ed esitò, e alla fine giunse a una conclusione. E, senza farsi scoprire, con la mano gli indicò una delle due porte. Allora...»

Shiki si interruppe per un attimo, per poi continuare:

«Dalla porta sarà uscita la donna o la tigre? L'opera termina con questa domanda per il lettore».

«Eh? E questo sarebbe lo spoiler?»

Perplesso, Iwata trasferì con una certa foga i *gyōza* dalla padella al piatto.

«Ma che racconto è, non mi piace... Finisce in modo inconcludente. Non è nemmeno uno spoiler, non c'è niente da spoilerare.»

«È per questo che è interessante. Ma forse tu non ne capisci il fascino...»

Shiki, sempre senza guardarla, si rivolse a lei.

«Maestra Kaede, tu di sicuro conoscerai tanti gialli che sono stati ispirati da questa storia.»

«No, in realtà non ne conosco così tanti. Solo *La donna e la tigre* di Jack Moffitt.»

Shiki, che era esperto di autori giapponesi, continuò.

«Sì, e *La donna o l'anguria?* di Reitarō Kada.»

«Che razza di scelta è? Un'anguria? Non c'è molto pathos.»

«Poi *L'uomo o l'orso?* di Jirō Ikushima.»

«Che esca o l'uno o l'altro, sarebbe comunque un fallimento.»

«Decidiamolo dopo averlo letto», propose Shiki, un commento ragionevole per i suoi standard. «Entrambe sono opere d'arte di tutto rispetto. E questo significa semplicemente che era stupefacente la versione originale. Vincerà l'amore o la gelosia della principessa? La donna oppure la tigre? Non vi sembra che più ci pensiamo e meno si capisce?»

«No, secondo me in realtà è facile da capire. Ne sono certo. Dalla porta che ha scelto il giovane è uscita la donna.»

«Perché ne sei così sicuro? Cosa te lo fa pensare?»

L'espressione sul volto di Shiki diceva chiaramente: "Tanto sarà una motivazione stupida".

«Ehi, tu hai questo preconcetto secondo cui io non sono un uomo che sa ragionare logicamente.»

Dopo aver aperto con forza la linguetta della lattina,

Iwata continuò: «Ora ti do la mia spiegazione, allora. Prima, però, vorrei un chiarimento. L'arena circolare era piena di persone, vero?».

«Esatto. Se ricordo bene, nell'opera si parlava anche di una folla di gente che, non essendo riuscita a entrare, si era radunata fuori dall'arena.»

«Ecco. E sapevano perché il giovane era sotto processo, giusto?»

«Sì. Erano andati tutti quanti a fare un'allegra scampagnata per vedere la conclusione di quell'amore sventurato.»

«Allora... quella che è uscita dalla porta è proprio la donna.»

«Ho capito, ma perché?»

«Calmati. Senti, per prima cosa, pensa bene alla condizione mentale della principessa. Fin dall'inizio aveva solo due scelte: amore o gelosia. Ma la psiche umana non è così semplice. Io sono convinto che ci sia solo una scelta possibile.»

«Quale?»

Per qualche motivo, lo sguardo di Iwata si incupì: «L'autoconservazione».

Dopo aver sorseggiato rumorosamente la bevanda, disse: «Mentre doveva prendere la sua decisione, la folla nell'arena non stava tenendo d'occhio solo il giovane, ma anche lei e ogni sua minima azione. Quando il giovane l'ha guardata furtivamente, lei si è preoccupata e, in segreto, ha indicato una porta con il movimento della mano. Però qualcuno nella folla doveva essersi accorto di quel gesto, visto che la principessa stessa si trovava tra il pubblico».

«Capisco.»

Shiki si era già convinto?

Il ragazzo rivolse a Iwata un sorriso sentito, come per dire *Ci sai fare,* e poi si morse l'unghia del pollice.

«Il ricevitore pensa ai lanci della palla dopo aver visto i movimenti del battitore. È quello che intendi, vero?»

Kaede, oltre a non aver ben capito il ragionamento di Iwata, aveva anche un dubbio.

«Aspetta un attimo, maestro Iwata. Se ricordo bene, su Internet dovrebbe esserci una traduzione completa.»

Kaede controllò con il cellulare: «Come pensavo. Ne *La donna o la tigre?* c'è scritto chiaramente: "nessuno l'ha vista eccetto il giovane". Tutte le altre persone nell'arena stavano guardando lui. L'ha scritto l'autore stesso, quindi se stavano guardando il giovane non potevano aver notato il gesto».

«No, non può essere.»

A parlare, stranamente, era stato Shiki. Fece ruotare l'ultimo pezzo di ghiaccio che era rimasto nel bicchiere ormai vuoto di whisky e soda.

Il piccolo pezzo di ghiaccio era come il giovane nell'arena: alle prese con una difficile decisione.

«Se, come aveva detto l'autore, gli occhi di tutti erano puntati su di lui, al pubblico non sarebbe venuto automatico seguire la direzione del suo sguardo per vedere la reazione della principessa?»

Shiki spostò lentamente lo sguardo sul secchiello del ghiaccio, ne prese un pezzo, lo mise nel bicchiere e poi sorrise, allo stesso tempo innocente e malizioso: «Entrambi, adesso, seguendo i miei occhi, avete guardato il secchio del ghiaccio. Quando le persone vedono qualcuno guardare in una direzione, fanno lo stesso anche loro. Prima, notando che la maestra Kaede stava fissando gli scaffali, senza pensarci ho finito per guardarli anch'io».

Shiki indicò i ripiani dove erano allineati i DVD.

Kaede concentrò la sua attenzione sulla fronte di Shiki per evitare di incrociarne lo sguardo e ribatté: «Sì, da un punto di vista psicologico sono d'accordo. Ma allora perché Stockton, sapendo che si sarebbe creata una contraddizione, ha scritto che tutto il pubblico era concentrato sul giovane? Se vogliamo essere scrupolosi, non si tratterebbe di una menzogna?».

Shiki poggiò il mento appuntito sulle dita belle come quelle di una ragazza. Dalla sua voce traspariva una rara nota di entusiasmo: «No, perché in realtà quella non è una parte della narrazione, ma più probabilmente un pensiero. Forse la principessa stessa voleva convincersi del fatto che nessuno avrebbe notato il suo gesto, che tutti stavano guardando il giovane. In altre parole, questa frase altro non è che una trappola diabolica messa a punto da Stockton per confondere il lettore. Prima avrebbe dovuto aggiungere: "In quel momento la principessa stava pensando che..." oppure "In quel momento la principessa sperava dal profondo del cuore che..." ma non lo ha fatto di proposito».

Non poteva crederci.

Kaede rimase senza fiato.

«Un trucco narrativo...»

«Esatto. Forse Stockton ha fatto in modo che i pensieri venissero scambiati per una descrizione fattuale. Se così fosse, *La donna o la tigre?* non sarebbe più solo una semplice storia enigmatica, ma diventerebbe senza ombra di dubbio il primo giallo al mondo a utilizzare questo tipo di espediente narrativo. Se, leggendo attentamente, ci si rende conto che quella parte è solo ciò di cui è convinta la principessa, allora si può giungere a una sola conclusione.»

Era la prima volta che sentiva una teoria del genere, ovvero che il pioniere della storia enigmatica, *La donna o la tigre?*, un classico del XIX secolo, fosse un giallo che utilizzava un espediente narrativo che ruotava intorno a una frase trabocchetto.

«Shiki!» Iwata alzò la voce, irritato. «Perché mi stai rubando la scena? Non ho ancora finito la mia spiegazione.»

«Scusa per l'intrusione. Continua pure.»

«Ehm, sì, comunque, in sostanza... qualcuno nel pubblico ha visto la principessa muovere la mano.»

Kaede e Shiki annuirono, incoraggiandolo a proseguire.

«Almeno uno o due spettatori devono essersi accorti del "movimento segreto" della principessa. A seconda della situazione, potrebbero essersene addirittura accorti decine o centinaia di persone. E, in questo caso, cosa sarebbe successo se avesse indicato la porta con la tigre e il giovane fosse stato sbranato? Come desideravano, gli spettatori avrebbero assistito a uno spettacolo brutale e forse, sul momento, sarebbero stati soddisfatti. Però... presto tra le persone sarebbero iniziati a circolare dei terribili pettegolezzi: “La principessa è impazzita dalla gelosia e ha fatto sbranare il suo amato!”, “Io l’ho vista quando gli indicava la porta!”, “Anch’io l’ho vista!”, “Che persona orribile!” e via dicendo.»

«Inevitabilmente, ciò avrebbe portato a una rivolta», intervenne Shiki.

Iwata, concordando con l’amico, continuò: «C’era scritto che la principessa era figlia unica, giusto? Perciò in poco tempo avrebbe sposato un nobile o un principe di qualche altro paese e sarebbe diventata la regina dell’intero regno. Una donna nella sua posizione non può permettersi di lanciare il suo amato in pasto alla tigre, perdendo il favore dei sudditi. Quando si ha un certo status, si tende sempre a proteggere prima di tutto sé stessi, perciò l’unica cosa che poteva fare era indicare la porta dietro cui si trovava l’altra donna. E questo... come si chiamava? Stocking?».

«Sapevo che lo avresti detto. È Stockton.»

«Esatto. Questa è la conclusione che aveva in mente Stockton.»

Kaede era sorpresa. In quel momento il maestro Iwata le aveva ricordato il nonno. Quella teoria sembrava anche piuttosto convincente.

La donna o la tigre? alla fine era un giallo, e la soluzione era stata stabilita sin dall’inizio.

Kaede, però, oltre a essere rimasta colpita da quel ragionamento, era stata attirata da alcune parole in particolare pronunciate dal collega.

“Quando si ha un certo status, si tende sempre a proteggere prima di tutto sé stessi.” Erano parole cupe, inusuali per Iwata. Forse anche lui, in passato, aveva subito le conseguenze dell’istinto di autoconservazione degli adulti che lo circondavano.

«No, Iwata, ci ho ripensato.»

Shiki mise giù le bacchette e poi continuò, battendo le mani: «Mi spiego meglio. Per la principessa non era necessario far sbranare il giovane proprio in quel momento; poteva occuparsene dopo il matrimonio. Poteva segretamente ordinare ai suoi seguaci di ucciderlo».

«Senti», ribatté Iwata, seccato, «perché devi sempre scegliere la strada macabra? Chi mai vorrebbe leggere una storia che termina con il protagonista sbranato da una tigre? Non sarebbe affatto un lieto fine.»

«Ma perché già dall'inizio non è quel tipo di storia.»

«È per quello che voi fan dei gialli siete pesanti. Basta, per oggi non si parla più di gialli! Ora si mangia! E leggetevi *Cooking Papa*!»

Kaede, senza pensarci, incrociò lo sguardo di Shiki e scoppiò a ridere. Quel giorno era la prima volta che i loro occhi si incontravano.

Kaede era contenta che Iwata avesse preparato anche *gyōza* senza aglio. Forse lo aveva fatto perché sapeva che lei sarebbe tornata a casa in treno.

Finirono gli *edamame* salati al punto giusto e, nello stesso momento, terminarono anche le bevande leggere che poteva reggere anche lei.

«È quasi ora che me ne vada.» Kaede fece per alzarsi, ma Iwata fu più veloce.

«Resta ancora un po' con noi. Dai, Shiki, andiamo al negozio a fare rifornimento.»

«Eh? Anch'io?»

Nonostante il tono riluttante, Shiki si alzò e indossò il giubbotto.

Forse era contento di non dover rimanere da solo con lei.

«Okay, allora resto ancora un po'. I soldi ve li do dopo.»

«Offro ioooo!» dissero Iwata e Shiki all'unisono.

I due uscirono guardandosi in cagnesco e, subito dopo, si sentì il rumore ritmico dei loro passi che scendevano all'unisono le scale di ferro.

Si vedeva proprio che erano stati nella stessa squadra di baseball.

A Kaede venne da sorridere. Quando si alzò per andare a lavare i piatti, si rese conto che il ripiano sotto lo scaffale dei libri era occupato da un solo oggetto. Non c'era neanche un granello di polvere, perciò doveva essere un'aggiunta recente.

Era una pallina posata sopra tre piccole mazze da baseball. Era quella che gli aveva portato Shiki in prigione qualche tempo prima; sicuramente ne voleva fare tesoro.

Anche se sapeva di non doverlo fare, diede un'altra occhiata al vecchio foglio di carta appeso in un angolino del muro.

In quel momento, Kaede capì perché il maestro Iwata era solito fare un'ora di treno per andare a correre proprio sull'argine di quel fiume.

Era senza dubbio il posto ideale per fare jogging, però se il suo intento fosse stato solo quello di allenarsi in un luogo piacevole, di sicuro c'erano alternative meno distanti.

Perché, allora?

Ora lo aveva capito.

L'orfanotrofio indicato su quel foglio si trovava nei pressi del fiume.

Ogni settimana, dopo la corsa mattutina, Iwata ritirava la borsa dall'armadietto davanti alla stazione, passava all'orfanotrofio e andava a trovare i bambini.

E, forse... Anzi, no, sicuramente, portava loro dei dolcetti preparati a mano. A scuola portava quelli che avanzavano.

Kaede lanciò un'occhiata al grembiule di Iwata, appeso vicino al lavandino della cucina. Era fatto a mano e chiaramente vissuto; le cuciture erano così sfilacciate che si poteva definire a brandelli.

E lì, come pensava, era ricamato il suo soprannome, GAN-CHAN.

I soprannomi solitamente rimangono invariati anche con il passare degli anni.

Di sicuro, i bambini e il personale dell'orfanotrofio lo chiamavano ancora così. Iwata non era senza parenti. Al contrario, aveva tanti fratellini e sorelline.

E...

Anche lei.

Aveva il nonno.

E...

Forse anche a causa dell'alcol, sentiva di avere il volto bollente.

Prese un bicchiere dove era rimasto solo il ghiaccio e buttò giù l'acqua che si era accumulata.

In quell'istante, il cellulare sul tavolo iniziò a vibrare.

Volevano chiederle cosa preferisse? In realtà, in quel momento le andava bene qualsiasi cosa, bastava che fosse alcolica.

Guardò lo schermo: era un numero sconosciuto.

Chi era tra i due?

Pensando che avessero dimenticato il cellulare, rispose: «Scegliete pure voi la marca, tanto io non me ne intendo».

Era Iwata o Shiki?

Shiki o Iwata?

Dall'altro capo del telefono non rispose nessuno.

Non poteva essere.

In un secondo riprese lucidità e sentì un brivido scenderle lungo la schiena. Corse alla finestra, scostò appena le tende e, senza farsi vedere, spiò fuori.

«Pronto.»

Era la prima volta che sentiva quella voce.

Forse, però, stava usando un sintetizzatore per alterarla, perché era meccanica, somigliava a quelle che si sentivano nei video online, da cui non si capiva né il genere né l'età di chi parlava.

«Maestra Kaede.»

Senza rispondere, lei continuò a tenere lo sguardo puntato sulla strada a senso unico di fronte all'appartamento.

Non sapeva perché, ma era sicura che l'interlocutore fosse nei paraggi.

«Ti ho fatto aspettare.»

Dov'era?

La strada, larga circa cinque metri, era poco illuminata e non c'era neanche un raggio di luna; era totalmente avvolta nell'oscurità.

Eccetto per un punto.

«Anche tu mi stavi aspettando con impazienza; vero, maestra Kaede?»

Di fronte a un piccolo parco, a circa cento metri di distanza, quasi come un miraggio, spiccava una cabina telefonica.

Ricordava di aver sentito per televisione che, con la diffusione degli smartphone, quelle cabine erano sul punto di sparire. In quel momento, ai suoi occhi, le sembrava proprio come un edificio sinistro, una gigantesca creatura fuori dal mondo.

Era lì.

Lì si trovava la persona che, negli ultimi mesi, aveva continuato a farle quelle chiamate silenziose.

«Ehi, mi stai ascoltando?»

Il suo tono di voce era cambiato.

«Non mi ignorare!»

La voce robotica si era riempita di rabbia. Come poteva essere così spaventosa?

«Io...»

Anche se Iwata e Shiki le avevano ribadito che non doveva assolutamente farlo, Kaede aveva finito per rispondergli; non era riuscita a trattenersi. Aveva paura.

«Non la sto ignorando, è solo che non so con chi sto parlando.»

«Non sai chi sono?»

La voce era piena di incredulità.

«No, perciò potrei chiederle di smetterla di telefonarmi?»

«Ti ammazzo.»

Non sapeva perché, ma non era riuscita a capire il significato di *Ti ammazzo.*

«Che cos'ha appena...»

«Ti ammazzo. Se mi dici ancora cose a cui non credi veramente.»

Il cuore le batteva all'impazzata.

«Mi stai ascoltando, maestra Kaede?»

«Sì.»

La voce le si era fatta roca per la paura.

"Per favore.

"Maestro Iwata.

"Shiki.

"Tornate in fretta."

«Ho ultimato tutti i preparativi, perciò ora puoi stare tranquilla. Oggi ti dirò tutto.»

Terminò la chiamata.

Forse con deliberata lentezza, una sagoma uscì dalla cabina telefonica immersa nell'oscurità e, dopo aver sventolato la mano in direzione di Kaede, venne inghiottita dal buio.

Quella persona doveva essere consapevole del fatto che, a quella distanza e senza illuminazione, sarebbe stato impossibile determinarne altezza, genere ed età.

2.

Cosa pensano le persone quando mi vedono?
Cosa ne pensano delle mie azioni?
Sicuramente penseranno che sono pesante.
Però queste sono solo le idee insensate che si fa chi mi circonda.
Tu dovresti capirlo,
Che non sono affatto pesante.

Il pomeriggio seguente, senza pensarci, Kaede andò dal nonno.

Quando passò di fronte al tempio della divinità locale, una folata di vento fece frusciare le foglie degli alberi.

Istintivamente, strinse il colletto del cappotto nero.

Il gelo che la pervadeva non aveva solo a che fare con l'ondata di freddo primaverile. Dopo essere uscita dalla stazione, aveva avuto la sensazione di essere seguita e aveva continuato a voltarsi indietro.

Alla fine, non era riuscita a raccontare a Iwata e Shiki della telefonata che aveva ricevuto dalla cabina telefonica. In parte perché temeva che l'avrebbero ripresa per aver dato corda all'interlocutore, ma soprattutto perché non voleva rovinare l'atmosfera pacifica.

Le chiamate erano diventate sempre più persistenti, ma, giorno dopo giorno, era peggiorata anche la sensazione di essere seguita. Fin da subito, Kaede aveva deciso che se ne sarebbe occupata a modo suo; quindi, quel giorno, aveva indossato le scarpe da corsa che aveva comprato per esercitarsi in vista della maratona, in modo da poter fuggire a tutta velocità in ogni momento. Non stavano bene con il cappotto, ma era un sacrificio che era disposta a fare.

Aveva un piano anche per quanto riguardava le telefonate. Dal momento che provenivano da una cabina o da un numero privato, avrebbe bloccato le chiamate sconosciute, in modo da non riceverne più.

Anche se si trattava solo di una misura temporanea, era riuscita a tirare un respiro di sollievo. Dal momento che era una maestra responsabile di più di trenta bambini, però, non poteva usare quella strategia per sempre. Non era vero che gli insegnanti potevano essere contattati solo tramite i canali scolastici. Oltre alle chiamate d'emergenza dei genitori (che spesso erano inconsapevoli del fatto che il loro numero era impostato come privato), Kaede voleva essere raggiungibile nell'eventualità in cui uno studente fosse stato coinvolto in un incidente o in un caso di bullismo.

Si era anche recata alla stazione di polizia con Iwata; però, come pensava, alla fine la risposta era stata che avevano le mani legate, dal momento che non aveva subito danni tangibili e non aveva idea di chi fosse il sospetto, che non poteva quindi essere identificato.

Aveva provato a parlarne anche con il nonno, sebbene non volesse farlo preoccupare senza motivo. Sapeva benissimo che, non uscendo di casa, non poteva fare nulla, però in qualche modo riusciva a tranquillizzarsi quando le diceva gentilmente che si stava allarmando troppo.

«Nonno, sono arrivata.»

Si tolse le scarpe all'ingresso e, quando si precipitò nello studio, sentì dei rumori provenire dalla porta sulla sinistra che dava sul salotto.

Pensò subito al peggio: sicuramente il nonno non si sentiva bene!

Quando entrò nel salotto, la signora Caschetto aveva appena aggiunto dell'addensante nel tè e stava mescolando con tutta sé stessa.

«Mi dispiace, guardi che ora è, le stiamo facendo fare gli straordinari.»

«Non è un problema», rispose la signora Caschetto sorridendo, ma aveva la fronte imperlata di sudore. «Non ho un turno, dopo. E soprattutto oggi non era in ottime condizioni.»

Come pensava.

Kaede si sentì scoraggiata. Ultimamente era stato sempre bene...

Le condizioni dei pazienti affetti da quel tipo di demenza potevano cambiare improvvisamente a seconda dei giorni (in realtà, anche dal mattino alla sera o da un'ora all'altra), quasi come se non fossero neanche la stessa persona.

Nel caso in cui avesse predominato il morbo di Parkinson, tutti i muscoli si sarebbero irrigiditi e anche deglutire sarebbe stato un problema, con il rischio che cibo e bevande non finissero nell'esofago, ma nei polmoni, provocando una polmonite da aspirazione che poteva rivelarsi mortale.

Proprio per prevenire quelle problematiche, parte della riabilitazione si concentrava su esercizi vocali e massaggi ai muscoli della gola, svolti dal logopedista.

Il fatto che il nonno, che di solito riusciva a ingerire qualsiasi cibo e bevanda, quel giorno non riuscisse a bere il tè senza l'addensante, significava che c'era stato un peggioramento.

Dopo aver ringraziato la donna, Kaede prese la tazza e bussò alla porta dello studio.

«Nonno... posso entrare?»

«Uh», fu la risposta mormorata, che non era né un sì né un no.

Kaede aprì la porta, cercando di sorridere come se nulla fosse.

Come al solito, il nonno era seduto sulla sedia reclinabile, però la parte superiore del corpo era visibilmente inclinata verso destra.

Era la sindrome di Pisa.

Sentì un tonfo al cuore.

Come indicava il nome, nella sindrome di Pisa la parte superiore del corpo è fortemente inclinata e ricorda la celebre torre. Succede quando la consapevolezza spaziale peggiora. Il nonno, in realtà, in quel momento pensava di essere dritto.

«Ti ho portato il tè caldo. Dentro c'è l'addensante.»

Il nonno, inespressivo, fece debolmente di no con la testa, come per dire che non ne aveva bisogno.

La maschera di Parkinson, ovvero la limitazione dell'espressività facciale, era un'altra caratteristica della malattia. Non era neanche certa che l'avesse riconosciuta.

Nonostante tutto, sebbene fosse consapevole che lo avrebbe fatto preoccupare, Kaede gli raccontò quello che era successo il giorno prima.

Secondo lei, fargli fare congetture su quel caso lo avrebbe

aiutato. Quando gli presentò la nuova teoria secondo cui *La donna o la tigre?* in realtà era un giallo con una soluzione ben precisa, le parve di vedere il nonno sorridere debolmente, ma forse se lo era immaginato.

A proposito di tigre, le venne in mente il vivido episodio allucinatorio di un po' di tempo prima, quando il nonno le aveva raccontato con estrema serietà di come una tigre blu si fosse intrufolata nello studio.

Non poteva negare che il nonno fosse affetto da demenza; la gravità della sua condizione era evidente.

Nel tentativo di fuggire da quei pensieri, istintivamente il suo tono di voce si era fatto più concitato. Quando gli rivelò che le telefonate non erano più silenziose, ma che un individuo, utilizzando una cabina telefonica, le aveva cripticamente rivelato che aveva ultimato tutti i preparativi, le sembrò che un lampo di rabbia passasse negli occhi del nonno, però forse aveva immaginato anche quello.

Da un lato, sembrava stesse prestando attenzione; dall'altro, sembrava sul punto di addormentarsi.

E se non si fosse ripreso?

In alcuni casi i pazienti con demenza a corpi di Lewy peggioravano di colpo. In genere, le loro condizioni cambiavano di mese in mese, di settimana in settimana, rare volte di giorno in giorno, e lei era sempre assalita da pensieri nefasti.

Chi si prendeva cura di questo tipo di pazienti era pervaso da un terribile senso di impotenza quando le loro condizioni non erano ottimali. Era inevitabile, dal momento che c'era sempre la possibilità che si aggravassero all'improvviso in modo irrimediabile, privandoli anche della possibilità di comunicare.

Quando suonò il campanello, sentì la voce di Papà Chioccia, il logopedista. Ormai era il tramonto, e gli ultimi raggi del sole che filtravano dalla finestra illuminavano il volto irrigidito del nonno.

Non era un buon segno; forse lo aveva fatto preoccupare troppo.

Quando, in preda al panico, guardò l'orologio sulla cassettiera, scoprì che aveva parlato ininterrottamente per quasi un'ora.

«Nonno, inizio a mettere via i vestiti invernali e poi torno a casa.»

Per un attimo le parve che il nonno avesse mosso la mano come per ringraziarla. O forse non era altro che un tremolio dovuto al Parkinson.

Piegò con cura giacche e maglioni invernali e aprì il cassetto dell'armadio. Le sembrava pieno, ma per fortuna c'era giusto lo spazio per riporre i vestiti.

Ecco, doveva cercare di essere felice anche per quelle piccole cose; non poteva vedere tutto in modo negativo.

Stava accadendo quello che doveva accadere.

Era ancora presto per tirare fuori i vestiti primaverili, ma prese comunque il cardigan preferito del nonno. I ciliegi della zona erano i più belli e, a breve, come un tempo, sarebbero potuti andare insieme a vedere quelli nel cortile del tempio.

Kaede prese la spazzola che si trovava nella cassettiera in un angolo dello studio e, dopo essersi aggiustata i capelli, provò a sorridere al suo riflesso nello specchio.

Sentì qualcuno bussare alla porta e subito dopo la raggiunse la voce timida di Papà Chioccia.

«Posso entrare?»

«Sì, certo.»

La sua voce morbida e accogliente la avvolse.

«Ho visto le scarpe da corsa all'ingresso, sono davvero belle.»

«Grazie.»

«Starebbero bene anche a mia figlia... Cosa ne pensa, signor Himon'ya?»

Stava canzonando il nonno per farlo ridere, ma quel giorno l'anziano non rispose. Papà Chioccia, però, sapeva come lavorare anche con i pazienti in cattive condizioni; infatti, con il solito sorriso, si colpì la testa rasata e chiese: «Oggi con cosa iniziamo?».

Era un professionista, dopotutto.

Incoraggiata, anche Kaede sorrise e, dopo aver salutato Papà Chioccia, con riluttanza si lasciò alle spalle l'abitazione del nonno.

Appena vide Kaede uscire, l'uomo si nascose dietro il muro per non farsi vedere.

A voce bassa, borbottò: «Maestra Kaede».

Poi, meticolosamente, come se ci fosse abituato, cominciò a seguirla.

3.

Quando Kaede tornò a casa sua a Gumyōji, ormai il sole era tramontato. Aprì la porta d'ingresso e, come un peso morto, si appoggiò alla parete dell'ascensore.

Era come se le sue condizioni e quelle del nonno fossero sincronizzate.

Uscì dall'ascensore pensando al bagno rilassante che si sarebbe regalata quella sera, ma quando arrivò di fronte alla porta di casa notò che alla maniglia era appeso qualcosa dalla forma conica.

Con una mano premuta sulla bocca, trattenne a stento un urlo.

Quello... Cosa accidenti era?

Sfruttando la luce dell'ascensore alle sue spalle, si avvicinò nervosamente.

Si rivelò essere un bouquet di rose nere, appeso al contrario alla maniglia con un fiocco. Il mazzo di fiori era avvolto in una fascia di pizzo bianca, in totale contrasto con il colore dei fiori. Gli steli erano nella parte superiore e i fiori in quella inferiore. Così disposto, quel bouquet ricordava una donna con addosso un abito da sposa e, in modo più macabro, un cadavere appeso con una corda.

Una *bambola* di rose nere.

Era una coincidenza che anche Kaede, quel giorno, fosse vestita di nero?

E cosa intendeva l'individuo della cabina telefonica quando le aveva detto che i preparativi erano ormai ultimati?

Kaede si guardò attorno con circospezione, ma non le sembrava ci fosse nessun altro.

Nei complessi di appartamenti più costosi c'erano le guardie all'entrata, mentre in quelli normali l'accesso era meno protetto e chiunque, se voleva, poteva intrufolarsi. Per quel motivo, dopo aver ottenuto il permesso del proprietario, Kaede aveva fatto installare un secondo lucchetto.

Quello poteva voler dire che il proprietario del bouquet era venuto e se n'era andato, oppure...

Oppure era ancora nelle vicinanze.

Doveva voltarsi, ma non era semplice. Infilò le mani nelle tasche del cappotto e strinse con forza lo smartphone, come se fosse un'arma.

Si fece coraggio, fece un respiro e si girò di colpo.

Non c'era nessuno.

Era madida di sudore. In quel momento, all'improvviso, ricordò qualcosa a proposito delle rose nere.

Prese in fretta lo smartphone e andò a controllare cosa simboleggiavano nel linguaggio dei fiori. Esattamente come ricordava, lo schermo le restituì due significati contrastanti.

Tu sei mia, fino alla fine.

E...

Odio.

Il bouquet oscillò nella corrente d'aria che aveva attraversato il corridoio.

La luce dell'ascensore e quella dello smartphone illuminavano da diverse angolature quella *testa*.

4.

Voglio vedere il tuo sorriso.
Voglio anche vedere le tue lacrime.
Voglio anche vedere il tuo volto arrabbiato.
Così vicino da poter sentire il tuo respiro.

Kaede non riusciva a dormire a casa.

Per fortuna, c'erano più giorni di vacanza allineati uno dopo l'altro. Misaki la accolse con piacere quando la contattò e le rivelò di volersi fermare da lei: «Ho giusto aperto un buon vino, ottimo tempismo. Non farti problemi, vieni immediatamente».

Kaede aveva capito che stava fingendo di essere ubriaca, così da farla sentire più tranquilla e non temere di averla infastidita.

A Misaki non aveva parlato dello stalker perché non voleva farla preoccupare, e l'amica, anche se si era accorta che qualcosa la turbava, non aveva fatto domande, limitandosi a dire: «Dai, bevi!» o «Ho così tanto Camembert che potrei venderlo». La sua considerazione le toccò il cuore.

Da quando era diventata adulta, lei era la prima persona che poteva definire un'amica intima.

Il mattino seguente si diresse subito a casa del nonno: voleva parlargli del bouquet, ma soprattutto voleva accertarsi che le sue condizioni fossero migliorate.

Attraversò il vialetto di cemento e avvicinò la mano alla porta d'ingresso.

«Nonn...»

In quel momento, della stoffa le coprì la bocca. Allo stesso tempo, all'improvviso, qualcuno alle sue spalle la afferrò con forza in una stretta. Percepì istantaneamente il calore del suo aggressore sulla schiena e venne assalita da un odore che aveva già sentito da qualche parte.

«Scusa per l'attesa, maestra Kaede», le disse nell'orecchio, sfiorandole il lobo con le labbra umide.

Costretta in quella morsa che rischiava di schiacciarle il costato, le sfuggì un singhiozzo.

«Non una parola, non un movimento.»

Era un'intonazione giocosa, sembrava il verso di una filastrocca.

«Annuisci lentamente se hai capito. Se non mi ascolti, ti ammazzo.»

A differenza dell'altra volta, Kaede capì subito il significato di quelle parole.

Sebbene immobilizzata dalla paura, in qualche modo Kaede annuì debolmente.

Per un istante, il braccio intorno al petto che la stava tenendo incatenata allentò la presa. Kaede sentì un dolore pungente alla base del collo.

«Il cloroformio lo usano quelli che guardano troppi film. Alla fine questo è più efficace.»

Un attimo dopo, l'aggressore rimosse la stoffa che le aveva tenuto premuto contro la bocca. Forte del fatto che quello fosse il momento giusto per agire, Kaede provò a urlare con tutte le sue forze per chiedere aiuto, ma si rese conto di non riuscire a parlare.

Come si doveva muovere la bocca?

In poco tempo si accorse che la lingua era paralizzata; non riusciva a controllarla.

No, non era solo la lingua; anche il palato e la mandibola erano nella stessa condizione.

Era tutto il suo corpo a essere paralizzato.

Un suono riecheggiò nel cortile.

L'ultima cosa che Kaede vide, mentre il campo visivo si andava restringendo, fu una siringa per terra, sul cemento.

5.

Era un sogno o la realtà?

«A, e, i, u, e, o, a, o...»

Da lontano si sentiva la voce del nonno.

Stava facendo gli esercizi vocali.

«A, e, i, u, e, o, a, o...»

La voce era forte; significava che il nonno stava bene.

Kaede tirò un sospiro di sollievo, ma era come se non avesse abbastanza fiato. Da dove proveniva quella strana difficoltà respiratoria?

«Ca, che, chi, cu, che, co, ca, co...»

Si era addormentata?

Le palpebre erano pesanti. Troppo pesanti. Anche se cercava di alzarle, erano bloccate e non si muovevano.

«Ca, che, chi, cu, che, co, ca, co...»

Non riusciva a muovere né le mani né i piedi.

«Sa, se, si, su, se, so, sa, so...»

La guancia destra era poggiata sulla superficie fredda, ma morbida, di un pavimento.

Sentiva due odori: uno era quello dell'antibatterico che usavano per lavare il parquet del nonno, che profumava di sapone. L'altro odore, invece, era debole, ma lo aveva già sentito da qualche parte. Era un odore che non le dispiaceva...

Il forte aroma dell'antibatterico, però, le impediva di riconoscerlo.

In quel momento, come se fosse caduta da un precipizio, Kaede si svegliò completamente dal dormiveglia e comprese subito la situazione in cui si trovava.

Era bendata, imbavagliata e, per di più, la sua bocca era stata chiusa con lo scotch. Le mani erano legate dietro la schiena e, oltre alle ginocchia, anche le caviglie erano immobilizzate.

Si trovava per terra nel soggiorno del nonno.

«A differenza di ieri, l'articolazione è ottima, è quasi irriconoscibile. Ha avuto modo di fare due chiacchiere con qualcuno?»

Dallo studio a fianco arrivò la voce stupita di Papà Chioccia.

«No. Oggi mi sento come se potessi arrivare fino alla fine dell'alfabeto.»

L'uomo rimproverò gentilmente il nonno: «Non deve esagerare. Per gli esercizi di pronuncia mi fermerei qui. Le massaggio la gola».

Lo sentì indossare i guanti monouso.

Dov'era finito l'uomo che l'aveva aggredita? Forse si era svegliata prima di quanto avesse preventivato, ma comunque Kaede non sapeva quando sarebbe ricomparso.

E, a seconda delle circostanze, avrebbe anche potuto ucciderla non appena tornato. Se solo, in qualche modo, fosse riuscita ad allertare il nonno e Papà Chioccia della sua presenza...

Nel tentativo di calmarsi, cercò di fare il punto della situazione.

L'aggressore le aveva tolto il cappotto. Nei punti dove il suo lato destro toccava il pavimento, sentiva qualcosa di duro premerle contro il corpo, da sopra il maglione nero e gli stretti pantaloni. Quando capì il motivo, Kaede venne presa dalla disperazione.

Non erano solo le mani e i piedi a essere legati. Tutto il suo corpo era immobilizzato dalle corde; non poteva neanche girarsi. L'unico mezzo che le rimaneva era la voce.

Ricordava di aver letto in un giallo che, anche se ci voleva del tempo, era possibile liberarsi dallo scotch e dal bavaglio che le coprivano la bocca.

Doveva fare in fretta, senza farsi prendere dal panico. Usando la lingua, che sembrava rispondere maggiormente ai suoi comandi, iniziò a umettare il bavaglio che le stringeva la bocca.

Sentì parlare: «Come va la gola?».

«Ah, molto meglio, mi sento rinato. Possiamo quasi smettere, per oggi...»

«No, c'è ancora un po' di lavoro da fare.»

Kaede sperava con tutta sé stessa che il logopedista rimanesse in casa il più possibile. Nello studio in cui si trovavano c'erano due porte: una era collegata al soggiorno, mentre l'altra dava sul corridoio che portava all'ingresso.

Se Papà Chioccia avesse scelto la seconda, se ne sarebbe andato senza accorgersi di lei.

«Le preparo un tè? Oggi forse riesce a prenderlo anche senza l'addensante.»

«No, niente tè. Cosa ne dici, piuttosto, di fare due chiacchiere con un vecchio?»

«Certamente. Come dico sempre, parlare è la miglior forma di riabilitazione.»

Un attimo dopo, il nonno pronunciò parole inaspettate.

«In realtà, mia nipote è vittima di stalking.»

«Eh?»

La voce dell'uomo era piena di incredulità e sorpresa.

«Intende la maestra Kaede?»

«Esatto. Non solo telefonate silenziose; ultimamente viene anche pedinata.»

«Forse non spetta a me dirlo, ma di solito questi comportamenti tendono a peggiorare. Non sarebbe meglio contattare la polizia il prima possibile?»

«L'ha già fatto, ma le è stato detto che non si può fare nulla, dal momento che non ha idea di chi si tratti e non ha danni concreti da segnalare.»

«Oh. Da un lato hanno ragione, però sembra principalmente un problema burocratico, e non è giusto.»

«È per quello che ho pensato che se scoprissimo l'identità dello stalker e facessimo luce sulla situazione, allora la polizia potrebbe agire.»

«Capisco. Ma una cosa del genere è fattibile?»

«Allora, ti andrebbe di ascoltare qualche mia teoria?»

«Sembra interessante.»

«Per prima cosa, per il momento chiamiamo questo stalker X. Quasi sicuramente si tratta di un uomo; infatti, quando l'amico di Kaede, il maestro Iwata, l'ha inseguito, è fuggito in fretta e non si è fatto catturare. Tu cosa ne pensi?»

«Dev'essere un uomo. Dopotutto, è lo stalker di una bella ragazza.»

«Per di più, Kaede non ha idea di chi sia X. È improbabile che si tratti di qualcuno appartenente alla sua cerchia di amici o colleghi di lavoro. Be', non possiamo escluderlo completamente, ma ai fini di questo ragionamento supponiamo che non sia così. Ci sei fino a qui?»

«Sì. Perché, ovviamente, se lo stalker fosse un amico o un collega, se ne sarebbe accorta.»

«Però, in questo caso, sorge un altro dubbio.»

«Un altro dubbio? Cioè?»

«Non lo sai?»

«Mi scusi, non ne ho la più pallida idea.»

«Perché X ha il numero di telefono di Kaede?»

«Oh. Effettivamente, ora che me lo fa notare...»

«Oggigiorno, il numero di telefono è una delle informazioni più sensibili di una persona. Però X è riuscito a ottenerlo con una certa facilità. Come ha fatto?»

«Oh, per l'amor del cielo, signor Himon'ya, la smetta di tenermi sulle spine.»

«Al momento, c'è solo un posto dove il numero di Kaede è scritto in modo molto visibile. E X, senza esitazione e vergogna, l'ha memorizzato. Guarda, è attaccato proprio a quel muro; è il contatto di emergenza. Le persone come me, che hanno bisogno di cure a domicilio, hanno sempre un biglietto o una bacheca con i contatti di emergenza. In altre parole, X è una persona che passa da qui.»

Sentendo quelle parole, il cuore iniziò a batterle all'impazzata.

Com'era possibile che lo stalker fosse una persona che frequentava la casa?

A forza di tentare di muovere la bocca, a poco a poco il bavaglio aveva iniziato ad allentarsi.

Il nonno aveva appena ricominciato a parlare, e Kaede era tutta orecchi.

«Sembri stupito.»

«Ovvio. Ho il cuore debole, non può prendermi alla sprovvista così.»

«Allora prova a pensarci dopo che ti sei calmato. Papà Chioccia, con queste premesse, che storia mi racconti?»

«Un attimo... cosa intende con "storia"?»

«Secondo te, qual è l'identità di X?»

«Be'... Posso parlare liberamente?»

«Senza problemi.»

«Metto le mani avanti: la mia è un'ipotesi stupida. Lo stalker non può che essere un uomo. Però le aiutanti, come la signora Caschetto, così come la *care manager* che viene ogni tanto, sono tutte donne. Se prendiamo in considerazione solo gli uomini che mettono piede in questa casa, allora il cerchio si ristringe notevolmente.»

«Bene. Darsi dello stupido è da veri masochisti. In realtà è un ragionamento molto logico.»

«In sostanza, gli uomini sono solo due: io, ovvero il logopedista, e il signor Gelataio, il fisioterapista.»

«Esattamente.»

«Però da qui in poi mi arrendo.»

«Non dire così. Capisco che tu voglia essere cauto, quindi proseguo io. Per prima cosa, X è una persona davvero molto veloce. Sarò schietto: tu hai problemi di cuore e, per forza di cose, non puoi essere "veloce". D'altro canto, il gelataio è senza ombra di dubbio robusto e si occupa anche dell'attività di famiglia. Le cisterne di latte sono davvero pesanti.»

«E allora...»

«Per di più, la fisioterapia è un lavoro dove è necessario avere davvero molta forza. Non è raro che debba lavorare anche con pazienti corpulenti. A questo punto, l'identità di X è ormai chiara.»

«È proprio vero che l'apparenza inganna. Anche se non voglio parlare male di un'altra persona.»

«Lo so. Sono io che ho chiesto la tua opinione, quindi non hai nulla di cui preoccuparti.»

Kaede raggelò e, come se fosse stata colpita da una scarica elettrica, finalmente riconobbe il secondo odore. Era vaniglia!

Era leggero, ma era lo stesso profumo che sentiva ogni volta che lo incontrava.

Anche in una situazione come quella, per un attimo le venne in mente *l'individuo che odorava di vaniglia* della famosa opera di Ellery Queen.

Com'era possibile che quell'uomo, così serio, fosse il suo stalker?

La velocità e la forza con cui l'aveva catturata, però, sembravano confermare quell'ipotesi.

Se fosse ricomparso proprio in quel momento... Kaede rabbrividì al solo pensiero.

«In realtà c'è anche un'altra ragione per cui ho iniziato a sospettare di lui.»

«Oh, cosa intende?»

«A prima vista può sembrare una persona sincera, ma mi ha raccontato una palese bugia.»

«Che bugia?»

«Sai che nel mio cortile si sente il frinire dei grilli, no? Una volta gli avevo chiesto di registrare il loro bel canto con il cellulare.»

«Anch'io l'ho fatto con il mio registratore.»

«Nel libro illustrato sugli insetti che mi hanno regalato i ragazzi venuti a trovarmi l'altro giorno, però, c'è scritto che la frequenza del canto dei grilli è così alta che è impossibile da captare con il telefono. È necessario un registratore PCM lineare dall'alta direzionalità o un registratore digitale ad alte prestazioni come il tuo e, comunque, se non ci si avvicina abbastanza, non si riesce a catturare bene il suono.»

«Oh... non lo sapevo.»

«Eppure lui ha detto che sta usando il canto dei grilli come suoneria per il cellulare. È chiaramente una bugia bella e buona. E, visto che ha mentito, deve esserci un motivo. Quale pensi che sia?»

«Ehm... Forse per coglierla alla sprovvista, signor Himon'ya?»

«Ha senso.»

«Allora ribadisco quello che ho detto prima: non è meglio contattare la polizia prima che la situazione degeneri?»

«No, non è necessario, signor Papà Chioccia.»

«Cosa intende?»

«All'inizio, dati i pochi elementi a disposizione, ero giunto alla tua stessa conclusione. Dopo averci ripensato più volte e aver cambiato punto di vista, però, mi sono fatto un'idea totalmente diversa.»

«In che senso?»

«Per prima cosa dobbiamo capire perché il fisioterapista ha mentito sull'aver registrato il canto dei grilli. Che vantaggio voleva trarre cercando di farmi abbassare la guardia ed entrare nelle mie grazie? È evidente che le conseguenze dell'essere scoperto a mentire sarebbero state ben più gravi.»

«Capisco. Effettivamente, la menzogna avrebbe portato a una completa perdita di fiducia.»

«Allora cosa ne pensi di quest'altra teoria? Per quanto abbia provato, non è riuscito a trovare i grilli che cantavano nell'erba del cortile. Benché io li vedessi chiaramente, lui non è mai riuscito ad avvicinarsi. Per rasserenarmi, però, ha fatto finta di averne registrato il suono.»

«Ma allora, quei grilli...»

«Esatto. I grilli erano una mia allucinazione. Sicuramente lui ha mentito, però era una bugia a fin di bene.»

«Ah... è così? Allora qual è l'altra conclusione a cui è giunto?»

«Te la spiego. Però prima potresti farmi un favore?»

«Proprio nel momento clou. Cosa?»

«Mi prendi una sigaretta?»

«Una sigaretta? Lei fuma?»

«Solo ogni tanto. In quella cassettiera c'è un pacchetto azzurro di Gauloises. C'è anche l'accendino. Scusa, dovresti anche accendermela.»

«Non è una richiesta difficile. Ritornando al discorso di prima, invece?»

«Che discorso? Di cosa stavamo parlando?»

«Non sia cattivo. Stavamo parlando della conclusione diversa a cui è giunto per quanto riguarda l'identità dello stalker di sua nipote.»

«Giusto. Per prima cosa, Kaede stessa non se n'è accorta, ma ha subito dei danni concreti da parte di X. La maggior parte degli stalker vuole impossessarsi di alcuni effetti personali della propria vittima. Questo vale anche per X che, sfrontatamente, ha rubato qualcosa che appartiene a Kaede.»

«Capisco. Sembra proprio l'atteggiamento tipico di uno stalker. Questo come porta a una conclusione diversa, però?»

«Be'... ascoltami senza avere fretta. Quando Kaede è venuta qui, ieri, ha messo a posto i vestiti invernali. Li ha riposti in quella cassettiera e ne ha approfittato per tirare fuori questo cardigan rosso. Cosa ne pensi, mi sta bene? È un indumento primaverile, ma non è un po' troppo appariscente per me?»

«Le sta veramente bene, sono quasi invidioso.»

«Bene! Anzi, malissimo. Accidenti!»

«Cos'è successo?»

«No, è che ce l'ho addosso, perciò rimarrà impregnato di fumo.»

«Forse sto fraintendendo io, ma si sta divertendo a tenermi sulle spine?»

«No, è una tua impressione. Okay, dove eravamo rimasti? Ah, sì, giusto, ai vestiti invernali. Quando Kaede li ha messi via, era contenta che ci fosse sufficiente spazio dentro il cassetto. Però lo spazio non avrebbe dovuto esserci. In altre parole, fino a qualche giorno fa lì c'era qualcos'altro.»

«Qualcos'altro? Visto che si tratta di lei, signor Himon'ya, era forse un vecchio libro?»

«Purtroppo no. Erano foto incorniciate di Kaede. Per noi pazienti con demenza a corpi di Lewy, vedere fotografie di persone o paesaggi può scatenare allucinazioni. Perciò Kaede, preoccupata per me, le ha riposte nella cassettiera, ma deve essersene dimenticata. Oh, Papà Chioccia, hai ancora un po' di tempo?»

«La storia si sta facendo interessante, vorrei sentire il resto.»

«Ottimo. Allora, gli stalker non vogliono solo oggetti come le foto; a volte vogliono anche materiale organico della vittima. Stiamo parlando di unghie tagliate oppure bottiglie di plastica con la loro saliva. O, ancora, capelli. Cosa ne pensi?»

«Perché lo chiede a me?»

«Scusa, intendevo dire, cosa ne pensi fino a qui, mi segui?»

«Sì, la seguo. Come al solito, sono impressionato dalle sue capacità oratorie.»

«Grazie. Allora, quella è la cassettiera che usa Kaede; si pettina sempre in fretta i capelli lì prima di tornare a casa... ma mi sono accorto di una cosa davvero strana. Da qualche giorno, dopo che Kaede è stata qui, ho iniziato a controllare la sua spazzola con la lente di ingrandimento, ma non trovo neanche un capello. Se fosse successo solo una volta, sarebbe anche potuto essere possibile che non rimanessero capelli, però ogni volta che controllo è sempre così. Le badanti puliscono ciò che mi riguarda, ma non toccano la cassettiera di Kaede. Perciò, in altre parole, è X a rubare i capelli dalla spazzola. Non ho potuto fare altro che giungere a questa conclusione.»

«Oh, perciò il signor Gelataio sta rubando i capelli di Kaede.»

«No, non dobbiamo giungere a conclusioni affrettate.»

«In che senso?»

«Per prima cosa possiamo desumere facilmente che X sia

una persona così in forma da poter fuggire quando inseguito da un insegnante sulla ventina, appassionato di jogging. In altre parole, è una persona che eccelle nell'atletica leggera.»

«Perciò non si può far altro che pensare che X sia il signor Gelataio.»

«Non è detto. Se parliamo di velocità, è da tanto tempo che sono giunto alla conclusione che tu, Papà Chioccia, sia un esperto di atletica leggera.»

«Eh?»

«Ricordi quando, proprio qui, in autunno mi avevi fatto i complimenti? Mi avevi lodato dicendo che ho molte conoscenze in svariati campi, paragonandomi a un campione del decathlon. Allora? Non dirmi che te ne sei dimenticato.»

«Me lo ricordo. Però era solo un esempio. Non mi sembra un paragone così fuori dal mondo, e non può decidere arbitrariamente che ho esperienza di atletica leggera soltanto perché ho usato il termine "decathlon".»

«No, il problema non è lì. È la pronuncia.»

«La... pronuncia?»

«Sì.»

«Si sente bene? C'è un po' di confusione in quello che sta dicendo.»

«Allora permettimi di fare degli esercizi vocali davanti a un professionista. Mi ascolteresti?»

«Prego.»

«Deca-thlon. Deca-thlon. Deca-thlon. Deca...»

«Per quanto pensa di andare avanti? Non ho la più pallida idea di cosa stia cercando di comunicarmi. Sicuramente oggi ha un'ottima vocalizzazione.»

«Prova a far leggere la parola "decathlon" a chiunque altro. Così come in tanti sbagliano a leggere il termine "decalogo" – i dieci comandamenti di Mosè – ci sono altrettante persone che sbagliano a pronunciare "decathlon". Penso, però, che chi conosca la pronuncia corretta debba aver avuto a che fare con l'atletica leggera.»

«Oh. E lei, allora?»

«Per me è una questione di conoscenza.»

«Non ha senso. Ecco, allora anche nel mio caso è così. È una questione di conoscenza, so semplicemente che "decathlon" si pronuncia così, ma non ho alcuna esperienza di atletica leggera.»

«Certo, anche questa è una possibilità. Ma allora dimmi, perché anche oggi il tuo alito sa di vaniglia?»

«Eh?»

«È perché stai bevendo le proteine. Quelle aromatizzate alla vaniglia vanno molto di moda.»

«Non lo sapevo. Non è così, però; è solo che mi piace molto il gelato, soprattutto quello alla vaniglia. Anche se negli esami è stata riscontrata un'eccessiva presenza di glucosio, ne mangio almeno uno o due al giorno.»

«Oh, è la prima volta che lo sento! Se ti piace così tanto il gelato alla vaniglia, non sarebbe dovuta essere una delle prime cose da condividere quando abbiamo iniziato a parlare del signor Gelataio?»

«No. Cioè, logicamente ha senso, però sul momento non ci ho pensato.»

«Allora ti chiedo ancora una cosa.»

«C'è ancora dell'altro?»

«Ieri, quando Kaede era qui, tu all'improvviso hai detto così: "Ho visto le scarpe da corsa all'ingresso, sono davvero belle".»

«Ho detto solo quello che pensavo.»

«Allora perché le hai chiamate scarpe da corsa? Di norma, vengono chiamate scarpe da ginnastica.»

«Ehm... quello...»

«Visto che ti vedo in difficoltà, te lo spiego io. Le persone normali, che non sanno nulla di atletica leggera, non riescono a distinguere a prima vista le scarpe da corsa da quelle da ginnastica. In realtà, addirittura il maestro Iwata, che è abituato a correre, quando ha visto per la prima volta quelle di Kaede non ha notato la differenza. Però tu, con un solo sguardo, te ne sei accorto. Non posso fare altro che pensare che tu corra.»

«E quindi cosa sta cercando di dire?»
«Cosa?»
«Ipotizziamo che io sia un esperto di atletica leggera e che la pratichi ancora oggi. Ciò non elimina i dubbi sul fisioterapista. Provi a comparare, senza preconcetti, la nostra età, il nostro fisico e la nostra apparenza. Alla fine, non desta più sospetti il giovane e prestante fisioterapista?»
«No, lui non è X.»
«Perché ne è così sicuro?»
«Più volte ho tentato di prendere le impronte presenti sulla spazzola. Non tutti lo sanno, ma è straordinariamente semplice ottenere le impronte sfruttando gli oggetti contenuti nella cassettiera. Basta mettere del fondotinta sulla punta di un cotton fioc e cospargerlo sul manico della spazzola. Poi si attacca con cura della carta trasparente ed ecco che emergono le impronte.»
«Non credo di aver capito. Intende dire che ha trovato le mie impronte sulla spazzola?»
«No, esattamente il contrario.»
«Il contrario?»
«Per quanto abbia provato, ho trovato solo le impronte di Kaede. E visto che il fisioterapista non porta i guanti, se avesse toccato la spazzola sarebbe rimasto il segno. Quindi X non può che essere l'unica persona che, quando è in questa stanza, indossa i guanti.»
«Sta parlando di me?»
«Sì. Lo stalker di Kaede sei tu.»
Il silenzio venne rotto solo dallo schiocco monocorde prodotto dai guanti monouso quando venivano tirati e poi rilasciati.
Kaede non poteva crederci.
Lo stalker che la seguiva, X, era il mansueto Papà Chioccia.
Come due corde invisibili, lo sgomento per la scoperta del furto di capelli e la paura derivante dall'inaspettata identità del suo stalker – un conoscente di mezz'età che a-

vrebbe potuto essere suo padre – le strinsero il cuore in una morsa.

Più di tutto, però, anche se non voleva pensarci, non poteva fare a meno di chiedersi come facesse il nonno a essere così tranquillo dopo aver rivelato allo stalker stesso di averlo scoperto.

Se l'avesse aggredito fisicamente...

Non avevano speranze, né lei né il nonno. L'unica soluzione era cercare aiuto all'esterno.

Se fosse riuscita a tagliare almeno una delle corde che la legavano, almeno avrebbe potuto girarsi. E se fosse riuscita a rotolare lungo il corridoio e arrivare all'ingresso...

No, c'era un'altra soluzione. Proprio lì c'era il letto del nonno e, vicino al cuscino, c'era il bottone d'emergenza che lo collegava all'ospedale. Se fosse riuscita a premere quel bottone... no, non sarebbe mai riuscita a raggiungere quell'altezza.

Il bagno!

Ecco, se fosse andata in bagno avrebbe potuto premere il bottone anche da terra. Era la prima stanza nel corridoio, non appena si usciva dal salotto.

Era stata bendata, ma sapeva in che direzione andare.

Kaede, continuando a prestare attenzione a ciò che accadeva nelle stanze a fianco, cominciò a strofinare il lato destro del corpo sul pavimento, con l'intenzione di tagliare la corda.

«Oh... è proprio la conclusione scrupolosa che ci si aspetterebbe da un maniaco dei gialli. Che dice, non è che vuole a tutti i costi che sia io lo stalker perché è un appassionato di colpi di scena?»

«Capisco, potrebbe sembrare così. Ma i sospetti che ho nei tuoi confronti non sono infondati.»

«I suoi ragionamenti non hanno senso.»

«Sarà davvero così?»

«Senta. Tutto ciò che ha detto è stato che ho rimosso i capelli di Kaede dalla spazzola. Io, anche se potrebbe non sembrare, amo la pulizia. Per aiutare, non appena vedo dei rifiuti li butto. Al massimo sono stato ringraziato, ma nessuno mi ha mai dato dello stalker.»

«Allora perché non c'erano capelli nel cestino della spazzatura? Né in quello del soggiorno, né in quello della cucina. Che fine hanno fatto i capelli, secondo te?»

«Sapevo che saremmo arrivati a questo punto. A ogni modo, l'assenza di impronte e la mancanza di capelli non sono una prova. Forse non ha perso capelli per più giorni di fila. Per quanto riguarda le impronte, non ha senso stabilire a priori che sia io il colpevole solo perché non ne ha trovata nessuna. Se non ci sono mie impronte, è perché non l'ho toccata. Di solito è così che si ragiona.»

«Ah, finalmente si sta facendo interessante, Papà Chioccia.»

«Anch'io sto iniziando a divertirmi, signor Himon'ya.»

«Mmh. Ora basta con la sigaretta. Questa volta, potresti spegnere il mozzicone sotto l'acqua e buttarlo nella spazzatura?»

«Non ho capito cosa vuol dire con quel tono, ma va bene.»

«Comunque, prima non ne ho parlato apposta.»

«Ah, questa è la tattica che sta usando?»

«Sai cosa sono le "cicatrici da guanti"? Dalla tua espressione deduco di no. Non lasciano un segno ben distinguibile come quello delle impronte, però permettono di capire facilmente se sono stati usati guanti o meno. Ma non c'è bisogno di complicarsi così la vita. Se la polizia perquisisse casa tua, troverebbe subito i capelli e le fotografie di Kaede. Esatto, mi sono dimenticato di dirti una cosa importante. Prima hai detto che non si può dare fiducia a chi mente. Quando hai detto che tua figlia è stata felice quando le hai fatto ascoltare la registrazione dei grilli, però, hai detto una bugia.»

«Di cosa sta parlando? No, aspetti un attimo, io non ho usato uno smartphone, ma un registratore ultimo modello che può catturare il suono di qualsiasi tipo di insetto. Non l'ha detto anche lei, prima? È stato il signor Gelataio a mentire, non io.»

«No, hai mentito anche tu.»

«Non capisco.»

«Anche questo era scritto nel libro illustrato che mi hanno dato i ragazzi. I grilli non cantano mai in gruppo, ma da soli, uno alla volta, separati tra gli steli d'erba. Io, però, ho trovato tre grilli su una foglia, insieme. Ed è impossibile. In altre parole, anche quei grilli erano il frutto di un'allucinazione. Il signor Gelataio ha mentito a fin di bene, ma tu no. La tua era una sporca bugia per nascondere la tua identità. Il registratore ti serviva per catturare la voce di Kaede. Ne sono certo, è sicuramente pieno di sue registrazioni. No, tu non sei un "papà chioccia". Anzi, non hai nemmeno una figlia. Quando parlavi con tutto quell'orgoglio dei suoi bei capelli, in realtà ti riferivi a quelli di Kaede.»

«Diamine... si può sapere chi diavolo è lei?»

«Sono solo un vecchio demente.»

In un istante, la voce di Papà Chioccia – anzi, no, di X – era cambiata del tutto.

"Stai attento, nonno", pensò Kaede.

Stava sfregando con tutta sé stessa la corda sul pavimento, ma nonostante ciò non riusciva a spezzarla.

Le sarebbe tornata utile una di quelle manicure vistose che andavano di moda in quei tempi.

Ironicamente, il bavaglio era scivolato via ed era riuscita ad arrivare con la lingua allo scotch che le copriva la bocca, ma in quel caso gridare si sarebbe rivelato controproducente.

Per un attimo, si sentì di nuovo immobilizzata nella terribile morsa in cui era stata catturata in giardino.

«Vuole continuare a giocare, signor Himon'ya?»

«È quasi *game over*. C'è qualcosa che vuoi chiedermi?»

«Sono io che sto conducendo il gioco. Anche se ero convinto di essere stato abile nel non farmi scoprire.»

«Eh, no, non è stato così. Anche poco fa hai commesso un errore.»

«Quando?»

«Pensaci bene. Prima ti ho detto che mia nipote è vittima

di stalking. Di norma, in questo caso avresti dovuto chiedermi chi era lo stalker o se fosse qualcuno con cui aveva qualche tipo di relazione, come un amico o un collega. Andava bene qualsiasi domanda, ma sicuramente il focus doveva essere sull'identità del colpevole. Però tu sei partito in quarta e hai subito suggerito di comunicarlo alla polizia. Questo è stato l'errore. Ed è stato anche un grande errore. Senza conoscere bene tutta la storia, di solito chiamare la polizia non è la prima idea che viene in mente. Questo vuol dire che tu, più di tutti, conoscevi gli elementi del caso.»

«Capisco. Effettivamente, il gioco è quasi finito.»

«A questo punto, di solito, vorrei un'altra sigaretta, ma visto che non abbiamo molto tempo mi tratterrò.»

«Cosa vuol dire che non abbiamo molto tempo?»

«Su, visto che ne hai l'occasione, calmati e ascolta. Dal momento che siamo alla fine del gioco, cerchiamo di capire quale sia l'obiettivo di X. L'altro giorno hai chiamato Kaede da una cabina telefonica e le hai detto: "Ho ultimato tutti i preparativi, perciò ora puoi stare tranquilla". Che razza di preparativi avrai mai ultimato? I distorti sentimenti d'amore di uno stalker a volte si concretizzano tragicamente in un omicidio-suicidio ma, per fortuna, non credo sia questo il caso. Per telefono le hai detto: "Ti ammazzo. Se mi dici ancora cose a cui non credi veramente". Vedendo questa tua affermazione da un diverso punto di vista, posso affermare che tu non avessi intenzione di ucciderla. Allora i preparativi devono per forza essere quelli per un matrimonio. Adesso casa tua è decorata con i capelli e con le foto di Kaede; non mi stupirebbe se al centro della stanza fosse appeso un abito da sposa. Il tuo piano era quello di rinchiuderti in casa con Kaede e vivere con lei per sempre. Questo è il matrimonio che hai in mente.»

«È stato bravo, signor Himon'ya. È un peccato che debba morire in una stanza così piccola.»

«Oh, cosa intendi dire? Parli di un futuro prossimo o ti riferisci al presente?»

«Se fosse la seconda opzione, cosa farebbe?»

«In tal caso, ti esorterei a ripensarci. Prima ti ho detto che il tempo stringe, giusto? Ciò che intendevo è che tra poco arriverà la polizia.»

«Cosa?»

X doveva essersi alzato in preda al panico, perché Kaede sentì il rumore di una sedia che cadeva.

Avrebbe dovuto aspettarselo dal nonno; aveva orchestrato tutto dal principio.

Erano entrambi salvi! Rincuorata, si lasciò andare; non c'era più motivo di consumare tutte le energie.

Mentre attendeva trepidante l'arrivo delle forze dell'ordine, tirò su la testa quel tanto che bastava per poter continuare a seguire ciò che stava accadendo nello studio.

«Quando ha chiamato la polizia?»

«Poco prima che arrivassi. Dovrebbe essere già qui, ma sembra sia un po' in ritardo.»

«In questa stanza non ci sono cellulari. Come li ha chiamati?»

«Per caso Kanae è passata di qui. È rimasta davvero stupita quando le ho raccontato che tu eri X. E le ho subito detto di chiamare la polizia.»

«Kanae?»

«Non la conosci? A volte viene, è mia figlia.»

No, non era possibile. Eppure era stato così spaventosamente lucido fino a quel momento.

Basta, nonno.

Era troppo triste.

Perché sua madre...

Sua madre...

«Anche se lo dico io che sono il padre, Kanae, fin da piccola, è sempre stata solare come un girasole, adorava cantare davanti alle persone. Adesso il soggiorno è stato modificato per non avere barriere architettoniche, ma una volta era in stile giapponese. In mezzo c'era un *fusuma,* un pannello scorrevole, e quando venivano i parenti lei andava a nascondersi dietro. Da lì mi bisbigliava: "Papà, sono qui. Apri piano". E, dopo poco, da dietro il pannello partiva, da una radio a cassette, una canzone *enka*. Io, facendo scorrere lentamente il *fusuma* come se fosse stato un sipario, annunciavo: "Signore e signori, come stavate tutti aspettando, la cinquenne Kanae canterà *Lo scenario invernale dello stretto di Tsugaru*". Tutti applaudivano entusiasti della sua performance. Chissà quante volte sono stato incaricato di abbassare il sipario. E chissà perché la canzone era sempre *Lo scenario invernale dello stretto di Tsugaru*. Perciò, anche durante il suo matrimonio ha cantato... No, non ricordo se l'ha cantata o no durante la cerimonia. Oh, accidenti, cos'era successo? Cosa c'è, perché fai quella faccia strana?»

«Sto ridendo.»

«Perché?»

«Come perché. Non posso non ridere in questa situazione. In realtà il gioco l'ho vinto io fin dall'inizio.»

«Cosa stai dicendo?»

«È un peccato, signor Himon'ya. Anche se sembra arguto, lei non è altro che un vecchio rimbambito.»

«Un vecchio... rimbambito...»

«Dal momento che si vanta dei suoi ragionamenti, che ne dice se provo a confutarli? Come ha detto prima, lei sa che il contatto di emergenza attaccato lì è quello di Kaede. Mi dica: perché non c'è il numero di Kanae? È sua figlia, no? È spesso qui, no? Allora perché non c'è il suo numero? Eh? Cosa ne pensa? Non è ancora più strano della mancanza di impronte sulla spazzola?»

«Non me ne sono accorto.»

«Non ha notato che mentre stavamo facendo gli esercizi di pronuncia le ho fatto una domanda trabocchetto? Le ho chiesto: "Stava parlando con qualcuno?". E lei, evasivo, mi ha risposto di no. Poco prima di entrare in questa stanza, però, ho sentito chiaramente che era immerso in una conversazione con qualcuno che ormai non esiste più. Lei ha chiesto all'allucinazione di sua figlia di chiamare la polizia! Che ridere!»

«Aspetta un attimo. Non voglio ammetterlo, ma non è impossibile che stessi parlando con un'allucinazione. Però non è vero che ormai non esiste più. In realtà, mia figlia esiste eccome in questo mondo.»

«Oh, cielo, non ce la faccio più, ho mal di pancia dalle risate! Mi perdoni, ma ci ho provato con tutto me stesso a trattenermi dal ridere di fronte a questo teatrino.»

«Di cosa stai parlando?»

«Lasci che glielo spieghi meglio, vecchio. Kanae non fa più parte del mondo dei vivi. Ventisette anni fa, il giorno del suo matrimonio, l'ho uccisa con le mie mani. Quella perfida traditrice. Perciò mi dispiace, ma la polizia non arriverà.»

Kaede urlò senza emettere alcun suono.

Mamma!

In preda allo sconforto, urlò ancora.

Papà!

Nello stesso momento, dallo studio, provenne un suono sinistro. Il nonno doveva aver perso l'appoggio del bracciolo, andando a sbattere contro il muro.

Kaede, fuori di sé, continuò a urlare nonostante lo scotch glielo impedisse.

Mamma!

Papà!

Il colpevole... il colpevole è qui!

«Su, cerchi di stare dritto. Se non ascolta la mia storia, il gioco non finisce. Kaede ultimamente è diventata uguale a Kanae. È identica. È così uguale che non riesco a controllarmi. Esatto, non mi sono dimenticato dell'odio; la colpa è di Kaede. Ah, scusi se non ho più aggiunto "maestra", ma in fondo sono il suo futuro marito, è perdonabile. Come, scusi? Non la sento. Non appena ha perso il gioco si è completamente spento. Ha detto che vuole sapere dov'è Kaede adesso? Okay, glielo dico. È nella stanza qui di fianco, per terra, priva di sensi. Se si comporta come si deve, ho intenzione di trattarla bene. Dopotutto, alla fine mi ama. Be', si rilassi e ci preceda all'altro mondo, signor Himon'ya.»

Kaede sentì di nuovo il suono dei guanti di gomma che schioccavano.

Non riusciva neanche a piangere dalla rabbia.

Non lo avrebbe perdonato.

Non poteva perdonarlo.

Quell'uomo...

Ormai non c'era più tempo per premere il bottone in bagno.

Non poteva fare altro che provare a urlare per chiedere aiuto; non aveva alternative. Kaede, dal momento che il bavaglio si era allentato, usò la lingua per raggiungere lo scotch e cercò di liberarsene con tutte le forze.

«Allora, ancora una volta, facciamo esercizi vocali. Questa è una sessione di riabilitazione del linguaggio, perciò nessuno si farà domande sul perché vicino alla sua bocca ci siano le "cicatrici dei guanti". Ora inserisco i miei indici agli angoli della bocca. Okay, preparativi ultimati. Partiamo. A, e, i, u, e, o, a, o. Cosa succede? Non le esce la voce. Allora proviamo a cambiare le parole. Ka, na, e, Ka, na, e. Oh, non funziona neanche così? Dov'è finita tutta la grinta di prima? Proviamo in un altro modo ancora. Ka, e, de, Ka, e, de. Oh, è proprio peggiorato. Forse è meglio provare con un bel massaggio alla gola. Oh, è pieno di bava. Mi cambio i guanti.»

Finalmente, una porzione dello scotch attaccato all'angolo destro del labbro superiore di Kaede si stava staccando.

Ancora un po'. Solo un po'.

«Le massaggio la gola. Oh, no, anche se l'ho massaggiata poco fa, ormai si è irrigidita. Ci metterò un po' di forza, cerchi di sopportare. Ci vorrà solo un secondo.»

Parte dello scotch era venuto via.

Kaede approfittò dello spiraglio che si era creato, prese fiato e urlò: «Aiu...».

In quel momento, un dito si posò verticalmente sulle sue labbra, fermandola.

«Non parlare, maestra Kaede. Sono Shiki.»

Nell'istante in cui le tolse la benda, i suoi lunghi e morbidi capelli le solleticarono la guancia.

«Shi... Shiki! Il nonno...»

«Va tutto bene. Non sottovalutarlo.»

In quel momento si sentì il rumore di un corpo o di una sedia che cadeva.

Subito dopo, venne l'urlo di X.

«Ahia! Il braccio... Mi sta spezzando il braccio!»

«È una mossa di arti marziali giapponese che andava di moda nell'Inghilterra dell'epoca vittoriana. Holmes la chiamava *baritsu*. Non è chiaro se fosse arrivato a padroneggiare o no questa tecnica.»

«Basta, vecchio! Te ne pentirai!»

«È inutile che provi a fuggire, non hai scampo. In giorni come questi, quando sono in buone condizioni, ciò che ho imparato in passato mi torna estremamente utile. E, a dir la verità, di recente mi sono allenato a braccio di ferro con il fisioterapista, il signor Gelataio. Lui ci è andato piano con me, però l'altro giorno ho vinto per la prima volta. Ci è rimasto davvero male.»

Ah, ora capiva lo sguardo frustrato che aveva visto sul volto dell'uomo quando era uscito dallo studio.

Non era nulla di grave; aveva solo manifestato il suo malcontento per aver perso contro il nonno.

«Ti sei vantato abbastanza, ora lasciami andare... Vuoi morire?»

«Più ti sforzi, peggio è. Allora, maestro Iwata, com'è andata?»

Subito dopo il rumore di una finestra che andava in frantumi, giunse la voce di Iwata: «Bene! Ho registrato tutto!».

«Ottimo. Non posso che essere grato per l'utilità di questo registratore IC ad alta prestazione.»

Shiki si passò una mano tra i capelli, lamentandosi: «Gli avevo detto di entrare dall'ingresso».

La voce di X divenne disperata: «Per... per favore, basta!».

«No. Prima devi ascoltare la mia spiegazione.»

La voce del nonno era così forte da non dare l'impressione che stesse ancora stringendo X in una morsa ferrea.

«Anch'io avevo il dubbio che Kanae fosse il frutto di un'allucinazione. Ho esaminato l'espressione di Kaede quando veniva e le dicevo che, di nuovo, sua madre era appena andata via e, vedendo il suo sorriso forzato, me ne sono convinto. Il fatto che non ci fosse il numero di Kanae tra i contatti di emergenza mi ha fatto pensare all'esistenza di un terribile passato. Con un grande sforzo d'immaginazione, non posso escludere la possibilità che X abbia continuato a stalkerare per vent'anni la "ragazza che viene dal futuro". Però... dopotutto, gli uomini sono deboli.»

«Basta con questi discorsi senza senso, lasciami andare!»

«Anche oggi pensavo che Kanae fosse venuta come al solito. E quando è arrivata e le ho chiesto di chiamare la polizia, non riuscivo a togliermi dalla testa il pensiero che quella era la fine. È triste, ma non potendo ignorare la possibilità che lei fosse un'allucinazione, ho chiesto anche a Shiki e al maestro Iwata di venire. E rispetto all'effettiva esistenza o meno di Kanae...»

Il nonno, solo per un istante, si bloccò e sembrò sul punto di piangere.

«Rispetto all'effettiva esistenza o meno di Kanae, a quanto pare non c'è altro da dire. Adesso io, invece, ho la possibilità di creare due "storie". Nella prima, ti spezzo un braccio in questo preciso istante.»

«Storia? Cosa stai blaterando, vecchio? Fallo se ne sei capace!» bluffò X con voce sofferente. Ma era come se il nonno non lo avesse sentito.

«Nella seconda, cerco con tutte le mie forze di non farmi trascinare dall'odio. Già sto perdendo il mio intelletto giorno dopo giorno. Se ti rompessi il braccio, perderei me stesso.»

Il nonno continuò con tono di voce risoluto: «Non posso romperlo». E, senza esitazione: «Non lo romperò».

Che uomo saldo! Il nonno, con la sua tenacia e la sua forza di volontà, aveva vinto sul rancore, scacciandolo al di là della coltre di fumo.

Per un istante, sembrò esserci una colluttazione, come se il nonno avesse allentato la presa e X avesse provato a ribellarsi. Shiki fece per alzarsi, per raggiungere lo studio.

X, però, urlò nuovamente di dolore.

«Ahia! Questa volta sei stato tu? Smettila! Ho più di sessant'anni!»

Il maestro Iwata aveva colpito X.

«Ma senti chi parla!»

Dalla voce, sembrava quasi che il maestro Iwata stesse piangendo mentre lo colpiva.

«Questo è da parte del nonno!»

«Aiutatemi!»

«E questo... questo è da parte della donna che amo!»

Maestro Iwata...

Dopo qualche attimo, Shiki si rivolse all'ex battitore nello studio.

«Iwata, basta. Tutti i cittadini hanno il diritto di arresto, ma se esageri rischi di essere accusato di percosse.»

Poco dopo, le sirene della polizia e dell'ambulanza proclamarono la fine del gioco.

X, sebbene rassegnato, continuava a vomitare quelle che dovevano essere maledizioni.

E successe in quel momento.

«Kanae.»

Dallo studio giunse, gentile, la voce del nonno; il tono era completamente diverso da quello di prima.

«È colpa mia, non dovevo oppormi al vostro matrimonio. Va bene così, alzate la testa.»

Stava rivivendo un ricordo passato con un'allucinazione.

«Tu reggi l'alcol meglio di me. Giusto, ho lo scotch che ho comprato in luna di miele a Baker Street. Me l'ero tenuto per un'occasione speciale. Dove l'avrò messo?»

Il tono di voce del nonno si fece ancora più gentile.

Kaede se ne accorse subito. In quel momento, davanti agli occhi del nonno non c'erano solo i genitori di Kaede da giovani, ma anche sua moglie.

«No, vado a prenderlo io, non c'è bisogno che ti alzi. C'è una tecnica speciale per creare questo drink. Suvvia, non fate quella faccia. Non c'è motivo di litigare. Io non ho nessun diritto di separarvi, se vi amate. Tanto per cominciare, anche noi, quando ci siamo sposati, all'inizio siamo stati ostacolati.»

Era la prima volta che Kaede sentiva quel discorso.

6.

Quando Kaede aprì gli occhi, il volto di Shiki era così vicino da farla sobbalzare.

«Sei riuscita a dormire un po'?»

Quel suo sorriso innocente non poteva fare altro che darle conforto.

«Per sicurezza, ti hanno ricoverato per una notte.»

«E il nonno?»

«Riposa profondamente nella stanza a fianco. Deve essersi stancato.»

Nella stanza riecheggiavano solo i suoni ritmici delle apparecchiature che monitoravano i parametri vitali.

Non doveva esserci grande affluenza di notte, al pronto soccorso.

«Il maestro Iwata sta bene?»

Shiki bisbigliò a bassa voce: «È andato alla centrale per testimoniare. Ultimamente, è sempre alla polizia».

Kaede tirò fuori le braccia da sotto la coperta e, dopo essersi stiracchiata, lasciò cadere la testa sul cuscino con un tonfo.

«Senti, Shiki, puoi spiegarmi una cosa?»

«Cosa?»

«Come facevate tu e Iwata a sapere dove mi trovavo?»

Shiki si grattò la punta del naso.

«Qualcuno ti stava spiando quando eravamo al fiume. Allora ne abbiamo discusso e, dopo esserci consultati con tuo nonno, io e Iwata siamo diventati le tue guardie del corpo in ogni momento a nostra disposizione: io nei giorni feriali e Iwata nei giorni festivi.»

«Perciò il fatto che ultimamente la sensazione di essere seguita fosse aumentata ancora di più...»

«Sì, potrebbe essere stata colpa nostra. Io, però, ero sicuro che non mi avresti scoperto perché avevo fatto pratica a seguire le persone per la messa in scena di uno spettacolo sui detective, perciò la colpa è di Iwata.»

Shiki ridacchiò a bassa voce.

«Ieri sono stato io a scortarti da Himon'ya a Gumyōji... Prima x ti aveva lasciato un bouquet, vero?»

La sirena dell'ambulanza interruppe il silenzio del pronto soccorso. Un attimo dopo seguì il rumore di persone che spingevano una barella, correndo freneticamente lungo il corridoio.

Shiki si fece serio e continuò: «Per me il lavoro di quei medici, ma anche quello che fate tu e Iwata come insegnanti, o le professioni sanitarie, è encomiabile. Forse è perché io ho un'occupazione poco stabile come quella dell'attore, ma vi rispetto dal profondo del cuore. Non intendo svalutarmi dicendo così, ma penso che ogni persona abbia il suo ruolo. Per questo motivo, ciò che è successo è terribile e mi ha lasciato scosso...».

Shiki, dopo aver lanciato uno sguardo alla porta oltre la quale il rumore non cessava, osservò Kaede.

«Ho provato anche a chiedere informazioni alla *care manager* e alle badanti, e ho scoperto una verità davvero molto interessante. Lui faceva solo finta di essere un logopedista.»

Quando si programmava l'assistenza domiciliare di un anziano in difficoltà, il *care manager* era a capo dell'équipe composta da fisioterapista, logopedista e badanti. Molto spesso, però, erano professionisti che appartenevano ad agenzie diverse e si incontravano per la prima volta a casa del paziente.

«Lui ha colto al volo l'occasione. Prima ha telefonato all'ufficio della *care manager*, ha imitato il tono del nonno e ha detto che, dal momento che c'erano troppe spese, rinunciava alla riabilitazione vocale. E al nonno, invece, ha detto che il suo collega era stato improvvisamente trasferito e che sarebbe subentrato lui. Ha usato questo stratagemma, che ha funzionato perché erano tutti oberati di lavoro. In realtà, sporadicamente si presentano queste situazioni a causa di controlli insufficienti, ma senza queste intenzioni malevole.»

Kaede strinse forte un angolo del cuscino e guardò fuori dalla finestra della stanza.

Sotto la luce di tutte quelle stelle iniziò a pensare.

Al mondo erano sempre esistite persone i cui piani erano così spregevoli da essere impensabili per un normale individuo. Al punto che, forse, le allucinazioni del nonno, a confronto, erano spettacoli molto più belli.

7.

Ho scattato per la prima volta una tua fotografia.
Tu non te ne sarai accorta.
La fotografia di noi due.
Tu non te ne sarai accorta.
Era un'ecografia a ultrasuoni.

Kaede chiuse con delicatezza il piccolo diario che portava sempre con sé; le bastava dargli un'occhiata per tranquillizzarsi.

Su quelle pagine, con la bella grafia che la mamma aveva ereditato dal nonno, c'era scritto: *Da Kanae, a te che sei nella mia pancia.*

Mentre si godeva i teneri raggi del sole, notò che i fiori del ciliegio Yoshino che suo padre aveva piantato nel giardino stavano iniziando a sbocciare.

Il nonno, nella veranda, affermò con orgoglio: «Ieri è venuta Kanae. Era contenta quando le ho detto che questo ciliegio sarebbe fiorito prima di quelli del tempio».

Kaede, seduta di fianco a lui, cercando di trattenere le lacrime di sollievo, spostò lo sguardo di lato.

Forse è vero che, grazie all'istinto di autoconservazione, è più facile dimenticare i ricordi negativi.

Il nonno, per esempio, anche se ricordava chiaramente l'incidente, sembrava aver rimosso il ricordo della morte di Kanae ed era convinto che fosse stata lei a chiamare la polizia.

No, si disse Kaede, forse il nonno stava facendo finta di esserne convinto per non farla amareggiare.

Kaede guardò di nascosto il profilo del vecchio, su cui le tante rughe disegnavano curve gentili.

Quel giorno il nonno stava davvero bene.

Prima ancora di bere il caffè, si era ingozzato con la torta che dovevano avergli portato come regalo.

«In realtà non è solo Kanae; ultimamente viene spesso anche il maestro Iwata.»

«Eh?»

Non ne sapeva nulla.

«Mi ha pregato in ginocchio di insegnargli le basi del giallo e, proprio in quel momento, è passato di qui anche quell'adorabile trio di ragazzi per prendere in prestito un libro. "Wow, il maestro Ganchan! Cosa ci fai qui?" gli hanno chiesto ridendo, e lui era piuttosto a disagio. Comunque, per prima cosa gli ho fatto leggere Poe.»

«Ah, quella torta, allora, non è che...»

«Esatto, me l'ha preparata proprio lui. Chissà come faceva a sapere che adoro i dolci», si domandò stupito il nonno. «Quell'uomo... forse è più intuitivo di quel che sembra», continuò.

Kaede, per un attimo, chiuse gli occhi.

Il dolce che gli aveva preparato era la prova che il maestro Iwata non era stato un'illusione; era venuto davvero a trovarlo.

Immaginò il sorriso a trentadue denti di Iwata quando aveva preso in prestito il primo giallo al mondo, *I delitti della Rue Morgue* di Edgar Allan Poe.

Sicuramente anche il nonno, però, doveva essersi reso conto che, in realtà, le lezioni di giallo non erano altro che un pretesto e che Iwata era molto preoccupato per le sue condizioni.

No, basta.

Mentre pensava a Iwata, stava per dimenticarsi della cosa più importante.

«Ehi, nonno, guarda qui. È una lettera con mittente sconosciuto.»

Kaede, dopo aver ottenuto il permesso del nonno, aprì la busta su cui, con una grafia ordinata, era scritto il nome del destinatario. Dopo aver inforcato gli occhiali, il vecchio scrutò la lettera, e gli angoli della sua bocca si sollevarono quando vide il timbro postale.

«È dalla maestra Madonna.»

Si prese del tempo per leggere la lettera; dopodiché, con mani tremanti, la ripiegò meticolosamente.

«A quanto pare, è la nuova referente del club di nuoto. E non vede l'ora che arrivi l'estate.»

Anche se non l'aveva mai incontrata, il cuore di Kaede era stracolmo di felicità. Non avrebbe chiesto su che isola stesse insegnando.

«Ah, giusto.»

Aveva un'altra bella notizia da condividere.

«Prima sono passata davanti a Haruno. È ancora chiuso, ma c'era un foglio pieno di dediche scritte dai clienti più fedeli. C'erano molti "Ti stiamo aspettando" e "Non vedo l'ora di assaggiare il nuovo stufato".»

«È proprio quello che volevo dirle anch'io.»

Il nonno lanciò un pezzo di torta al passero che era appena arrivato dal vicino boschetto di bambù. L'uccello, dopo aver becchettato il boccone, volò subito via nella stessa direzione in cui si trovava Haruno. Quasi come un piccione viaggiatore che volesse comunicare, in qualche modo, i sentimenti del nonno.

Comunicare...

Kaede decise di chiedergli quel consiglio di cui necessitava ormai da tempo.

«Senti, nonno.»

«Cosa c'è?»

«Io...»

Due lacrime, a cui neanche lei sapeva dare una spiegazione, cominciarono a scorrerle lungo le guance.

«Io... per la prima volta penso di aver trovato qualcuno che mi piace.»

Lentamente, le labbra del nonno si schiusero in un gran sorriso. Era un sorriso dolce come non vedeva da tempo; di colpo, era come se fosse ringiovanito di dieci anni.

«Davvero?»

Poco dopo, quasi stesse assaporando la parola, la ripeté: «Davvero?».

Il nonno spostò nuovamente lo sguardo sui boccioli di ciliegio.

«Questo è un caso molto difficile.»

Senza perdere quel sorriso accattivante, si toccò il lungo naso con il dito.

«Sono entrambi giovani e bravi ragazzi. La donna o la tigre? Anch'io, se fossi in te, Kaede, sarei indeciso. Però va bene rendermi partecipe di questo discorso importante?»

«Sono io che vorrei che lo ascoltassi. Voglio il tuo consiglio.»

Felice, il nonno bisbigliò di nuovo: «Davvero?».

E poi...

Come pensava, disse quelle parole.

«Kaede, mi prendi una sigaretta?»

Finito di stampare nel mese di agosto 2025
presso Grafica Veneta – via Malcanton 2, Trebaseleghe (PD)

Questo libro è fabbricato da Grafica Veneta S.p.A.
con un processo di stampa e rilegatura certificato 100% carbon neutral
in accordo con PAS 2060 BSI

Certificato PEFC
Questo prodotto è realizzato con materia prima da foreste gestite in maniera sostenibile e da fonti controllate
PEFC/18-31-226
www.pefc.it